# Impressum

Bibliografische Information der Deutschen Nationalbibliothek: Die Deutsche Nationalbibliothek verzeichnet diese Publikation in der Deutschen Nationalbibliografie; detaillierte bibliografische Daten sind im Internet über http://dnb.dnb.de abrufbar.

© 2018 Astrid Korten

http://www.facebook.com/Astrid.Korten.Autorin

Website: www.astrid-korten.com

Twitter: https://twitter.com/charbrontee

Google: Astrid Korten

Lektorat: Christine Hochberger, Buchreif

Korrektorat: Melanie Hinterreiter

Bildnachweis: ©Shutterstock /PicFine / © 16038 Trevillion Images

Covergestaltung ©ZERO Werbeagentur München

**ISBN: 9783752873351**

**Herstellung und Verlag: BoD- Books on Demand, Norderstedt**

Astrid Korten

# PUPPENMUTTER

Psychothriller

# Wahrheit und Lüge

*... wie einer, bis zur Wahrheit durchs Erzählen*
*Zu solchem Sünder sein Gedächtnis macht.*
*Dass er der eignen Lüge traut.*

*William Shakespeare (1564 - 1616)*

# Über das Buch

*Wenn der Liebeswahn zum Verhängnis wird ...*
*Wenn die Wahrheit so verwerflich ist wie die Lüge ...*
*Wenn das Böse dich im Visier hat ...*

*Tessa Simonet lebt mit ihrem Mann Jules in einer abgelegenen Villa am Stadtrand von Paris. Eines Tages wird sie am helllichten Tag in ihrem Haus Opfer eines Übergriffs. In derselben Nacht begeht Jules Selbstmord. Ihre Familie und ihre Freundin Amelie unterstützen Tessa, so gut sie können, wobei jeder seine eigenen Interessen verfolgt.*
*Tessas Gefühlswelt wird zu einer Achterbahn aus Verunsicherung, Entsetzen, Verwirrung und Angst, als ein Mord geschieht. Sie traut nur noch wenigen Menschen und sucht beharrlich nach Antworten. Dabei übersieht sie, dass auch sie Teil eines perfiden Intrigenspiels ist.*
*Ein raffinierter, sehr spannender und komplexer Psychothriller, in dem der Leser sich fragen wird, ob die Wahrheit so verwerflich sein kann wie die Lüge.*

**Erste Stimmen:**
*„Ein äußerst raffinierter Psychothriller mit perfekt gezeichneten Figuren und einem sehr überraschenden und verblüffenden Ende."*
**WAZ**

# Zwischen den Zeilen

*1985*

*Liebes Kind,*
*es tut mehr weh, als ich dir je sagen kann, aber dies ist mein letzter Brief an dich. Gestern Abend erhielt ich einen Anruf. Sie werden kommen und das Haus nach dir durchsuchen.*
*Sie wissen von dir.*
*Du lebst noch, aber ich bin zu ängstlich und zu feige, herauszufinden, wie es dir in dem Loch geht. Ich habe Angst, dass mich jemand fragt, wie das mit dir geschehen konnte. Was mir jedoch am meisten Angst macht, war dein Angriff auf mich. Eine feige Tat, mich mit Alice, deiner Puppe, erschlagen zu wollen. Alice war doch mein Geschenk zu deinem vierten Geburtstag! Ich hatte sie vor etwa zwei Jahren in dem Loch versteckt, wo du sie entdeckt hast. Dann müsstest du jetzt fünf oder sechs sein. So genau weiß ich das nicht mehr.*
*Mir ist klar geworden, dass du wütend auf mich sein musst. Dabei hattest du es immer gut bei mir, seit du winzig aus meinem Bauch hervorgekommen bist. Ich gab dir deine eigenen vier Wände, zu essen, zu trinken, hübsche Sachen zum Anziehen, eine wunderschöne Puppe, und du hattest mich. Bestraft habe ich dich nur, sobald dein Ungehorsam mich quälte.*
*Sie werden gleich hier sein. Und das alles wegen deiner Wut. Warum musstest du dich auch aus dem Keller schleichen? Es ist allein deine Schuld. Ist dir das klar? Du wirst keine Mutter mehr haben und ich kein Kind mehr. Sie werden mich einsperren und du wirst in ein Heim kommen. Oder sie bringen dich in eine Pflegefamilie, wo du dein Zimmer mit anderen Kindern teilen musst.*
*Du hast diese Tür in dem Raum gefunden, hast die fremden Menschen in unserer Straße gesehen. Sie haben dich angestarrt und die Polizei gerufen. Du hast sie dazu gebracht, mich in die Falle*

zu locken, ehe du vor lauter Angst wieder in dein Loch gekrochen bist. Ich habe dir immer gesagt, dass das Tageslicht nicht gut für dich ist. Du bist ein Kind der Dunkelheit.

Aber sie werden mich nicht kriegen. Doch dazu muss ich unseren Kontakt abbrechen. Für immer. Ich werde keine Gitter zwischen meinem Gesicht und dem Blau des Himmels dulden, dann wähle ich doch lieber den Tod.

Dachte ich ...

In all den Jahren, die ich dir schreibe, habe ich dir nie gesagt, dass ich dich liebe. Du hast nur mir gehört. Ab sofort wirst du dein Leben mit anderen teilen, vermutlich später mit Alice an deiner Seite. Denn eines weiß ich mit Gewissheit: Du wirst deine Puppe, egal wie sie aussieht, nicht dem Müll überlassen. Du wirst jeden töten, der dir Alice nehmen will. Ihr beide seid euch sehr ähnlich. Entfernt man eure Schmutzschicht, dann sieht man die Unschuld und das Böse.

Du hast im Kampf der Puppe den Kopf abgerissen. Ich werde ihn mitnehmen in Zelle 13 und ihn für dich aufheben, bis du Alice würdig bist.

Liebes Kind, die Dinge laufen jetzt gut für dich.

# Liebeswahn

*Lass uns mit dem Feuer spielen,*
*Mit dem tollen Liebesfeuer;*
*Lass uns in den Tiefen wühlen,*
*Drin die grausen Ungeheuer.*
Frank Wedekind

# Kapitel 1

*Tessa*

Tief unter Wasser dringen Schreie an mein Ohr. Ich nähere mich der Wasseroberfläche, die Schreie werden lauter.

Noch schlaftrunken fahre ich hoch, reiße meinen Morgenmantel vom Fußende des Bettes und streife ihn über. Auf dem Weg zum Gästezimmer stoße ich mit dem nackten Zeh gegen die Kommode, schlage mit meinem Knie an die Tür und unterdrücke einen Fluch.

Als ich das Fenster im Gästezimmer öffne, hat das Schreien aufgehört. Vermutlich ist Lianne, die Tochter meiner Schwägerin, wieder eingeschlafen.

Was sind das nur für Albträume, die das Mädchen quälen? Ob ich Lianne mal darauf ansprechen soll? Ich schiebe den Gedanken beiseite. Grübeln bringt nichts.

Zurück im Bett kann ich nicht wieder einschlafen, obwohl Jules *nicht* neben mir schläft. Wir sind seit zehn Jahren verheiratet, und ich habe ihn mal geliebt. Wir haben uns bei einem Glas Rosé auf dem Bürgersteig von Saint-Germain-des-Prés, einem Stadtteil von Paris, kennengelernt, und ich war sofort von dem Inhaber einer Supermarktkette angetan. Aber mit der Zeit hat er mich aus seiner Welt verbannt. Unsere Ehe war einst glücklich, vielleicht ein Jahr lang. Heute ist alles eingespielt, normal, absehbar. Bis auf den Sex. Den haben Jules und ich eingestellt.

Paris ist für mich das Synonym von Eleganz, perlenbehangenen Frauen, glitzernden Schaufenstern – von einem Sehnsuchtsort für viele. Paris verkörpert aber auch eine immerwährende Party kreativer Menschen, zu denen auch ich gehöre. Wir wohnen am Stadtrand von Paris, in Boulogne-Billancourt, in einer schönen abgelegenen Villa, die kaum Geräusche verschluckt. Mir gefällt die Abgeschiedenheit von der Hektik der Stadt.

Ich stehe möglichst geräuschlos auf, gehe die Treppe hinunter und betrete die Terrasse. Der Kontrast zur quirligen Innenstadt von Paris und dem ruhigen Boulogne-Billancourt kann kaum größer sein. Aus dem einstigen Dorf ist ein nobler Vorort von Paris geworden.

Liannes Schreie hallen erneut durch die Nacht. Graue Wolken ziehen am fahlen Mond vorbei. Sein Licht sickert durch die Äste der alten Eichen und wirft Schatten auf unser Haus. Mir kommt es vor, als wäre ich Teil eines Stephen-King-Szenarios. Ich gehe wieder hinein und schließe leise die Terrassentür.

Es ist das dritte Mal in zwei Wochen, dass Lianne schreit, vermutlich hat sie etwas Beängstigendes geträumt. Mir kommt das Ganze mittlerweile seltsam vor, denn sobald sie am nächsten Morgen auf dem Weg zur Schule an unserem Haus vorbeigeht, winkt sie mir fröhlich zu. Sie scheint ihren nächtlichen Kummer vergessen zu haben.

Oder sie hat ihn *verdrängt.*

Ich mache mir fortwährend Sorgen um Kinder, da ich für eine große Kinderschutzorganisation arbeite. Aber mitten in der Nacht wach zu liegen und zu grübeln, ist eigentlich nicht meine Art. Nicht mehr, seit mich Feuerwehrleute vor neun Jahren nach meinem Unfall aus meinem Autowrack gezogen haben und ich gerade noch dem Tod entkommen bin. *Schwamm drüber.*

Ich sehe mich um. Die wertvollen Antiquitäten meiner Großmutter treffen im Wohnbereich auf avantgardistisches Design in Granit, aufgelockert durch ein großes rotes Ledersofa und zwei Loveseats in Limonengrün und Violett. *Hoffnung* und *der letzte Versuch* bezeichnet meine Freundin Amelie die Sessel. Sie sitzt deshalb lieber auf dem roten Ledersofa. *Kein Wunder bei ihrem lockeren Lebenswandel.*

Der Kronleuchter und andere Lichtelemente schenken der Einrichtung Behaglichkeit und Leichtigkeit. Ein sanftes Wasserelement und Pflanzen, die ich besonders mag, runden die behagliche Atmosphäre und das Gefühl des Wohlbefindens ab. Das Ambiente lenkt mich von meiner Ehe ab.

Ich nehme ein Buch aus dem Wandregal, entscheide mich nach kurzem Zögern für den limonengrünen Sessel und grüble über meine Ahnungslosigkeit, was Lianne betrifft. Aber bin ich wirklich ahnungslos? Nein, ich glaube nicht. Ich bin zwar ein wenig einfältig und gutgläubig, aber ich nehme die unklare dunkle Sache oft wichtiger als die klare Helligkeit.

Jules reagiert stets gereizt auf mein – wie er sagt – *angeberisches Zu-Wissen-Glauben.*

*„Wie gut, Jules, dass ein Rindvieh, das zum Schlachthof geführt wird, nicht weiß, was ihm bevorsteht. Auch die zweibeinigen Artgenossen haben dieses zweifelhafte Glück",* antworte ich stets, worauf er noch wütender wird. Dann legt er den Arm um meine Schulter, und ich sehe die Anziehungskraft und die Grausamkeit in diesen grauen Augen, seine primitive Geilheit, spüre seine Lippen, die sich an meinem Hals festsaugen, die Zunge in meinem Mund, eine streichelnde Hand an meiner Scham, die andere hält mich fest, unerbittlich. Irgendwann dringt er in mich ein. Dabei entgehen ihm die Schauer meiner mörderischen Wut.

Jules hin, Jules her, egal! Ich spüre deutlich, wie etwas Bedrohliches sich unserem Viertel nähert, fühle es mit jeder Faser meines Körpers.

Um mich abzulenken, schlage ich das Buch in meinem Schoß auf und lese, bis mir die Augen zufallen. Mit aufrechtem Oberkörper bei brennendem Licht döse ich ein.

Der Wecker klingelt, ich stöhne auf. Ein Tag noch, dann ist endlich Wochenende. Das Frühstück verläuft nicht wie immer. Jules hat an diesem Morgen keine riesige Portion Müsli verschlungen, bevor er ins Büro gegangen ist. Ich hasse Müsli. Hm ... ich frage mich, wann er in der Nacht nach Hause gekommen ist.

Als ich ebenfalls das Haus verlassen möchte, klingelt das Telefon. Das Display zeigte einen externen Anruf mit einer unterdrückten Rufnummer.

Ich fluche leise und hoffe, dass meiner Stimme mein Unbehagen nicht anzumerken ist. „Tessa Simonet."

Jemand atmet schwer, keucht – die Häme eines Spinners. *Scheißkerl!* Ich lege auf, verlasse das Haus und fahre zum Supermarkt.

Kurz nach vierzehn Uhr will Lianne kommen. Ich habe sie zum Essen eingeladen, da ihre Mutter heute länger arbeiten muss.

Ich parke den Wagen gegen dreizehn Uhr in der Einfahrt und steige aus, da kommt sie mir bereits entgegen, ein schockierender Anblick in Limonengrün und Pink.

„Hey, Tessa! Die letzte Stunde ist ausgefallen, deshalb bin ich früher dran."

„Hallo Süße!", erwidere ich ihren Gruß und hebe die Einkaufstüten aus dem Kofferraum. „Ich werde uns heute was Leckeres kochen."

Sie wirft mir einen misstrauischen Blick zu. „Du kannst kochen?"

Ich lache laut auf. „Ja, seltsam nicht wahr. Jules kocht natürlich besser, aber ich werde mir heute besonders viel Mühe geben. Nimm mir bitte mal die beiden Taschen ab!"

Einen Moment lang herrscht Schweigen.

„Alles in Ordnung, Lianne?", erkundige ich mich vorsichtig.

Sie nickt. „Ups ... du hast mich vergangene Nacht wieder schreien hören."

Ich hätte die Frage nach ihrem Befinden nicht stellen dürfen und könnte mich dafür ohrfeigen. Vor meinem Wechsel in das Personalwesen der Kinderschutzorganisation war ich Erzieherin. Das Gefühl einer vergeudeten Chance ist für mich fast genauso unerträglich, wie einem Kind als Erzieherin nicht helfen zu können, weil mir durch den Gesetzgeber die Hände gebunden sind. Dann fühle ich mich beschädigt, isoliert, machtlos. Lianne ist ein Mädchen, das ständig kalkuliert und abwägt.

„Komm, gehen wir rein", sage ich schließlich, drehe mich um und gehe über den Rasen zur Haustür. Lianne tut es mir nach. Ich stecke den Schlüssel ins Schloss und öffne die Haustür.

Lianne kommt hinter mir her und bleibt unschlüssig stehen.

Ich hänge meinen Mantel an die Garderobe. „In die Küche damit! Du siehst übrigens müde aus."

„Ich habe schlecht geschlafen", erklärt sie. „Meine Eltern haben sich wieder gewaltig gestritten. Wenn das so weitergeht, werde ich eine Weile bei dir wohnen."

Ich hebe die Augenbrauen und lege ihr den Arm um die schmalen Schultern. „So schlimm? Passiert das denn oft?"

Lianne gähnt. „Neuerdings immer öfter und immer nachts und sie werden immer lauter. Eltern ... sie müssten verboten werden!" Sie entzieht sich mir. „Und jetzt möchtest du bestimmt wissen, worüber sie sich ständig streiten?", bedeutet Lianne.

Ich nicke.

„Natürlich um Geld, worüber sollten die beiden sonst streiten? Dabei haben sie fette Bankkonten! Vielleicht hat Dad ja auch eine andere!"

Mir verschlägt es die Sprache. Kein Wunder, dass das Mädchen Albträume hat. Sie hat Angst, dass die Familie auseinanderbricht.

„Gott sei Dank", sagt Lianne plötzlich und lacht, „wirst du dir beim Kochen Mühe geben."

Das Eis ist gebrochen.

In der Küche betrachte ich blinzelnd das neonfarbene T-Shirt und die gestreiften Leggins, Sachen, die ich noch nie an Lianne gesehen habe. *Vielleicht ist das der Grund für ihre Albträume.*

„Gefall ich dir, Tessa? Ich war mit Mom vor ein paar Tagen einkaufen. Das waren Sonderangebote, superbillig. Danach haben wir den Bruder meiner Freundin aus dem Kindergarten abgeholt."

„Und was hat er bekommen?"

„Eine rote Jacke mit schwarzen Streifen."

Plötzlich muss ich lachen. *O Gott.* „Aha! Spidermanlook."

„Gefällt es dir, Tessa?" In ihrer Stimme liegt eine Mischung aus Trotz und Flehen.

Ich betrachte fasziniert die funkelnden Cartoon-Äpfelchen auf dem Kirby-T-Shirt. „Du siehst toll aus, Schätzchen."

Lianne blickt mich mit den funkelnden Augen ihres Vaters an. Ihr Kinn schiebt sich vor. „Ich ziehe es am Montag in die Schule an."

Wieder schmunzle ich und zerzause ihr das Haar. „Gute Idee."

„Was gibt es denn heute, Tessa?"

„Hackfleischauflauf mit Weißkohl."

„Okay. Wann können wir essen?"

„In einer Stunde."

„Dann gehe ich nach oben und mache meine Schulaufgaben. Ist das in Ordnung?"

Ich nicke.

Im Laufe meiner Vorbereitungen für den Auflauf werde ich immer unruhiger. Ein Stück Schokolade bringt auch keine Abhilfe. Ich habe keine Ahnung, was mit mir los ist.

Plötzlich klingelt das Telefon. Wieder eine unterdrückte Nummer. Das ist kein gutes Omen. Meine Hand zittert, als ich den Hörer in die Hand nehme. „Tessa Simonet."

Stille.

Mein Herz flattert.

Jemand atmet schwer.

„Hallo. Wer ist denn da?"

Nur ein Flüstern.

Dann ist die Leitung tot.

Ich starre den Hörer an, lege auf und atme langsam ein und aus. Im Haus ist alles still. Nur in meinem Ohr schrillt der Tinnitus. Kalte Furcht lässt mein Herz stocken. Ich fröstle, wische verzweifelt mit der Hand durch die Luft, als jage ich eine Gefahr zum Teufel.

„Gefahr taucht immer aus dem Nichts auf, Tessa", behauptet Jules immer.

Zwei Anrufe. Unterdrückte Rufnummern. Kein Name, kein Wort, nur dieses schwere Atmen. Die Gefahr liegt irgendwo auf der Lauer wie eine kalte Umarmung. Die Furcht vor der Unberechenbarkeit eines nahenden Unheils lässt mich schaudern.

Ich gehe rasch die Treppe hinauf, um nach Lianne zu sehen. Sie ist in ihre Hausaufgaben vertieft. *Gut so!*

Plötzlich lässt mich ein Geräusch unten aufhorchen. Ein leises Atmen? Es kommt aus der Küche. Jemand ist im Haus! Die Küchentür, die in den Garten führt, fällt ins Schloss. Ich schnappe mir den Baseballschläger von Jules und gehe langsam die Treppe hinunter.

In der Küche sehe ich aus dem Fenster in den Garten. Nichts. Nur Sträucher. Bäume. Seltsam. Vielleicht war es nur der Wind.

Ich zucke mit den Schultern und stelle den Auflauf in den Backofen: 180°C, 45 Minuten.

# Erster Brief

*Liebste Tessa,*

*du bist eigentlich nur ein klitzekleines Bisschen zu hübsch, und das ist manchmal irritierend. Ich lasse keine Irritationen zu, die meiner Liebe im Wege stehen könnten. Du bist die pure Natur, ich liebe die Natur, also liebe ich dich. So einfach ist das.*

*Dass du erschaffen wurdest, gibt der Menschheit einen Sinn. Wenn ich auf der Straße schlampigen, fetten Weibern mit wabbeliger Haut begegne, hilft es mir, an dich zu denken. Dein Bild vor meinem inneren Auge verdrängt meine Neigung, eine scheußliche Bemerkung gegenüber jenen Frauen zu machen, an denen alles falsch ist und denen das nicht einmal etwas auszumachen scheint. Dann siegt die Freude der Abneigung über diese absolute Unvollkommenheit. Dann macht deine Existenz, auch wenn du ein wenig zu schön bist, den Unterschied aus.*

*Es spielt keine Rolle, aus welchem Blickwinkel ich dich sehe oder von welcher Seite ich dich betrachte. Wenn du mit dem Rücken zu mir stehst, genieße ich deinen runden Hintern. Seitlich gewährst du mir einen Blick auf deine festen kleinen Brüste. Und auf deinen flachen Bauch, den Bauch, in dem unser Kind wachsen wird. Es ist immer noch möglich.*

*Diese Gedanken erregen mich, geben meiner Fantasie Raum. Es wird eine Zeit kommen, in der du nackt neben mir liegst und mich in deinen Schoss einlädst. Eines Tages wird es dazu kommen, eines Tages, wenn du bereit bist für den großen Akt der Verschmelzung.*

*Wenn ich dich von deinen Fesseln befreit habe wie seinerzeit Alice.*

*Bis es so weit ist, schreibe ich dir Briefe, die ich gut aufbewahren werde. Erst wenn die Zeit dafür reif ist, darfst du sie lesen. Dann will ich dich ansehen, wie deine Augen mir folgen. Ich will sehen, wie du reagierst. Ob du errötest. Ob du verlegen sein wirst, oder vielleicht unsicher. Ja, eines Tages …*

Bis dahin träume ich von dir und versuche mir vorzustellen, wie es sein wird, wenn ich deine schönen Lippen küsse. Wie du riechen wirst, wie du dich anfühlen wirst.

Jetzt hoffe ich erst einmal auf eine Gelegenheit, dich fest umarmen zu können, ohne Verdacht zu erregen. Sobald sich diese Gelegenheit bietet, wird mich niemand aufhalten können.

Niemand!

# Kapitel 2

*Tessa*

Ich hätte das Tor zum Garten abschließen sollen.

Wie oft hatte mich Jules vor der Gefahr gewarnt, dass Einbrecher durchaus auch am helllichten Tag in unser Haus eindringen und vor mir stehen könnten?

Die alte Waschmaschine, die ich vor der Fahrt in den Supermarkt noch angeworfen habe, schleudert tosend, sodass ich keine anderen Geräusche wahrnehme. Es ist an der Zeit, diese stromfressende Höllenmaschine zu ersetzen, überlege ich und verpasse ihr einen Tritt.

Mittlerweile ist die Luft in der Küche so stickig, dass ich das Fenster zum Garten weit aufreiße und nach Luft schnappe. Der Geschmack von Kaffee klebt an meinem Gaumen. Meine Magensäure erreicht einen Höchstpegel und dringt bis an die Spitze meiner Speiseröhre vor.

Ich sehe kurz nach dem Auflauf und verpasse dem ratternden Ungeheuer, das gerade seine letzten Umdrehungen hinlegt, erneut einen Tritt. Wieder verspüre ich dieses Unbehagen. Ich kann es an nichts Konkretem festmachen, an keiner direkten Bedrohung, an keinem bestimmten Verdacht, bis ich ein Geräusch höre – ein Knarzen, leise und sehr nah.

Entsetzt hebe ich den Kopf.

*Ich muss Lianne warnen! Schnell!*

Eine Hand legt sich auf meine bebende Schulter, der Geruch von ranzigem Fett und Leder dringt in meine Nase. Ich hebe den Kopf. Das Küchenfenster spiegelt einen Schatten wider. Ich drehe mich um. In dem Moment packt mich ein maskierter Mann, drückt mich mit dem Rücken gegen die Spüle. Ich will schreien, doch seine wulstige Hand gleitet über meine Nase, meine Lippen, mein Kinn.

Ich bekomme keine Luft, schlage und trete wie wild um mich, kralle meine Finger in seine Jacke.

Panik überfällt mich, als ein zweiter Mann die Küche betritt, ebenfalls maskiert. Er ist wesentlich kleiner als mein Angreifer. Ich schließe meine Augen, konzentriere mich, höre es: das Atmen. Das Keuchen. Der anonyme Anrufer!

„Wenn du schreist, puste ich dir dein Hirn weg, Tessa!", zischt er.

*Er kennt meinen Namen!*

Sein Griff ist zu fest. Sein rechter Arm hält meinen Oberkörper eisern umklammert, seine Hand ist immer noch auf meinem Mund.

*Versuch, den Mund zu öffnen, beiße in seine Hand!*

Ich will tief durchatmen, vernehme das Röcheln meiner Bronchien und beginne zu zittern. Ein Asthma-Anfall kündigt sich an.

*Mein Spray!*

Verzweifelt ziehe ich das bisschen Sauerstoff in meine Lunge, der durch meine Finger in meine Luftröhre gelangt, drohe zu ersticken.

Er beugt sich über mich. „Verhalte dich ruhig. Verstanden?"

Ich nicke.

Langsam nimmt er seine Hand von meinem Mund. „Wo hast du das Geld versteckt?", schnauzt er.

*Du musst dir seine Stimme einprägen.*

„Wir haben nie Geld im Haus." Ich bin kaum zu verstehen, ringe nach Luft.

Im nächsten Moment schlägt er zu. In meinem Kopf scheint etwas zu zerbersten. Alle Kraft weicht aus meinem Körper. Er krallt seine Hand in mein Haar und schleudert meinen Kopf gegen den Türrahmen. Alles ist in ein glühendes Rot getaucht.

„Nein", stammle ich. „Bitte."

„Vorsicht", kommt es von irgendwoher. Der zweite Mann kommt näher. Er stinkt wie der Inhalt einer Mülltonne!

„Nein! Die Schlampe belügt uns! Wenn du es besser kannst, dann mach es selbst."

Ich werde grob an den Schultern gefasst. „Zeig uns das Versteck! Los!"

Blut fließt aus meiner Nase, die Tropfen fallen auf mein Shirt. Rot auf Weiß. Der hämmernde Schmerz in meinem Schädel bereitet mir Übelkeit. Die linke Hälfte meines Gesichts brennt, als stände sie in Flammen.

*Konzentrier dich! Sie sprechen akzentfrei.*

Ich gehe benommen ins Wohnzimmer, die maskierten Männer sind dicht hinter mir. Ich versuche, mir jedes Details der beiden einzuprägen: Sturmhauben, schwarze Handschuhe. Der Teil ihrer Gesichter, der unbedeckt ist, zeigt, dass sie weißer Hautfarbe sind. Keine Emotionen in ihren Augen.

In der Zeitung hat vor einigen Wochen etwas über eine Serie von Raubüberfällen durch Männer mit weißer Hautfarbe gestanden, vermutlich eine Dreierbande: Zwei Täter drangen in die Häuser ein, während der Dritte mit dem Fluchtauto draußen wartete.

Ich schmecke Metall in meinem Mund, schlucke das Blut hinunter und unterdrücke ein Würgen. Meine Nase schwillt an. Auf dem Tisch liegt eine Papierserviette, ich nehme sie rasch an mich.

Der Mann neben mir packt meinen Arm. „Wo ist das Geld! Beeil dich! Oder möchtest du auf dem Friedhof landen?"

Sein Gesicht ist nah an meinem. Ich könnte meine Zähne in seine Wange bohren. Der Biss eines Menschen ist tausendmal übler als der eines Hundes. Wenn ich es richtig anstelle, ist er für sein restliches Leben gebrandmarkt. Dann gibt es einen Beweis, eine Spur.

Ich zeige auf meine Handtasche, die neben dem Sofa steht. „In meinem Portemonnaie sind hundertfünfzig Euro. Nimm sie. Ansonsten habe ich kein Geld im Haus!"

„In dieser Bude wird es ja wohl einen Safe geben", schreit der Mann mich an und rammt mir seine Faust ins Gesicht. Ich falle, schlage auf den Boden. Erneut lodert der Schmerz in meinem Gesicht. Ich setze mich auf, hocke wie ein verwundetes Tier auf dem Boden, verwirrt und vor Angst fast blind. Mein Mund öffnet sich, doch die Worte wollen nicht kommen. Ich schüttle panisch den Kopf, versuche, die Benommenheit zu vertreiben. Mein Schmerzensschrei erklingt nur in meinem Kopf. Ich ignoriere meine Qual und richte mich auf, taumle. Meine Kopfhaut ist ein einziger Nadelstich. Gänsehaut am ganzen Körper. Dann sehe ich seine Silhouette. Blicke ihm entgegen.

„Los, sag mir, wo der Safe ist!" Er blickt zu seinem Kumpel. „Schau du oben nach!"

Ich drück meine Hand gegen meinen Mund. *O mein Gott!* Lianne ist im Obergeschoss, macht Schulaufgaben. Was wird der Typ mit ihr anstellen?

„Der Safe ist unten", presse ich mühsam hervor. „Haben Sie gehört? Der Safe ist unten!"

Der Mann auf der Treppe bleibt stehen. „Wir wollen nicht nur dein Geld, Schätzchen", sagt er. „Wo ist dein Schmuck? In deinem Schlafzimmer? Zeig ihn uns! Aber dalli! Und danach werden wir uns ein bisschen mit dir vergnügen!" Er greift sich in den Schritt, zieht seine Maske unter dem Kinn hoch und leckt sich mit seiner lappigen Zunge über die Lippen.

Ich mache einen Schritt nach vorn und bedeute, dass sie mir folgen sollen, als ich Liannes Stimme höre. *O nein, das darf nicht wahr sein.* Lass diese Männer nicht merken, dass da oben ein junges Mädchen ist. Wer weiß, was ihnen dann in den Sinn kommt. Ich werde meiner Schwägerin nie wieder gegenübertreten können, wenn ihrer Tochter etwas geschieht. *Bitte, bitte, verhalte dich ruhig Lianne!*

„Tessa? Hörst du mich? Ich habe 112 angerufen, sie sind auf dem Weg. Papa habe ich auch angerufen, er wird Jules und Mama Bescheid geben."

Der Mann bleibt stehen und packt meinen Arm. Ich schlucke, habe kaum noch Kontrolle über meine Stimme. „Bitte ..." Kalter Schweiß entweicht meinen Poren.

Plötzlich wendet er sich ab, nickt dem anderen zu und lässt mich los. Seine Lederjacke knarzt. Die Männer laufen zur Haustür. Bevor sie das Haus verlassen, dreht sich der Größere noch einmal nach mir um, kommt zurück, legt seinen Mund dicht an mein Ohr. „Ich komme wieder ... wenn du allein bist!"

# Kapitel 3

Da ist es wieder, dieses dröhnende Gefühl. Die Angst.

*Ich komme wieder. Wenn du allein bist.*

Ich bin allein in der Küche, sehe einen Schatten, schwanke, meine Beine geben erneut nach, ich gehe zu Boden. Dann ist ein Schatten bei mir. Beugt sich zu mir herab. Ein wunderschönes, besorgtes Gesicht. Die unterschiedlich farbigen Augen im Nebel.

„Tessa ... O mein Gott, Tessa ... Sie haben dich geschlagen ...“

*Lianne!*

Aus dem Hausflur dringen, wie entrückt, aufgebrachte Stimmen zu mir. Eine Tür öffnet sich. Eine Hand an meinem Kopf. Ich friere, der Schmerz pocht in meinem Schädel, in meinem Gesicht. Mir wird übel.

„Frau Mallont?“

Die Stimme dringt nur langsam zu mir durch.

„Frau Mallont?“

*Mallont? Ich heiße Simonet! Mein Mann heißt Mallont.*

Ich blicke benommen auf. Finde mich langsam wieder in der Realität zurecht.

„Hol einen Arzt und einen Krankenwagen!“, sagt eine dritte Stimme.

Erst jetzt befreie ich mich gedanklich aus der frostigen Umklammerung des soeben Geschehenen. *Sie sind weg. Sie kommen wieder.*

Jules regt sich regelmäßig über die Polizei auf. Ihm zufolge setzt die Polizeibehörde die falschen Prioritäten, sie sparen an der falschen Stelle, indem sie Personal abbauen. *Wenn man sie braucht, kommen sie viel zu spät oder erst gar nicht,* so seine Meinung.

Wenn er heute nach Hause kommt, wird er von der schnellen Reaktion überrascht sein, die Liannes Anruf hervorgerufen hat. Die Täter hatten das Haus kaum fünf Minuten verlassen, als vier Polizisten hereinstürmten.

Ich habe versucht, den jüngeren der beiden Polizisten davon abzuhalten, den Notarzt und einen Krankenwagen zu rufen, aber er ließ sich partout nicht davon abbringen.

„Hatten die Täter Schusswaffen oder andere Waffen?", will eine Polizistin wissen, während wir auf den Krankenwagen warten.

„Nein", antworte ich leise. „Er benutze seine Fäuste."

„Können Sie die Täter beschreiben, Frau Simonet?"

Ich schüttle leicht den Kopf. „Sie waren maskiert, aber ihre Stimmen würde ich wiedererkennen und ihren Geruch."

„Haben die Täter etwas an sich genommen?"

„Nein, nicht einmal das Geld aus meiner Börse."

„Als sie das Haus verließen, haben sie da noch etwas gesagt?"

„Ich komme wieder, hat er gesagt. Ich komme wieder. Wenn du allein bist", wiederhole ich die Worte meines Peinigers und ringe nach Luft.

„Einbrecher sagen oft solche Dinge, um ihr Opfer unsicher und verängstigt zurückzulassen", versucht die Polizistin, mich zu beruhigen.

Ich höre ihr nicht mehr zu. Alles dreht sich. Mir ist kalt. Ich weine.

„Brauchen Sie eine Pause?", fragt die Polizistin, deren Namen ich vergessen habe.

„Nein, danke." Meine Stimme klingt klein und müde. „Ich will mich nur hinlegen."

„Wir sind gleich fertig."

Lianne nimmt mich in den Arm, flüstert mir etwas zu, das ich nicht verstehe. Ich spüre stattdessen die Kälte, den Wirbel, und … Dunkelheit.


Im Krankenwagen, der in der Einfahrt vor meinem Haus steht, komme ich wieder zu mir. Der Notarzt tastet vorsichtig mein Gesicht ab und misst meinen Blutdruck. Er riecht ein wenig nach Knoblauch.

„Ist meine Nase gebrochen?", erkundige ich mich.

„Ich glaube nicht, aber zur Sicherheit werde ich eine Röntgenaufnahme vom Schädel veranlassen." Er drückt vorsichtig gegen meine Nase. „Tut das weh?"

Ich zucke zusammen. „Ein bisschen. Ich sehe bestimmt schrecklich aus?"

„Sie werden hübsche Veilchen um die Augen bekommen, aber in ein paar Wochen werden ihre Blessuren verschwunden sein. Besser, Sie legen die Teilnahme an Schönheitswettbewerben erst einmal auf Eis."

*Witzbold!*

„Mein Geruchssinn scheint jedenfalls in Ordnung zu sein", sage ich. „Was haben Sie gestern gegessen? Scampi in einer Knoblauchsoße?"

Der Arzt grinst. „Touché. Lammfilet in Knoblauchsoße."

„Dann werde ich also einige Wochen wie ein Zombie den örtlichen Supermarkt unsicher machen? Jeder wird glauben, dass mein Mann mich verprügelt hat."

„Die Zeitungen werden von dem Überfall berichten, vermute ich. Machen Sie sich darüber mal keine Gedanken, Frau Simonet. Haben Sie Kopfschmerzen? Ist Ihnen übel?"

„Nein. In meinem Kopf ist nur Leere."

„Das sind die psychischen Auswirkungen des Übergriffs." Er drückt mir eine Gaze auf die Wunde.

Ich ahne, was jetzt kommen wird und mache eine abwehrende Geste. „Bitte keine Psychokacke, Doc. Wie ich meine Schwägerin kenne, hat sie bereits jede Menge davon bereitgestellt, um ihre psychologischen Erkenntnisse über mir auszuschütten. Ich möchte das hier so schnell wie möglich vergessen und mutiere nicht zum Stresshuhn, das nicht mehr wagt, allein zu Hause zu sein. Jules wird das auch nicht akzeptieren. Jules ist mein Mann. Wo bleibt er denn nur?"

Lianne kommt in den Krankenwagen und setzt sich zu mir. Sie nimmt mich in die Arme und hüllt mich ein in ihre Wärme. „Bruce ist da, Tessa. Er sagt, er sollte heute die Hecke schneiden. Die Polizei lässt ihn aber nicht in den Garten. Deshalb flippt er gerade aus."

„Wer ist Bruce?", will der Arzt wissen.

Ich versuche aufzustehen, aber er hält mich zurück. „Bruce ist unser Gärtner. Er ist geistig behindert und lebt ganz in der Nähe in einem Heim für betreutes Wohnen", erkläre ich und sehe dann Lianne an. „Lianne, lässt du ihn bitte wissen, dass ich hier bin und dass es für ihn besser wäre, jetzt nach Hause zu gehen. Aber mache ihm bitte klar, dass mit mir alles in Ordnung ist."

„Okay. Mach ich gleich."

Die Polizistin, die mich im Haus befragt hat, schaut in den Krankenwagen. „Alles okay?"

Ich nicke.

„Wann können wir wieder ins Haus?", will Lianne wissen.

„Sobald die Spurensicherung ihre Arbeit abgeschlossen hat."

Meine Nichte dreht sich um. „Da kommt Papa. Und Mama", ruft sie.

„Wo bleibt Jules?", flüstere ich.

*Ich komme wieder. Wenn du allein bist ...*

„Wir fahren in die Klinik, um eine Röntgenaufnahme anzufertigen", bestimmt der Arzt. „Es haben sich ja genügend Familienmitglieder eingefunden, um sich um Ihren Mann zu kümmern. Jetzt denken Sie zuerst mal an sich."

„Das tut sie nie!", sagt Lianne und grinst.

*Ich denke an Jules.*

„Wir wissen beide, dass das nicht wahr ist", sage ich.

*Wo bleibt Jules?* Und dann denke ich nur noch eines: *Ich verachte dich!*

# Kapitel 4

Karola fährt mit ihrem Wagen hinter dem Krankenwagen her. Sie wird mich später nach Hause bringen. Wenn meine Schwägerin eine Entscheidung getroffen hat, ist es zwecklos, ihr zu widersprechen. Aber ich bin froh, dass mir im Krankenhaus jemand beisteht. Karola ist ein Jahr älter als ich, Ende neununddreißig. Sie besucht mich oft. Ich mag sie und ihren unverfrorenen Humor, obwohl sie sich zu oft in meine Angelegenheiten einmischt. Wir haben aber auch viel Spaß miteinander. Ihre Tochter bezeichnet sie als einen pubertären Satansbraten. *Komisch.* Mir kommt Lianne eher liebevoll vor.

Meine Nase ist nicht gebrochen, die Wunde ist sauber mit einem großen Pflaster bedeckt.

„Sie können immer noch starke Kopfschmerzen bekommen", warnt mich der Arzt in der Notaufnahme. „Dann nehmen Sie zwei Paracetamol und legen sich ins Bett. Im Übrigen empfehle ich Ihnen nach dem Schock dringend Bettruhe."

Ich möchte so schnell wie möglich nach Hause und hoffe, dass die Spurensicherung ihre Arbeit inzwischen abgeschlossen hat. Lianne wird erst morgen wieder zu mir kommen. Ich musste dem Mädchen feierlich versprechen, dass ich von nun an stets das Tor zum Grundstück abschließen werde.

Den Abend mit Jules allein zu verbringen, ist kein verlockender Gedanke. Ich will das Geschehene so schnell wie möglich vergessen oder wenigstens verdrängen und brauche dringend Ruhe.

Nachdem ich die Klinik wieder verlassen darf, geht Karola in der Krankenhaushalle zum Parkautomaten, vor dem sich eine Schlange gebildet hat. Immer wieder blickt sie besorgt in meine Richtung.

Ich setze mich in einen bequemen Sessel und sehe mich um. Ein Mann nähert sich mir, schaut mich irritiert an, dann hebt er zögernd seine Hand.

*Nein, das ist doch ...*

„Du bist es", sagt er und lächelt mich an. „Ich kann es kaum glauben, du bist es tatsächlich. Und immer noch so schön, was für eine Überraschung. Was für eine angenehme Überraschung." Er küsst meine Hand.

Ich hätte meine Hand zurückziehen sollen.

Diese Augen, dieser Mund, das Lächeln, dieselbe Stimme. Derselbe dunkelblonde Lockenkopf, aber jetzt mit feinen grauen Strähnen durchzogen. Er sieht besser aus denn je. „Hallo Boris", sage ich leise. Meine Stimme zittert. „Ich fühle mich alles andere als gut aussehend mit meiner zerquetschten Nase."

Er mustert mich. „Spielt überhaupt keine Rolle."

*Verdammt, er soll aufhören, mich anzustarren.* „Was hat dich denn hierher verschlagen?" Die einzige Frage, die mir spontan einfällt.

„Ich arbeite in der Klinik."

„Oh. Als was denn?"

„Als Krankenpfleger. Die Firma, in der ich davor gearbeitet habe, musste Insolvenz anmelden. Danach habe ich mich für eine Umschulung entschieden. Von allen Möglichkeiten, die sich mir boten, wählte ich die Ausbildung, von der man mir abgeraten hat. Frag mich nicht, warum. Es ist einfach passiert."

„Vielleicht, weil du schon Erfahrung in der Pflege hattest?"

Boris schaut zur Seite.

„Wie geht es ..."

„Meine Frau lebt seit drei Jahren in einem Pflegeheim in St. Germain-ein-Lay. Ich habe es zu Hause einfach nicht mehr geschafft. Es war meine Entscheidung, sie dorthin zu bringen. Danach hat sie die Scheidung verlangt. Sie will mich nicht mehr sehen."

„Das tut mir leid, Boris."

Er sieht mich wieder an. „Es war auch eine Erleichterung." Er zeigt auf meine Nase. „Wer war das?"

„Ein Einbrecher, das heißt, es waren zwei. Einer von ihnen hat mich angegriffen."

Er hebt die Augenbrauen. „Du wurdest zu Hause angegriffen? Am helllichten Tag? Komm her!"

Es ist seine Stimme, der besorgte Ausdruck in seinen Augen, sein Körperduft. Sein Geruch ist mir noch immer so vertraut. Meine lieblose Ehe.

Er breitet seine Arme aus.

Ich möchte dem Verlangen nicht nachgeben, von ihm berührt zu werden, aber es gelingt mir nicht. Ich spüre seine Arme um mich, seine Vertrautheit, seine Liebe – damals – und lasse mich fallen.

# Kapitel 5

Karola lässt nicht locker. „Aber man setzt sich doch nicht einfach zu einem wildfremden Mann, jammert ihm die Ohren voll und lässt sich von ihm, mir nichts, dir nichts, in den Arm nehmen!"

Karola nörgelt ununterbrochen. Ich möchte ihr am liebsten mit einem großen Pflaster aus der Notaufnahme den Mund zukleben. Sie hört einfach nicht auf.

„Oder war er vielleicht kein Fremder? Was verschweigst du mir?" Sie schaut mich eindringlich an.

*Du solltest es mal mit Pilates versuchen, Karo, das entspannt und verbessert deine Körperhaltung.* „Schau nicht so!"

„Das ist keine Antwort, Tessa!"

„Wenn du es genau wissen willst: Ich kenne ihn von früher, aus der Zeit *vor* Jules."

„Und wie gut kanntest du ihn?"

Ich sehe zur Seite. Boris spricht mit jemandem. Gleichzeitig schaut er in meine Richtung. „Gut genug, um noch heute zu wissen, wer er ist. Ich bin dir keine Rechenschaft schuldig. Können wir das Verhör beenden?"

Karola legt ihre Hand auf meinen Arm. „Es war nicht meine Absicht, dich zu verhören. Entschuldige bitte. Wir sind alle so schockiert. Komm, ich bringe dich nach Hause. Jules wird gewiss schon auf dich warten."

„Ich hatte solche Angst, dass sie Lianne was antun könnten."

„Meiner Tochter ist nichts geschehen, Liebes. Mach dir also keine Gedanken darüber, was hätte passieren *können*."

„Du hast recht."

An der Eingangstür bleibe ich einen Moment stehen und drehe mich noch einmal um.

Boris unterhält sich immer noch. Er gibt mir mit einer Hand ein unauffälliges Auf-Wiedersehen-Zeichen.

Ich blicke schnell nach vorn. Mein Herz pocht.

Karola lässt mich während der Heimfahrt immer wieder erzählen, was geschehen ist. Ich vermute, dass sie damit etwas bezweckt. Vielleicht die Verarbeitung meiner schockierenden Erfahrung. Sie betrachtet den Übergriff zweifellos nur aus psychologischer Sicht. Hätte Karola ihr Psychologiestudium wieder aufgenommen, als Lianne aus dem Gröbsten raus war, hätte ich jetzt vermutlich meine Ruhe. Ich werde sie demnächst zum wiederholten Mal zum Studium ermutigen. Jules' Schwester hat keine finanziellen Sorgen und muss sich auch nicht mehr schuldig fühlen, weil sie dann weniger Zeit mit ihrer Tochter verbringen kann. Lianne wird aufatmen und mir dankbar sein. Und ich habe meine Ruhe.

„Lass uns bitte einen Moment damit aufhören", bitte ich Karola. „Ich werde es der Polizei sicherlich auch noch ein paar Mal erzählen müssen."

„Und Jules ..."

„Sie haben kein Geld gefunden", unterbreche ich sie. „Vorsicht! Die Ampel! Rot!"

Karola tritt voll auf die Bremse. „Das hätte ich fast übersehen. Entschuldigung." Sie öffnet das Handschuhfach. „Könntest du nachsehen, ob da hinten noch eine Schachtel Zigaretten liegt?"

„Ich dachte, du rauchst nicht mehr."

„Gelegentlich."

Ich taste die Ablage ab. „Keine Zigaretten. Der Einbruch und der Übergriff nehmen dich wohl ebenfalls stark mit."

Die Ampel springt auf Grün. Karola gibt Gas. „Für dich ist es schlimmer. Arme Tessa. Schau dich nur an."

Ich lächle gequält. „Meine Schönheit ist dahin!"

Karola prustet drauf los. „Und ich hatte uns schon für die nächste Staffel von Germanys next Topmodell angemeldet. Ich möchte auch mal einen zwanzigjährigen Mann flachlegen!"

„Karola!"

„Was denn? Mach den Mund zu, Süße. Es zieht!"

Karola lenkt den Wagen in unsere Straße und parkt vor der Auffahrt, die noch immer von Polizeifahrzeugen blockiert wird. Ich fühle mich, als hätte ich geraume Zeit unter einer Dunstwolke verbracht, was vermutlich an der Beruhigungsspritze liegt, die der Notarzt mir verabreicht hat.

„Ich sehe Jules' Auto nirgendwo, Karo." Meine Hände zittern. „Wieso ist er nicht hier?"

Karola scheint ebenfalls irritiert. „Soll ich deine Mutter anrufen? Sie wird wissen wollen, was passiert ist."

Ich versuche, die Wagentür zu öffnen.

„Warte bitte, ich helfe dir." Karola steigt aus, geht um den Wagen, öffnet die Tür und streckt mir ihre Hand entgegen, die ich dankbar nehme. „Mensch Tessa, du bist kreidebleich. Atme tief ein und aus … Verstehe. Ich werde deine Mutter *nicht* anrufen!"

„Das erledige ich selbst. Meine Mutter macht gerade Urlaub in Palma de Mallorca."

„Und Amelie? Die wird doch wissen wollen, was los war? Sie ist deine beste Freundin. Soll ich wenigstens sie für dich anrufen?" Karola schlägt ihren Arm um meine Schultern.

„Nein. Jules kommt bestimmt bald. Vielleicht ist er in einem Meeting oder noch unterwegs."

„Soweit ich weiß, hat er heute keine Termine außerhalb. Und Amelie rufe ich heute Abend selbst an, wenn es hier ruhiger ist. Ich verkrafte den Stress im Moment nicht."

Die Haustür wird geöffnet. Lianne umarmt mich herzlich. „Ist deine Nase gebrochen?"

„Nein, Süße."

„Gott sei Dank. Dad kann Jules telefonisch nicht erreichen. Er hat ihm eine WhatsApp geschickt, dass er sofort nach Hause kommen soll. Papa will in die Firma fahren und nachsehen, ob etwas nicht stimmt. Tut es noch weh, Tessa? Du siehst sehr blass aus. Möchtest du etwas essen, etwas trinken?"

Karola schiebt ihre Tochter zur Seite. „Mach mal langsam, Schätzchen. Deine Tante ist erschöpft und erträgt jetzt keine Hektik. Sei bitte so lieb, geh bitte in die Küche und hol uns eine Flasche Wasser und Gläser!" Dann sieht sie mich an. „Mich würde es nicht überraschen, wenn dein Mann sein Telefon wieder ausgeschaltet hat, um ungestört arbeiten zu können. Komm, wir gehen rein!"

„Mir ist noch nie aufgefallen, dass er sein Telefon ausschaltet, wenn er arbeitet", sage ich irritiert.

„Du hast so vieles nicht bemerkt!".

Ich bleibe abrupt stehen. „Was meinst du damit?"

Karola schiebt mich weiter. „Bescheuerte Bemerkung von mir, vergiss es. Du liegst schon richtig: Auch mich nimmt das Ganze sehr mit. Deshalb sage ich auch so komische Sachen."

# Zwischen den Zeilen

*Paris, Forensische Abteilung der Strafanstalt La Santé, Zimmer 13.*

Die Puppenmutter drückt den Puppenkopf fest an sich. „Wie war das damals, Alice? Erinnerst du dich noch daran?", flüstere ich.
Der Puppenkopf nickt …

Der Raum, in dem das Kind einst eingesperrt worden war, war klein, niedrig und ziemlich finster. Es gab nur eine einzige Lichtquelle, eine schmale Luke, dahinter eine schwach flackernde Birne. Die Bruchsteinwände waren mit Schaumstoff ausgekleidet und mit Jute überzogen. Sie erinnerten das Kind an einen mit Laub überwucherten Leinensack. Der Steinboden war nass und kalt, selbst das Bett und der Stuhl fühlten sich stets klamm an. Es roch nach verfaultem Laub, nach Tod und es war dunkel. Trotzdem verspürte das Kind keine Angst, denn es hatte eine Puppe, die es beschützte.
Damals, als das Kind sie fand, war es sich sicher, dass die Schwärze eines Tages vorübergehen würde und dass irgendwo in diesem finsteren Raum eine Tür war, vielleicht zwischen den Fugen der gepolsterten Quadrate, ein Wurmloch, das zu einem Zufluchtsort führte, an dem es wieder atmen konnte.
Das Kind tastete immer wieder blind umher, war sich sicher, dass es einen Ausgang gab. Es musste nur lange genug in die Ecke und in die Dunkelheit starren. Irgendwann würden sich die Fugen öffnen und dahinter eine Tür freigeben, die in einen winzigen Gang und zum Licht führte. Es hatte sie, so glaubte es, schon einmal gesehen. Doch sobald das Kind seine Erinnerungen daran aufrufen wollte, lösten sich die Bilder auf. Doch etwas anderes trat an ihre Stelle: Ein Atemhauch fegte vorbei – kalt, eisig. Es streckte einen Arm nach dem Schatten aus, manchmal auch ein Bein und verharrte in dieser Position, still wie eine Statue.

Dabei hatte es sein Spiegelbild vor seinem inneren Auge. Komisch sah es aus, als wäre es von einer Eismaschine schockgefroren worden; sein Mund aufgerissen, das Gesicht weiß. Seine Augen dunkel, sein Blick unheimlich, weil es hinter den Fugen etwas wahrnahm. Dort, wo die Wände sich bewegt hatten, glaubte es, dass der Himmel dunkler war und schwarze Wolken vorbeifegten, dort lag jetzt diese Puppe: das Gesicht klein, blass wie der Mond, mit dunklen Schatten unter den Augen, die zu fragen schienen: „Was machst du denn mitten in der Nacht auf dem kalten Fußboden?"

Etwas in den Augen der Puppe erregte die Aufmerksamkeit des Kindes; bernsteinfarbene Augen, deren Lider so zart waren, dass die Iris hindurchschimmerte. Das Kind setzte sich langsam in Bewegung und lief in die Richtung der Puppe. Ein kalter Luftzug wirbelte einige feine Staubkörner auf. Es wich zurück und rieb seine Augen, als könnte es damit das Bild vor sich löschen, aber es blieb: ein kleiner, gekrümmter Hals und Lippen, die über den Zähnen hochgezogen waren. Es sah noch einmal hin. Nein! Keine hochgezogenen Lippen, sondern eine grobe Kordel, fest um das Gesicht der Puppe gebunden. In dem Anblick lag eine Grausamkeit, die selbst einen Mond bedrohlich hätte schillern lassen. Es hob die Puppe auf, deren Batterie sich geleert hatte und deren Gekreische nun wie ein Echo ausklang. „Alice … Mein Na … st … A … ice."

Das Kind entfernte die Kordel, säuberte mit seinem Arm das Gesicht der Puppe und fand Alice wunderschön. Sie trug nur Stofffetzen, rot durchtränkt, und war doch so schön, so traurig. Es hörte in Gedanken das Wimmern eines Kindes, dem die Puppe gehört hatte, seine Schreie, sein Schluchzen. Ein Hauch von Eisengeruch, den es selbst nur allzu gut kannte, drang in seine Nase. Der Geruch von Blut und der Gestank von Urin; die Gerüche seiner Kindheit.

Das Kind war weder geschockt noch beunruhigt und fragte sich, wo sein Platz in diesem löchrigen Szenario war. Irgendwo auf der Welt teilte gewiss ein anderes Kind sein Schicksal. Mit Alice in der einen Hand zeigte es mit der anderen der Wand seine unbändige Wut, streckte ihr seine geballte Faust entgegen.

Das Kind wusste, es würde eines Tages schlagen, furchtbar schlagen. Die Sorte von Schlägen, die sehr wehtaten. Die Art von

Schlägen, die sich anfühlten, als seien sie endlos, die jede Hoffnung töteten, während der Körper am Leben blieb. Wie die Schläge seiner Mutter.

*„Hallo"*, sprach Alice in Gedanken zu ihm, *„beruhige dich. Ich werde eine Lösung für dich finden. Du wirst mich in diesem Dreck beschützen und ich werde dich beschützen!"*

Das schwarze Loch umkreiste das Kind, wurde zu einem Wirbelsturm. Dann verschmolz das Dunkel erneut mit der Wand ... bis ich die Tür fand.

So war das, damals in dem dunklen Raum, bis das Kind die Tür fand ...

*Es ist schon so lange her, aber so wird es wohl gewesen sein, Alice.*

# Kapitel 6

*Amelie*

Sie muss sich noch an den Gedanken gewöhnen, aber Amelie ist davon überzeugt, dass sie eine gute Entscheidung getroffen hat. Sie hat davor nie das Bedürfnis verspürt, Mutter zu werden, und war immer davon überzeugt, dass sie das nicht wollte. Vielleicht hatte es etwas mit der biologischen Uhr zu tun, die unabhängig von dem, was Frauen wollen, gnadenlos weitertickt. Oder vielleicht war es ein Weg, mit ihrer trostlosen Kindheit abzurechnen. Egal, sie will ein Kind. Von ihm, von dem Mann, den sie seit Jahren kennt, der aber erst seit sechs Monaten die wichtigste Rolle in ihrem Leben spielt. Sie würde nie den Moment vergessen, in dem sie sich das erste Mal angesehen hatten, und beide erkannten, dass etwas Unumkehrbares geschah. *Dieser Augenblick, diese Sekunden auf der Schwelle, der Moment zwischen Sympathie und Liebe, zwischen Winter auf den Wangen und Frühling im Herzen*, schwärmt sie stets.

Es ist jetzt drei Wochen her, seit sie das letzte Mal die Pille eingenommen hat, und sie möchte, dass er es erfährt. Sie möchte ein neues Leben in ihr, das alte ausradieren. Ihre Beziehung ist eine einzige Heimlichkeit, sie will es fair halten. Sie erwartet seinen Protest, aber sie wird ihn davon überzeugen, dass ein gemeinsames Kind die Welt zu einem besseren Ort macht. Weil es sich so anfühlt.

Sie wird eine schöne und ausgeglichene werdende Mutter sein. Das bedeutet eine ausgewogene Ernährung, um sicherzustellen, dass sie nicht zu einer Art Michelin-Frauchen mutiert. *Grauenvoller Gedanke.*

Seit sie weiß, dass sie schwanger werden möchte, denkt sie mehr denn je an ihre Mutter. Sie ist überzeugt, dass ihre Mutter diese Entscheidung verstanden hätte, auch wenn sie es Amelie nie sagen wird. Nicht, weil sie im Würgegriff ihres Glaubens gefangen oder der Gnade von Amelies Vater ausgeliefert wäre. Ihre Mutter ist tot. Nach der Beerdigung hat sie das Grab nie wieder besucht. Sie findet sogar den Friedhof, auf dem ihre Mutter beerdigt wurde, abstoßend christlich. Bis heute glaubt sie, sie hätte den Tod ihrer Mutter verarbeitet. Ihre Gedanken sprechen eine andere Sprache.

Das Handy meldet den Eingang einer WhatsApp-Nachricht. Sie haben sich um halb drei in *ihrem* Motel verabredet. Möchte er sie früher treffen?

Sie liest die Nachricht dreimal, versteht jedoch nicht wirklich, was sie bedeutet.

*Ich bin schon da. Bitte komm schnell zu mir. Ich habe eine schlechte Nachricht erhalten.*

An einem Tag wie diesem kann keine schlechte Nachricht ihr Wohlbefinden übertreffen. Sie antwortet sofort. *Ich komme sofort. Mit einer sehr guten Nachricht.*

Sie hat die fruchtbaren Tage ihres Zyklus und ihren Eisprung berechnet. Heute kann sie schwanger werden.

# Kapitel 7

*Tessa*

Die kriminaltechnische Untersuchung ist abgeschlossen, die Spurensicherung hat sich verabschiedet und ein wahres Chaos hinterlassen.

„Sie müssen noch Anzeige erstatten und Ihre Aussage zu Protokoll geben, Frau Simonet. Aber das hat Zeit, bis Sie sich von dem Schrecken erholt haben", sagt der leitende Ermittler. „Könnten Sie morgen zum Polizeirevier kommen?"

„Ich habe doch schon alles ausgesagt", erwidere ich ungeduldig.

„Wir brauchen noch eine offizielle Anzeige", erklärt der Polizist. „Schließlich wurden unmittelbar nach dem Notruf polizeiliche Maßnahmen durchgeführt. Es gab einen Aufruf an alle Polizeifahrzeuge in Ihrer Nähe, den Einsatz eines Polizeihubschraubers und einen Aufruf an die Bevölkerung."

„Entschuldigung. Natürlich komme ich morgen zur Dienststelle. Und vielen Dank."

Im Moment kann ich mir nicht vorstellen, was ich noch aussagen sollte oder was sie mich fragen wollen. Meine Schwägerin, mein Schwager und meine Nichte machen sich zunehmend Sorgen, weil Jules noch nicht eingetroffen ist. Mir fällt auch auf, dass sich von Minute zu Minute zu meiner Sorge auch zunehmende Wut gesellt.

Ich kann förmlich Karolas Gedanken lesen: *Typisch für Jules, die Nachricht, dass seine Frau am helllichten Tag Opfer eines Übergriffs wurde, nicht als Priorität anzusehen.*

Ich lege mich auf das rote Sofa und schäme mich ein bisschen, als Lianne sich auf dem Teppichboden niederlässt. Ich schaffe es noch nicht einmal, mich aufzusetzen, und bleibe einfach liegen. „Ich fühle mich ein wenig krank, Schatz."

Karola wirkt beunruhigt, dabei ist sie nicht so leicht aus der Fassung zu bringen. Da Karola nervös wirkt, muss ich schlimm aussehen.

Sie steht auf. „Brauchst du was, Tessa? Aus der Apotheke oder so?", fragt sie.

„Danke, ich habe alles, was ich benötige, im Haus. Ich brauche nur Ruhe, Karola. Verzeihung."

„Kein Problem."

Ich ziehe mir die Decke bis unter die Nase, um zu signalisieren, dass das Gespräch für mich beendet ist.

Karola bleibt im Türrahmen stehen, offensichtlich unschlüssig, ob sie mich allein lassen kann. Schließlich geht sie in die Küche.

Lianne steht auf und folgt ihrer Mutter.

Normalerweise liebe ich es, wenn Geräusche im Haus sind, aber heute bedeutet es mir nichts. Ich lasse mich von Kissen, Decken und Dunkelheit schlucken, finde aber keinen Schlaf.

Nach einer Weile stehe ich auf und leiste den beiden in der Küche Gesellschaft.

Lianne wollte ihren Vater in die Firma begleiten, aber Sebastien hat sich vehement geweigert. Jetzt sitzt sie nörgelnd am Küchentisch und behauptet, alle würden sie behandeln, als wäre sie noch ein Kind.

„Hör auf, ständig nach Aufmerksamkeit zu lechzen", schnauzt Karola sie an. „Jetzt geht es um Tessa, die angegriffen und verletzt wurde, und die besorgt ist, weil wir Jules nirgendwo erreichen können."

Ich beuge mich über den Tisch und ergreife Liannes Hand. „Schätzchen, du hast heute sehr überlegt gehandelt. Du hast nicht einen Moment gezögert, als du bemerkt hast, dass ich in Gefahr bin und hast sofort den Notruf gewählt. Das war gut! Richtig gut! Ich bin froh, dass du da bist und wir gemeinsam auf deinen Vater und Jules warten." Ich sehe, dass Karola ihre Mundwinkel zu einem schmalen Strich verzieht. „Karo, bitte jetzt keinen Tochter-Mutter-Stress. Lass uns ruhig bleiben!", flehe ich sie an.

„Du hast recht", sagt Karola.

Ich habe das Gefühl, dass nicht ich es bin, sondern eine andere Person, die in der Küche meiner Schwägerin dabei zusieht, wie sie Sandwiches mit Käse und Roastbeef belegt.

Lianne nimmt einen gehäuften Löffel aus dem Piccalilli-Glas und bedeckt damit den Käse.

Ich sehe es, ich höre es, ich weiß, was los ist und doch nehme ich es wie eine Außenstehende wahr. Ich verstehe nicht, was hier gerade geschieht. Ich sollte mich schämen, in dieser stressigen Situation an den Mann zu denken, den ich vor einigen Stunden zum ersten Mal nach mehr als zehn Jahren wiedergesehen hatte. Der Mann, mit dem ich den besten Sex aller Zeiten hatte und der mir unzählige Male in den Sinn kam, selbst wenn ich neben Jules in unserem Ehebett lag.

Ich sollte mich schämen für das, was ich jetzt empfinde. Für die Begierde, die mich beherrscht, das Verlangen, wieder ungehemmten Sex mit ihm zu haben. Für den Gedanken, dass, sollte er in diesem Moment anrufen, ich ohne zu zögern aufstehen und zu ihm gehen würde.

Was ist nur in mich gefahren? Wir warten auf meinen Mann, und ich sollte mir wie die anderen Sorgen machen.

„Wo steckt Jules nur?", fragt Karola zum wiederholten Mal. „Sebastien sagte, dass er Jules heute in der Firma auch nicht gesehen hat. Komisch. Es ist doch seltsam, dass er immer noch nicht da ist." Sie steht auf und geht zum Fenster. „Ich dachte, ich hätte ein Auto in der Einfahrt gehört. Sollten wir nicht die Krankenhäuser anrufen? Oder die Polizei? Vielleicht gab es einen Unfall?"

„Es gab keinen Unfall", sage ich.

„Woher weißt du das?"

Ich nehme einen Schluck Kaffee. „Ekelhaft. Der ist ja kalt. Es spielt keine Rolle, woher ich das weiß. Nur so ein Gefühl."

Karola schenkt mir einen neuen Kaffee ein. „Du weist mögliche schlechte Nachrichten immer von dir, indem du sie leugnest."

Manchmal ist Karola mit ihrem psychologischen Geschwafel unerträglich.

„Ich glaube, Papa kommt zurück", ruft Lianne und geht zur Haustür.

Ich habe eine schlimme Vorahnung.

# Kapitel 8

Sebastien hat Jules in der Firma nicht angetroffen. Ein Mitarbeiter sagte, dass mein Mann gestern am späten Nachmittag in sein Auto gestiegen und nicht mehr ins Büro zurückgekommen sei.

Sebastien will sich offenbar nichts anmerken lassen, aber ich spüre, wie wütend er ist. Er steht auf und nimmt sein Handy aus der Jackentasche. „Ich rufe ihn noch einmal an." Er hört einen Moment zu, während er mit den Fingern auf der Rückenlehne seines Stuhls trommelt. „Wieder diese bescheuerte Voicemail! Was hier heute geschehen ist, ist für mein Bruderherz wohl nicht wichtig genug, um sofort nach Hause zu kommen!"

Lianne sieht ihren Vater mit großen Augen sichtlich entsetzt an. „Warum sagst du so etwas?" „Du bist ein Monster!"

„In dieser Familie gibt es nur ein Monster", schnauzt Sebastien.

Karola schlägt mit der flachen Hand auf den Tisch. „Jetzt komm mal runter! Bist du jetzt völlig übergeschnappt? Reiß dich gefälligst zusammen!"

Ich blicke von einem zum andern. „Ich weiß nicht, was mit euch los ist, aber tragt das bitte in eurem eigenen Haus aus! Verschwindet, ich komme klar. Jules wird schon nach Hause kommen."

Karola macht eine verzweifelte Geste. „Aber das ist doch nicht normal! Wenn du erfährst, dass deine Frau Opfer eines Überfalls wurde, dann fährst du doch so schnell wie möglich zu ihr. Ich glaube, dass da etwas passiert ist, etwas Ernstes." Sie sieht ihren Mann an. „Geh bitte nach Hause und nimm Lianne mit. Ich bleibe bei Tessa." Sie streicht über meinen Arm. „Es ist nicht gut, jetzt allein zu sein, glaub mir."

„Ich will auch bleiben", sagt Lianne.

Ich stehe auf. „Ich meine es ernst, lasst mich bitte allein – alle."

Ob Jules gestern Abend zu der Frau gefahren ist, mit der er ein Verhältnis hat? War es das, was er gestern mit *in Ordnung bringen* gemeint hatte? Aber warum hat er dann gestern Abend nicht einfach gesagt, was er vorhatte? Warum dieses hinterfotzige Getue? Warum diese Erniedrigung?

Ich bedecke mein Gesicht mit den Händen. Nicht mal achtundvierzig Stunden ist es her, seit wir uns an diesem Tisch gegenübersaßen. Die Klimaanlage kühlte den Raum, draußen war es noch sehr warm. Doch ich hätte mich lieber im Garten aufgehalten, dort hätte ich die Kälte zwischen uns weniger stark empfunden. Ich habe mich gefragt, was sein Geständnis mit mir macht, konnte aber keine Antwort darauf finden. Diese Erkenntnis lähmt mich.

Die Aussprache zwischen uns, dass in unserer Beziehung etwas nicht stimmt, hätte schon viel früher stattfinden müssen, aber bis gestern Abend war ich dafür noch nicht bereit gewesen. Außerdem hatte ich das Gefühl, dass ihn ein solches Gespräch überfordern würde. Er weicht neuerdings meinen direkten Blicken aus. Meine Unsicherheit hatte mich lauter sprechen lassen.

„Ich bin nicht taub", sagte Jules. „Sprich also bitte leiser!"

Ich weiß nicht, warum es geschah, es war nicht geplant, aber zu guter Letzt stellte ich ihm die Frage, deren Antwort ich nicht wissen wollte. „Gibt es jemand anderen in deinem Leben?"

Jules zog seine Mundwinkel nach unten und sah mir mit einem kühlen Blick in die Augen.

„Ja, es gibt eine andere Frau, und ich glaube, dass du das längst bemerkt hast." Seine Worte schwirrten an meinen Ohren vorbei. Trotzdem verstand ich, was er sagte. Ich wollte ihn fragen, wer diese Frau ist, ob ich sie kenne, warum er seit zehn Jahren neben mir herlebt, warum er mich noch nicht verlassen hat? Welche Rolle ich in seinem Leben gespielt habe? Aber alle Fragen erstarben auf meinen Lippen, sobald ich meinen Mund öffnete.

„Wir haben uns zehn Jahre aneinandergeklammert, Tessa. Verstehst du nicht, wie falsch das war? Es wird Zeit für mich, mein Leben neu zu ordnen."

Danach ging er in sein Büro und ich ins Gästezimmer.

Gestern Morgen klebte ein gelbes Post-it auf der Arbeitsplatte. *Tut mir leid, ich hätte es dir mit mehr Taktgefühl sagen sollen.*

Er hinterlässt immer dann Post-it-Notizen, wenn er etwas getan oder gesagt hat, wofür er sich entschuldigen muss. Wenn es mit der Liebe doch auch so einfach wär. Ein Post-it drauf und alles ist wieder in Ordnung. Aber sind Loyalität und Verlässlichkeit einmal über den Haufen geworfen, ist die Liebe angeschlagen. Sie wird von Argwohn abgelöst oder noch schlimmer, von Verachtung.

Ich bin müde und habe Kopfschmerzen. Vielleicht kommt er später doch noch nach Hause. Im Moment ist es mir egal. Ich schlafe wieder im Gästezimmer. Sollte ich Jules morgen sehen, werde ich ihm sagen, dass wir über eine Scheidung sprechen müssen. Das hätte ich schon längst tun sollen. Draußen ist es immer noch hell. Ob er irgendwo auf einer Terrasse sitzt und Spaß hat mit ... Ja, mit wem?

Soll er ruhig!

Ich bin hundemüde, kann meine Augen kaum noch offen halten, will vierundzwanzig Stunden schlafen.

Sie schreien mich an, ziehen an meinen Armen. Schlagen mich.

Worüber sprechen sie?

Sie wollen Bargeld.

„Es ist kein Geld im Haus", rufe ich. „Nur ein bisschen Bargeld in meiner Handtasche."

Jemand packt mich, drückt mir die Kehle zu. Ich will schreien, aber kein Laut entweicht meiner Kehle.

*Ich sterbe.* Das war's, sie bringen mich um.

Dann sind die Hände an meinem Hals plötzlich weg. Ich schreie, wache auf. Es ist totenstill im Haus.

Ich atme zu schnell, lausche in die Stille, mit der etwas ganz und gar nicht stimmt.

# Kapitel 9

*Amelie*

Ihre Beziehung zu dem Mann, der vor Jean ihr Partner gewesen war, hatte für sie keine Bedeutung. Sie langweilte sich mit ihm und ertrug seine Berührungen kaum noch. Deshalb flirtete sie mit jedem Typen, der zur Verfügung stand. Sie ging aus, blieb über Nacht fort und scheute sich auch nicht, mit einem Knutschfleck am Hals nach Hause zu kommen. Ihr Freund sah es, seufzte, aber kein Wort kam über seine Lippen. Er machte ihr keine Vorwürfe, nahm ihr Verhalten in Kauf, litt im Stillen. Das brachte sie nur noch mehr in Rage.

Jean, eine ihrer Zufallsbekanntschaften, entpuppte sich bald als mehr als nur ein One-Night-Stand. Das Motel wurde immer öfter gebucht und als er sie fragte, ob sie mit ihm leben wolle, zögerte sie nicht einen Moment. Sie nahm ihre Sachen und zog bei ihm ein.

Sie hatte gerade ihr Studium der Kommunikationswissenschaften abgeschlossen und arbeitete als JuniorKommunikationsberaterin bei der *BNP Paribas*-Bank. Ihr Leben war geprägt von Karriere und dem privaten Vergnügen. In Jean glaubte sie, den richtigen Partner gefunden zu haben. Dass er nach dem Abitur nicht angefangen hatte zu studieren, sondern sich mit einem Job am Empfang in einem Hotel zufriedengab, störte sie nicht. Er war intelligent und ihr ebenbürtig. Sie ignorierte die Sticheleien von Freunden, dass er zu wenig Ehrgeiz habe und mit seinem Gehalt nicht der ideale Ernährer werden könne. Sie fand diese Äußerungen zu banal, um einen Gedanken daran zu verschwenden.

Als ihr Vater hörte, dass sie wieder ohne Trauschein mit einem Mann zusammenleben würde, weigerte er sich nicht nur, Jean kennenzulernen, sondern ließ Amelie wissen, dass auch sie nicht mehr willkommen war. So konnte sie ihre Mutter nicht mehr sehen, bis ihr Bruder anrief, um ihr zu sagen, dass ihre Mutter im Sterben lag. Amelie kam gerade rechtzeitig, um sich zu verabschieden. Sie übernachtete mit Jean in einem Hotel, weil ihr Vater ihre Anwesenheit im Haus kaum tolerierte. Seit der Beerdigung ihrer Mutter ist sie nicht mehr in ihrem Heimatdorf gewesen.

Das Leben machte Spaß, bis Jean anfing, von Heirat und Kindern zu sprechen. Sie weigerte sich vehement gegen diese Art von Gesprächen, und er schwieg eine Weile darüber. Aber dann fing er wieder an. Zuerst subtil, aber dennoch durchschaubar. Später direkter und schließlich sehr konkret. Sie fing an, dem Sex mit ihm auszuweichen, und prüfte manchmal dreimal am Abend, ob sie die Pille genommen hatte. Und sie begann, sich für andere Männer zu interessieren, die mit ihr flirteten.

Der erste Mann, mit dem sie Jean betrog, war ein Kollege. Es geschah während einer Party eines anderen Kollegen in dessen Garten. Es ging schnell und passierte, bevor ihr klar wurde, was sie da tat. „Lass uns das öfter machen", sagte er.

„Wäre es nicht besser, einen Schlussstrich zu ziehen und allein zu leben?", fragte Tessa sie eines Tages. „Das ist doch für niemanden gut. Ich finde es auch Jean gegenüber nicht fair."

„Es ist eine Frage des Timings, liebe Tessa", erwiderte Amelie.

Jean begann ebenfalls auszugehen und kam manchmal nicht nach Hause. Das musste wohl so sein. Aber es schmerzte. Eines Abends gestand er ihr, dass ihm die Situation, in der sie sich befanden, krank machte. „Ich möchte mit dir zusammenleben, auch ohne Trauschein und ohne Kinder. Gib uns noch eine Chance", flehte er sie an.

Das ist nun zehn Monate her. Während dieser Zeit konnte Amelie vor ihm die Tatsache verbergen, dass sie keineswegs mit allen Männern brach, mit denen sie etwas hatte. Jean denkt, dass sie immer noch damit beschäftigt ist, ihr wildes Leben aufzugeben, weshalb zwischen ihnen kein Raum für mehr als einen Kuss ist. Er sagt regelmäßig, dass er warten kann, bis sie den Punkt erreicht hat, an dem sie wieder Sex mit ihm haben will.

„Ich bin mit einem Platz im Backstage zufrieden", sagte er ihr vor zwei Wochen und berührte dabei sehr vorsichtig ihre Hand.

Sie fragt sich, wie er reagieren wird, wenn sie ihm sagt, dass sie geht. Seine Augen werden den Ausdruck eines verwundeten

Tieres haben, den sie in der Zeit, in der sie ihr freies Leben führte, so oft gesehen hat. Den Blick, den sie zutiefst verabscheut. Vielleicht wäre es anders, wenn er nicht alles akzeptieren würde. Vielleicht sollte er wütend sein, sie anschreien, das Geschirr zerschmettern. Seine Wut an den Möbeln auslassen. Oder an ihr.

Doch die Gefühle, die sie einst für ihn hegte, kommen nicht mehr zurück. Nie mehr. Sie hat sie für jemand anderen reserviert. No way out. Wenn sie ehrlich ist, muss sie zugeben, dass sie das Spiel nicht fair gespielt hat. Aber sie kann es nicht rückgängig machen. Das ist auch nicht nötig. Jetzt, da sie beschlossen hat, schwanger zu werden, wird sie eine monogame Frau sein. Die wilden Jahre sind vorbei. Endlich erwachsen.

Es ist an der Zeit.

Sein Wagen ist schon da. Sie steigt aus, ihr wird schwindlig. Sie hält sich an der Tür fest, schließt die Augen und atmet tief durch. Der Schwindel lässt nach.

Er steht bereits in der Tür. Seinem Gesicht ist alle Farbe entwichen. *Wie ernst er aussieht,* denkt sie und schlägt ihre Arme um seinen Hals, küsst ihn.

Er küsst sie nicht.

„Was ist los?", fragt sie.

Er löst sich aus ihrer Umarmung. „Ich habe heute Morgen das Ergebnis der Computertomografie erhalten."

„Welche Computertomografie?"

„Sie wurde vergangene Woche in der Universitätsklinik gemacht. Ich fühle mich schon seit geraumer Zeit unwohl. Das Ergebnis … Ich werde sterben."

„Du darfst nicht sterben. Wir werden ein Kind bekommen. Du hörst richtig, ich will ein Kind, ein Kind von dir! Du musst gesund werden! Mittels einer Bestrahlung oder Chemotherapie, was auch immer. Ich werde mich um dich kümmern, Jules."

„Ich will kein Kind!"

# Kapitel 10

Amelie erkennt ihn nicht mehr. Ist das der Mann mit dem feurigen Blick? Ist das ihr Geliebter, der sie immer berühren muss, sobald sie zusammen sind? Ist das der leidenschaftliche Mann, der sich an sie klammert und ihren Namen ruft, wenn er kommt?

Er sitzt in sich zusammengesunken vor ihr und will nicht, dass sie ihn anfasst. Seine Hände zittern, seine Mundwinkel zucken, seine Schultern sind völlig verkrampft.

Er sieht sie nicht an, während er leise mit ihr spricht. Sie versteht nicht, was er genau sagt, und beugt sich ihm ein wenig entgegen.

„Metastasierender Lungenkrebs. Mein gesamtes Skelett ist befallen, von meinem Schädel bis zu den Fußknöcheln. Ich war vor einem Monat bei meinem Hausarzt. Danach ging es Schlag auf Schlag: Laboruntersuchungen, Röntgenaufnahme von der Lunge, Lungenspezialist, Bronchoskopie." Er schluckt heftig. „Das Ergebnis: ein bösartiger Lungentumor. Vor einer Woche wurde ein Knochenscan durchgeführt und heute Morgen kam die vernichtende Diagnose. Bald werde ich die Schmerzen nicht mehr bewältigen und mich an das Morphium halten müssen. Eine Chemotherapie ist höchstens eine lebensverlängernde Maßnahme, ich könnte damit ein wenig länger leben, aber die Frage ist, *wie?*"

„Aber eine Chemotherapie kann doch den Krebs besiegen. Bitte, sieh mich an, ich bin's. Amelie, die Frau, mit der du alt werden möchtest. Das stimmt doch? Du möchtest doch ein gemeinsames Leben? Lass uns ein Baby machen, dann haben wir etwas, was von uns bleibt, etwas, wofür es sich lohnt, zu leben, das dir einen Grund gibt, zu kämpfen."

*Ich darf jetzt nicht schreien*, denkt sie.

Er sieht sie an. „Es gibt nichts mehr, wofür es sich zu leben lohnt, Amelie, und schon gar nicht für ein Kind. Noch einmal, ich will *kein Kind.* Das wollte ich weder mit meiner ersten Frau, noch mit meiner zweiten, noch mit dir. Vergiss es! Belaste mich nicht mit deinen Illusionen. Wir haben keine Zukunft, verstehst du denn nicht, was ich dir gerade gesagt habe? Ich werde bald sterben, Amelie!"

Amelie streckt ihre Arme aus. „Lass mich dich einen Moment umarmen", fleht sie. Sie sieht sein Zögern. Sie steht auf und setzt sich neben ihn aufs Bett.

Er weint. Sie hat ihn noch nie weinen sehen und möchte, dass er damit aufhört. Sie müssen nur irgendwo eine zweite Meinung einholen. Was hat schon das Ergebnis eines Kreiskrankenhauses für eine Bedeutung? Alles Idioten! Besser wäre es, schnell einen Termin in einer auf Krebsbehandlungen spezialisierten Klinik zu vereinbaren. Aber im Moment ist es besser, das nicht zu sagen. Erst später, wenn der erste Schock vorüber ist, bis sie beide wieder klar denken können. Jetzt geht es um Beruhigung und Unterstützung. Ihre Unterstützung. Er braucht sie. Sie muss jetzt stark sein, einen kühlen Kopf bewahren und ihn aus dem tiefen Loch holen, in dem er gerade steckt.

Er liegt neben ihr, seine Atmung wird wieder ruhiger, regelmäßiger. Amelie streckt ihre Hände aus, küsst seine Tränen fort. Ihr Mund sucht nach seinen Lippen.

Er wehrt sich nicht.

Wie oft haben sie schon Sex gehabt? Oft. Aber keineswegs oft genug.

Sie sprechen nicht, die Geräusche, die sie machen, sind Ausdruck ihrer Erregung. Erst als sie sich dem Höhepunkt nähern, verlieren sie jede Kontrolle.

Amelie wischt sich den Schweiß von ihrer Stirn. Dann fängt sie mit ihren Lippen die Tränen ein, die über die Wangen ihres Geliebten laufen. Sie leckt die salzigen Tröpfchen und merkt, dass sie das wieder erregt.

Der Hustenanfall, der ihn erfasst, ist heftig wie ein Orkan. Er schiebt sie zur Seite, setzt sich auf. Er hebt seine Arme und röchelt. Es ist ein entsetzliches Geräusch. Er drückt seine Hände gegen den Mund, steht auf und geht zur Toilette. Als er zurückkehrt, zieht er sich an. „Ich muss gehen."

Sie hat Angst. „Warum? Ich möchte so gerne, dass du bleibst." Plötzlich sieht sie, wie schmal und kantig seine Schultern sind. Er hat stark abgenommen. Wie ist es möglich, dass ihr das vorher noch nie aufgefallen ist?

„Warum möchtest du nicht dagegen ankämpfen?", fragt sie verzweifelt. Ihre Stimme bebt. „Du bist eine Kämpfernatur, ich kenne dich nicht anders. Du wirst dich doch nicht unterkriegen lassen?"

Er setzt sich auf die Bettkante. „Es gibt keinen Kampf mehr. Die Schlacht ist zu Ende. Game over. Ich will nicht als ausgemergelter Schatten meiner selbst enden."

„Was meinst du damit? Lass uns reden, bitte!" Amelie versucht, ihn festzuhalten, aber er entzieht sich ihr.

„Für Tessa ist gesorgt", sagt er und dreht ihr den Rücken zu. „Aber ... Hör mir zu. Ich habe jede Menge Bargeld im Haus, über dreihunderttausend. Du musst es dir holen, falls mir etwas passiert, und dann schnell, aber sprich mit niemandem darüber. Vor allem nicht mit Tessa, sie weiß nicht, dass es da ist."

„Wovon redest du? Welches Geld? Wo im Haus?"

„Unter der Kellertreppe." Er steht schon an der Tür, zwinkert ihr zu. „Nicht, dass jemand es vor dir findet." Aber bitte erst nach meinem Tod! „Bis morgen, Amelie."

In Windeseile steht sie auf. Zu spät. Er ist fort.

# Zwischen den Zeilen

## Zimmer 13

Alice sitzt auf dem Bett. Sie sieht mich an. Eines ihrer Augen flackert, bewegt sich, tanzt ein kleines Stück weit zur Seite und kommt wieder zur Ruhe.

Sie starrt mich an, mein Herz beginnt wie wild zu rasen. Sie flüstert, dass da draußen etwas sei und auf mich warte. Sagt, dass sie mich beschützen werde.

*Mich!* Nicht das Kind von damals, dem ich es verdanke, mein Leben in Zimmer 13 verbringen zu müssen.

Lautlos stemme ich mich vom Bett hoch und schleiche in die hinterste Ecke des Zimmers – so weit weg von der Tür, wie ich nur kann. Zitternd vor Angst presse ich den Rücken in das Dreieck zwischen den Wänden. Meine Augen füllen sich mit Tränen. Durch das Fenster hinter mir wirft die Gartenbeleuchtung Baumschatten auf den Boden, die sich durch mein Zimmer bewegen wie schabende Finger. Ich lasse den Blick wie einst durch den Raum wandern – über die Wände, das Bett, den Kleiderschrank.

Es ist still da draußen. Ich sehe Alice an. In ihren bernstein-farbenen Glasaugen spiegelt sich ein Lichtstreifen, der unter dem Türspalt in mein Zimmer dringt. Sie wird mir niemals erzählen, was sie schon weiß. Sie kennt meine Angst. Ich bewege mich kaum – doch genug, um den Lichtfleck in Alice' Auge zu verschieben. Ich kann jetzt etwas atmen hören. Ich möchte weinen, aber das darf ich nicht. Vorsichtig und geräuschlos schiebe ich meine zitternde Hand unter Alice' Bluse, fahre mit den Fingerspitzen über den Brustkorb der Puppe und öffne den Reißverschluss. Ich taste nach dem Gegenstand, den ich brauche. Als ich das Taschenmesser herausziehe, geht es mir schon besser.

Ich streichle Alice und presse meine Nasenspitze an ihr rechtes Ohr. „Nur dir kann ich trauen", flüstere ich.

Die Tür wird geöffnet.

*„Es ist so weit",* flüstert Alice.

# Kapitel 11

*Tessa*

Es muss bereits kurz nach elf sein, als ich die eigentümlichen Geräusche bewusst wahrnehme.

Sind diese Typen etwa zurückgekommen oder träume ich? Ich sitze kerzengerade im Bett und halte verwundert den Atem an, denn ich habe plötzlich den sicheren Eindruck, dass es schon seit einigen Tagen so abläuft. Ich höre Geräusche, Schritte im Flur oder auf der Terrasse, aber dann passiert nichts weiter.

Seit ungefähr einer Woche oder vielleicht vierzehn Tagen hat sich die Sache mit den Geräuschen ungewöhnlich gehäuft. Tage, an denen die Einbrecher mich vermutlich beobachtet haben.

Ich sehe mich um und weiß, dass ich nicht träume. Etwas geht vor sich. Irgendwo im Haus. Unten?

Ich springe aus dem Bett und werfe meinen Bademantel über. Bevor ich hinuntergehe, schaue ich kurz ins Schlafzimmer. Das Bett ist leer. Jules ist noch immer nicht da.

Unten öffne ich die Haustür. Der Bewegungsmelder geht automatisch an und taucht den Vorgarten in ein helles Licht.

Ich blicke die stille Straße entlang. Nichts, niemand ist zu sehen. Nur vom feinen Nieselregen dunkel schimmernder Asphalt. Ich schließe die Tür, lehne mich von innen dagegen, atme tief ein.

Vielleicht sollte ich mir ein Glas Wein genehmigen, entscheide mich aber dagegen. Ich muss einen klaren Kopf behalten.

Ich lege mich wieder hin und schlafe in meinem Bademantel sofort ein, träume von Jules' Unverfrorenheit, von einer schmerzhaft kalten Nacht, in der sein Geruch mir gleichermaßen fremdartig und vertraut gewesen war und der tiefe Wurzeln in mein Herzen geschlagen hat.

Geräusche, die ich nicht einordnen kann.

Ich wache auf, lausche. Draußen knirscht es. Ob Jules über den Gartenpfad läuft? Ich taste nach meinem Handy und schleiche mich ans Fenster, erschrecke, als die Standuhr schlägt. Ich zähle zwölf Schläge, warte darauf, dass nichts passieren wird.

Ich höre Schritte. Jemand kommt den Kiesweg zum Haus herauf. Ich spüre ein Kribbeln auf der Haut.

*Jetzt mach dich bloß nicht verrückt!*

Die Schritte kommen näher. In der Einfahrt steht ein Polizeifahrzeug.

Mein Atem stockt.

Im nächsten Moment ertönt die Türklingel. Das muss ein Missverständnis sein, die Beamten haben sich in der Hausnummer geirrt.

Wie paralysiert stehe ich wenig später vor meiner Haustür. Jemand ist auf der anderen Seite.

Als die Klingel wieder schrillt, jetzt eindringlicher, löst sich der Bann.

„Verschwindet und belästigt jemand anderen", sage ich. Meine Stimme ist kaum hörbar. Ich zögere. Jetzt spähe ich durch den Türspion und erblicke eine Polizistin und einen Polizisten mit ernsten Gesichtern. Ich öffne die Haustür.

Die Frau kommt einen Schritt auf mich zu. „Sind Sie Frau Mallont?" Sie starrt auf meine Nase.

Ich schüttle den Kopf. „Tessa Simonet. Ich bin mit Jules Mallont verheiratet."

Ein Nicken. „Frau Simonet, können wir kurz hereinkommen?"

„Warum?"

„Es ist etwas mit Ihrem Mann geschehen. Ich halte es für besser, wenn wir das im Haus besprechen. Mein Name ist Tilda Bruns und das ist mein Kollege Tim Langer."

Ich gehe einen Schritt zur Seite und mache eine einladende Geste. Das Zittern in meinen Beinen hat nachgelassen, auch mein Herz macht keine idiotischen Sprünge mehr. Ich bin jetzt von einer Kälte, die mich selbst erschreckt. Und das verstehe ich nicht.

Die Polizistin, die kurz darauf das Wort ergreift, sitzt auf meiner roten Ledercouch. Ihr Kollege lässt sich in den violetten Sessel fallen.

Ich sinke in mein Limonengrün. „Was ist passiert?"

Die Polizistin sieht mich aufmerksam an. „Wir bringen schlechte Nachrichten, Frau Simonet. Vor zwei Stunden ist jemand unweit des Bahnhofs Gare du nord vor den Zug gesprungen. Alles deutet darauf hin, dass es sich um Ihren Mann handelt. Sein Auto war auf dem Parkplatz vor dem Bahnhof abgestellt. Seine Brieftasche, die wir sichergestellt haben, enthielt seinen Personalausweis."

Ich starre die Polizistin an. „Zug? Auto? Brieftasche? Nein, das ist unmöglich. Hier muss eine Verwechslung vorliegen. Wurde er denn schon identifiziert?" Ich will etwas anderes sagen – *der Freund und Helfer sollte mitten in der Nacht keine Leute quälen.*

„Wie gesagt, alles deutet darauf hin, dass es sich um Ihren Mann handelt, Frau Simonet. Aber er muss noch identifiziert werden. Ich bedaure, Ihnen das mitteilen zu müssen. Mein aufrichtiges Beileid. Es muss ein großer Schock für Sie sein. Sind Sie allein im Haus?"

„Ja."

„Können wir jemanden für Sie anrufen? Familie? Kinder?"

„Wir haben keine Kinder. Mein Mann hat einen Bruder. Rufen Sie ihn bitte an. Oder eher seine Frau, meine Schwägerin. Ihr Name ist Karola Mallont."

Ich nehme mein Handy aus dem Bademantel und blättere durch meine Kontakte. „Hier ist sie, Karola Mallont."

Tilda Bruns nimmt mein Handy und gibt es ihrem Kollegen. Er steht auf und geht in den Flur.

„Es tut mir sehr leid", wiederholt Tim Langer.

„Hat das Ganze etwas mit dem Überfall von heute Nachmittag zu tun?", will ich wissen.

„Was für ein Überfall?", fragt Tilda Bruns.

„Ich wurde heute im Haus überfallen und zusammen-geschlagen." Ich zeige auf meine Nase. „Mein Mann wurde von seinem Bruder per WhatsApp informiert, aber Jules ist nicht nach Hause gekommen." Meine Stimme zittert.

„Hatten Sie telefonischen Kontakt mit Ihrem Mann, Frau Simonet?"

Ich ziehe den Gürtel meines Bademantels ein wenig enger um meine Taille. „Ich werde überfallen und Jules ruft mich nicht mal an."

„Fanden Sie das nicht seltsam?"

Ich zucke die Schultern. *Es lief nicht mehr so gut zwischen uns,* versuche ich zu sagen, aber ich schaffe es nicht, die Worte auszusprechen.

Jetzt zittere ich am ganzen Körper, meine Zähne klappern, ich verliere die Kontrolle über meine Muskeln, suche Halt, will mich an etwas klammern, damit ich nicht aus dem Sessel rutsche. Danach bin ich zu keinem klaren Gedanken mehr fähig.

# Kapitel 12

Jemand ruft meinen Nachnamen. Es ist die Stimme einer Frau, irgendwo in der Ferne. Jetzt scheint die Stimme näher zu kommen.

Ich öffne die Augen.

„Das ist schon viel besser", sagt die Stimme.

Es ist Tilda Bruns, die mir in dieser tristen Nacht gesagt hat, dass Jules tot ist. Vor einen Zug gesprungen, zerfetzt. Aber entspricht das der Wahrheit? Ging es nicht um jemand anderen?

„Bleib eine Weile liegen", rät die Polizistin mir.

*Anscheinend glaubt sie, es sei an der Zeit, mich zu duzen.*

„Ihr Schwager und ihre Schwägerin sind unterwegs."

*Aha, sie hat ihren Fauxpas bemerkt. Gut.* Ich will aufstehen, Schwindel überfällt mich. „Kann jemand meine Freundin Amelie anrufen? Ich will, dass sie kommt und hier schläft." Die Worte kommen zwar aus meinem Mund, aber ich habe das Gefühl, dass mein Gehirn sie nicht erfunden hat.

„Selbstverständlich. Ich werde es meinem Kollegen sagen." Die Polizistin geht zum Korridor.

Ich schließe die Augen.

Das ist ein Albtraum, der mich als Geisel gefangen hält. Nur keine Panik, ruhig weiterschlafen. Ein Traum ist nicht real, man muss sich das nicht zu sehr zu Herzen nehmen. Das sagte meine Mutter immer, wenn mich ein Traum beunruhigt hat. Manchmal durfte ich dann eine Weile zwischen meinen Eltern im Bett liegen und meine Mutter brachte mich später wieder in mein Zimmer.

Ich werde meine Mutter darüber informieren müssen, was heute Nachmittag passiert ist. Wie wird sie reagieren? Dies ist kein Traum; es ist besser für mich, mir das einzugestehen. Es ist ein Albtraum, der Realität wurde.

Meine Augen sind nicht mehr geschlossen. Das Sprechen fällt mir schwer. Aufzustehen wäre jetzt fatal, weil meine Knie butterweich sind. Sebastien und Karola sind unterwegs. Amelie kommt ebenfalls. Tim Langer hat alle erreicht.

„Vielleicht haben sich die Polizisten ja getäuscht." Mein Flüstern ist den beiden Beamten entgangen. Ich blicke an ihnen vorbei durch das Fenster in die Nacht. Irgendwo da draußen haben sie die Körperteile einer Person zusammengetragen, sie fotografiert, nummeriert, untersucht. Das ist nicht mein Mann! Vielleicht suchen sie noch nach weiteren Körperteilen und werden mir dann sagen, dass sie sich geirrt haben, dass sie im falschen Haus sind und die falsche Ehefrau vor sich haben.

„War von ihm denn überhaupt noch etwas übrig?", erkundige ich mich, ohne die Polizisten dabei anzusehen.

„Denken Sie nicht darüber nach", antwortet Tilda Bruns.

„Ist er gesprungen? Oder hat ihn jemand gestoßen?"

„Der Lokführer sagte, er habe jemanden auf den Schienen laufen sehen und sofort klare Warnsignale gegeben, aber der Mann hätte sich einfach weiter dem Zug genähert. Eine zweite Person hat der Lokführer nicht gesehen. Er wurde demzufolge nicht gestoßen. Weshalb glauben Sie, dass ihn jemand gestoßen haben könnte?" Jetzt sind die Augen der Polizistin wachsam, als ob sie ein Verbrechen wittere.

„Ich glaube es nicht, ich ziehe es nur in Erwägung. Ich weiß nicht, warum jemand so etwas tun sollte. Nein, er wurde nicht geschubst. Ach, ich verstehe gar nichts mehr!" Ich starre wieder in die Dunkelheit. „Was haben Sie nur für einen beschissenen Job, Frau Bruns. Das wäre nichts für mich."

Die Polizisten sehen mich seltsam an.

„Ist Ihnen denn gar nichts an Ihrem Mann aufgefallen? Hat er Ihnen vielleicht eine WhatsApp gesendet oder eine andere Nachricht auf Ihrem Handy hinterlassen?"

Ich strecke die Hand nach ihrem Kollegen aus, der mir sofort mein Handy gibt und scrolle über den Screen. „Nein, keine Nachricht, keine WhatsApp."

„Also kam sein Suizid für Sie völlig unerwartet?"

Ich antworte nicht, sondern konzentriere mich auf die neuen Geräusche. Ich höre Autotüren zuschlagen.

„Bleiben Sie bitte sitzen, Frau Simonet. Ich werde die Tür öffnen", sagt Tim Langer.

Warum müssen so junge unerfahrene Männer derart grauenvolle Nachrichten überbringen? Wie alt mochte er sein? Dreiundzwanzig? Vierundzwanzig? Scheiße!

# Zweiter Brief

Liebste Tessa,

ich meine, dass es vielleicht besser wäre, dich zu bewundern, als dich zu berühren. Gibt es etwas Besseres als Verlangen? Ich habe dieses Wort im Duden nachgeschlagen und meine Interpretationen aufgeschrieben. Jetzt lese ich meine Notizen immer wieder. Zum einen ist Verlangen ein stark ausgeprägter Wunsch, ein starkes inneres Bedürfnis, ein lebhaftes Verlangen nach etwas Sinnlichem, Spirituellem, ein Seufzen, ein Streben. Zum anderen ist Verlangen ein Begehren, das befriedigt werden will.

Ich begehre dich, du bist meine Leidenschaft, ich möchte für immer dein sein. Mein Verlangen erwartet dein Begehren, mein Durst nach dir möchte gestillt werden. Ich werde dir jeden Wunsch erfüllen, jeden. Ich will alles tun, was du verlangst, du kannst dir sogar wünschen, was noch nie jemand gewagt hat auszusprechen. Ich komme fast um vor Erregung, wenn ich an deinen Körper denke. Aber jetzt ist Vorsicht geboten, weil du fassungslos und verletzlich bist. Du musst den Schock erst einmal verarbeiten und brauchst Hilfe dabei. Meine Hilfe aber, eine allzu beschwörende, ausgestreckte Hand, könnte dich abschrecken. Wende dich nicht von mir ab, du bist es, die mir entgegen-kommen sollte. Und ich dir.

Du bist schrecklich schön in deiner Verletzlichkeit. Wenn ich meine Augen schließe, sehe ich deinen zarten Körper, deine schmalen Hüften, deine schönen Füße. Ich habe noch nie eine Frau mit so schönen Füßen gesehen. Füße zum Küssen, Füße, die ich sanft massiere und mit meiner Zunge berühren möchte.

Manchmal träume ich, dass du mich abweist. Dann liege ich auf meinen Knien vor dir und flehe um deine Liebe. Weniger schlimm wäre, wenn du darüber lachen würdest. Das Schlimmste wäre jedoch, wenn du mich mit diesen schönen Füßen treten und mich fortschicken würdest. Nach so einem Traum habe ich einen schlechten Tag, kann mich kaum konzentrieren und sehne mich mehr denn je nach dir. Dann liege ich mit Alice in meinem Bett und drücke meine Puppe fest an mich. Sie tröstet mich und starrt mich mit ihren toten, großen Puppenaugen an. Ich beschütze sie, wie ich dich beschützen werde.

Du darfst mich nicht zurückweisen. Ich streichle deine schönen Füße. Vergiss das nicht!

# Kapitel 13

*Amelie*

Als sie und Jules sich das letzte Mal getroffen haben, hat sie in keiner Weise gespürt, dass er den Freitod in Erwägung ziehen würde. Er machte einen verzweifelten Eindruck, also beabsichtigte sie, ihn bald wiederzusehen und ihn aufzumuntern, ihm Mut zu machen, ihn zu stärken. Sie fand seine Aussagen jämmerlich und niederdrückend, aber sie hatte keine Vorahnung zugelassen. Das wird ihr erst jetzt klar, nachdem der Polizeibeamte sie angerufen hat.

„Jules Mallont hat Selbstmord begangen?"

Amelie sitzt auf dem Rand ihres Bettes und glaubt, dass sich jemand einen üblen Scherz mit ihr erlaubt. Ob Jean dahintersteckt? Er hatte gestern wütend das Haus verlassen, als sie sich weigerte, ihm zu sagen, wo sie gewesen war. *Er wird unten auf der Couch schlafen.*

„Ihre Freundin möchte, dass Sie zu ihr kommen. Wäre das möglich?"

Amelie schluckt. Ihre Welt sieht jetzt anders aus als zuvor. Der Himmel ist schwärzer, ihre Stimmung getrübt. Sie kann nicht sprechen. Ihre Stimme versagt.

„Sind Sie noch da?"

„Ich komme sofort."

Jean ist nicht im Gästezimmer, er liegt auch nicht unten auf der Couch. Beabsichtigt er, sie zu bestrafen, weil sie nicht nachgeben wollte? *Soll er doch!*

Amelie würde es vorziehen, wieder ins Bett zu gehen und sich einzureden, dass sich nichts ereignet hat. Kein Polizist, kein Anruf. Sie möchte die vergangenen Minuten verdrängen, ihnen Platz machen für schöne Gedanken und keine neuen Hiobsbotschaften zulassen. Sie will zu allem und jedem, der versucht, ihr Leben zu ändern, Stopp sagen.

*Das darf nicht wahr sein.* Es ist auch nicht wahr. Das war kein Polizist. Ihre Vermutung wird sich bestätigen: Irgendwer hat sich einen üblen Scherz erlaubt. Sie wird nicht zu Tessa fahren, wozu auch? Nein, sie wird hingehen, nur um festzustellen, dass alles in Ordnung ist.

Sie wird sich das Haus ansehen und feststellen, dass alles dunkel ist, dass Tessa und Jules friedlich im ersten Stock schlafen. Die Fassade ist noch immer in zartem Gelb getüncht, die weißen Markisen durch grüne Markisen ersetzt, die Auffahrt aus grauem und weißem Kies und die Beete voller rosa und blauer Hortensien. Alles ist wie immer.

So wird sie es angehen. Das gute Gefühl schwillt in ihrer Brust an, bis sie es nicht mehr aushält. Sie kann hier nicht länger sitzen und grübeln. Sie muss es wissen. Wenn sie feststellt, dass das Haus von Tessa und Jules nicht erhellt ist, wird sie umkehren und wieder nach Hause fahren. *Guter Plan.*

In der Einfahrt steht ein Polizeifahrzeug, dahinter ein schwarzer Mercedes. Im ganzen Haus brennt das Licht. Sie parkt ihren Wagen hinter dem Mercedes und steigt aus.

Sie steht vor dem Zaun und blinzelt, um sich ihr erdachtes Bild ins Gedächtnis zu rufen. Doch die kalte Realität verdrängt die warme, einladende Atmosphäre der Vergangenheit. Sie steht da und fragt sich, was um alles in der Welt sie hier zu suchen hat, und warum sie sich das antut. Hat sie das flüchtige Gefühl einer Vorahnung selbst hervorgerufen? Oder war es dieser Polizist gewesen?

Es ist eine schwüle Nacht, trotzdem fröstelt sie. Ihre Zehen und Finger verkrampfen. Ihr Atem stockt. Sie muss wieder in den Wagen steigen und wegfahren. Sie muss Jules sagen, dass sie niemandem ihr Verhältnis gestanden hat. Es wäre nicht klug, denkt sie immer noch. Sie weiß sehr wohl, dass sie hier nichts zu suchen hat, und doch ist sie hier. Wieder fühlt sie sich, als müsse sie platzen. Ihr Magen rebelliert. Sie schließt einen Moment die Augen, zählt ihre Atemzüge. Die Übelkeit verschwindet. Nur ein leichter Brechreiz bleibt zurück.

Wenn sie gleich durch die Haustür den Flur betritt, wird jemand ihr entgegenkommen und ihr sagen, dass der Polizist sich geirrt hat, dass es nicht Jules ist. Das darf nicht sein.

# Zwischen den Zeilen

*Zimmer 13*

Es ist kurz vor Mitternacht. Etwas Böses lauert im Schein des schwachen Mondlichts. Ich habe es gesehen, Alice auch. Ein Monster hat schon einmal mit mir um sein Leben in einer mörderischen Nacht gekämpft. Aber mit dem kleinen Taschenmesser konnte ich nicht viel anrichten. Nur wenige Blutstropfen kamen aus dem Arm des Pflegers. Danach haben sie mich eine gewisse Zeit festgebunden, bis ich mich beruhigt hatte. Ich muss meine Flucht zukünftig besser vorbereiten.

In Gedanken erstarre ich beim Anblick des Bösen. Das Entsetzen erstickt meinen Laut im Ansatz. Auch Alice versucht zu schreien, aber ihr Puppenherz hat aufgehört zu schlagen. Die Batterie ist schon wieder leer. So sind wir beide einfach nur still.

„Die Außenwelt hat mich wieder besucht und mir von den seltsamen Dingen erzählt, die da draußen passieren, Alice."

*„Wer ist die Außenwelt?"*

„Ich kann mich nicht an den Namen erinnern, Alice."

Klapp, klapp.

*„Niemand kann das Böse aufhalten"*, flüstert mir Alice ins Ohr. *„Hauptsache uns beiden geht es gut!"*

„Erinnerst du dich, Alice, als uns das Grauen uns mit einem Auge angesehen hat? Da waren wir beide wie gelähmt."

Seit Alice und ich uns *gefunden* haben, beschützen wir uns gegenseitig. Die meiste Zeit ist Alice eine sanftmütige Seele. Und wenn sie nicht sanftmütig ist, lässt sie es nicht an mir, sondern meistens an anderen aus, wie heute Nacht.

„Dem Grauen fehlt sein linker Unterarm. Den hat jemand mit dem Tranchiermesser abgeschnitten. Ganz ruhig, draußen in der Kälte, hat das Etwas gestanden und ein großes Gemüse-schneidebrett benutzt, um den Arm daraufzulegen."

„*Es wollte dem Grauen doch nur beweisen, wie ernst, wie furchtbar ernst es ihm damit war, dass es sich benehmen sollte. Doch dann kam der Zug und ...*"

„So wird es wohl gewesen sein. Wir vergessen das Ganze einfach mal, Alice."

Klapp. Klapp.

Mit meiner aufgehübschten Puppe, mit meiner Alice auf meinem Schoß, geht es mir gut.

# Kapitel 14

*Tessa*

Karola und Amelie weinen. Ich möchte mich ihrer Trauer anschließen, aber meine Augen bleiben trocken. Keine Tränen. Ich verstehe es nicht.

„Tessa steht unter Schock." Karolas Stimme zittert.

„Es ist auch nicht zu begreifen", findet Amelie.

*Was reden sie denn da?*

Die Männer sitzen am Tisch und besprechen sich offenbar. Sebastien stellt in einem gedämpften Ton Fragen. Sein Gesicht ist angespannt, seine Mundwinkel zucken. Ich glaube, dass er ziemlich wütend ist.

„Es kann auch jemand anderes sein", wiederhole ich.

Karola und Amelie schweigen.

*Warum reagieren sie nicht? Warum sind sie überhaupt hier, wenn sie nichts zu sagen haben?*

„Wenigstens hat Tessas Mutter wieder einen guten Grund für einen *Ausflug*", murmelt Amelie.

„Sei still, Amelie", ermahnt Karola sie.

Die Polizisten blicken in Karolas Richtung. Sebastien macht eine beruhigende Geste.

*Glauben diese Männer, dass ich wegen der letzten Ereignisse außer Kontrolle gerate?*

Was würden sie wohl sagen, wenn ich ihnen erzähle, dass meine Mutter sich *sonderlich* benimmt. Amelie hat es gerade schon angedeutet.

Meine Mutter hat eine befremdliche Angewohnheit. Sie nimmt zu ihrer Unterhaltung an Beerdigungen teil, erfreut sich am Leid anderer und ist mit den meisten Gedenkstätten bestens vertraut. Sie liest täglich die Traueranzeigen in der *Le Figaro* und macht sich Notizen, wann und wo die Verstorbenen beerdigt oder eingeäschert werden. Sie schätzt es sehr, wenn die Verstorbenen in einem Sarg beigesetzt werden. Sie beobachtet die Trauergäste, möchte in ihre Gesichter blicken. Ganz besonders liebt sie den Zeitpunkt, wenn der mit Blumen bedeckte Sarg, der auf den Schultern von sechs Männern ruht, zu Grabe getragen wird. Diesen Augenblick kostet sie voll aus. Da ist die Trauer berauschend, behauptet sie.

Wie würden die beiden jungen Streifenpolizisten reagieren, wenn ich ihnen das erzählen würde? Würden sie denken, dass meine Mutter ein durchgeknallter Freak ist? Dass sie bereits Tage vor einer Bestattung vor lauter Aufregung völlig aus dem Häuschen ist, weil sie weiß, dass sie unter den Trauergästen sitzen wird und nicht irgendwo in der Anonymität weilt? Dass sie verrückt wird, wenn sie nicht rechtzeitig zu irgendeiner Beerdigung aus dem Urlaub zurück ist?

Am liebsten würde ich meiner Mutter sagen, dass ich ihren Körper der Wissenschaft zur Verfügung stellen werde. Damit würde ich sie treffen. Das wäre die verpasste Gelegenheit, an ihrer letzten Beerdigung teilzunehmen. Doch leider geht das nicht, da sie diesen Wunsch in ihrer Patientenverfügung festhalten müsste. Außerdem wäre es ein sinnloses Unterfangen. Meine Mutter würde selbst in der Hölle, oder wo auch immer, einer Beerdigung beiwohnen. *Ich muss wohl laut gedacht haben ...*

# Kapitel 15

Sebastien und Karola werden die Polizisten in die Rechtsmedizin begleiten, um den Toten zu identifizieren. Sie sehen mich mit gerunzelten Brauen an und versprechen mir, sofort wiederzukommen.

Im Haus ist es kühl. Der Nachtspeicher funktioniert tadellos und drosselt die Wärme. Amelie und ich rücken auf der roten Ledercouch ein wenig näher zusammen.

„Wenn du schlafen möchtest, Amelie, ist das für mich in Ordnung." Ich nehme ihre Hand. „Ich sehe doch, wie müde du bist. Hatte Jean denn nichts dagegen, dass du bei mir bist?"

Amelie drückt mich fest an sich. „Er war noch nicht zu Hause."

„Wie, noch nicht zu Hause? Wo war er denn?"

„Keine Ahnung. Wir hatten einen Streit."

„Einen ernst zu nehmender Streit?" Ich streichle ihren Arm.

Meine Freundin sieht mich mit feuchten Augen an und nickt. „Ich bin gestern sehr spät nach Hause gekommen und Jean wollte wissen, wo ich gewesen bin. Ich wollte es ihm nicht sagen."

Ich ziehe meine Hand zurück und schiebe ihren Arm von mir. „Das habe ich schon einmal gehört. Du bist doch nicht wieder mit anderen Männern zugange? Allmächtiger! Amelie, hört das denn nie auf? Warum?"

„Sag du es mir!" Amelie hält einen Moment inne. „Hormonelles Missverhältnis? Vielleicht stecke ich in einer Midlife-Crisis? Was weiß ich! Lass uns jetzt bitte nicht über meine Probleme reden, Schätzchen. Jean taucht schon auf, wenn er sich wieder beruhigt hat. Zwischen uns hat sich in den letzten Monaten zu viel aufgestaut, was sich irgendwann in einem Mordskrach entladen musste. Das war bedauerlicherweise gestern. Ganz groß. Das volle Programm. Das wird schon wieder. Was du gerade ertragen musst, ist viel, viel schlimmer."

„Wir haben uns gestern ebenfalls gestritten." Ich schlucke einige Male. „Aber das kann niemals der Grund dafür sein, dass er …"

„Natürlich nicht! Nimm das sofort aus deinem Kopf, Tessa! Keineswegs erlaube ich dir solch verrückte Gedanken. Selbst wenn es ein heftiger Streit gewesen wäre, wenn ihr euch gegenseitig die schlimmsten Dinge gesagt hättet, würde Jules deshalb gewiss nicht einen Tag später vor einen Zug springen. Was ist geschehen? Mit ihm musste doch irgendetwas nicht stimmen? Ist dir denn nichts aufgefallen?"

Ich starre meine Freundin an.

Amelie sieht zur Seite. „Entschuldige, das klingt wie ein Vorwurf. So war es aber nicht gemeint. Vergiss es! Ich bin durcheinander, wir sind alle durcheinander, fassungslos. Das ist doch ... das kann doch alles nicht wahr sein. Ihr wart so ein tolles Paar. Das stimmt doch?"

Ich starre auf meine Füße und frage mich, was das jetzt soll.

„Worum ging es bei eurem Streit?", bohrt Amelie weiter.

„Lass es bitte, Amelie!"

Die Standuhr schlägt dreimal. Ich schenke mir ein Glas Weißwein ein. „Möchtest du wirklich keinen Wein? Warum trinkst du nichts?"

„Tessa! Du kannst dich doch jetzt nicht betrinken."

*Etwas stimmt hier nicht.* „Beantworte lieber meine Frage!"

Amelie ignoriert meine Aufforderung und hebt ihre Hand. „Hast du das gehört? Ich glaube, sie sind zurück." Sie steht auf und geht zur Haustür.

Ich höre gepresstes Schluchzen, einen schaurigen Schrei.

Sebastien kommt als Erster ins Wohnzimmer und nickt. „Es ist Jules", sagt er kaum hörbar und atmet tief durch. „Sie haben uns Fotos von dem Tattoo auf seinem Arm gezeigt, und den Ring, den er am kleinen Finger getragen hat."

Ich stehe auf, sehe ihn unverwandt an. „War er denn wiederzuerkennen?" Mir wird klar, was ich da laut ausgesprochen habe. Ich beginne zu schluchzen, kann einfach nicht mehr aufhören.

Amelie kommt herein, sie ist kreidebleich und starrt mich an. Ich möchte zu meiner roten Ledercouch, oder zumindest in meinen limonengrünen Sessel sinken, aber ich schaffe es nicht und knicke ein.

Sebastien hebt mich hoch. „Komm, ich trage dich."

„Das hat Jules mir auch versprochen, nachdem wir zum ersten Mal miteinander geschlafen haben", schluchze ich. „Mich ein Leben lang zu tragen."

# Kapitel 16

Karola und Sebastien sitzen neben mir auf der Couch, Amelie hockt wie ein Häufchen Elend in *meinem* limonengrünen Loveseat.

Ich bin mir bewusst, dass ich eine merkwürdige Darbietung abliefere, aber alles, was jetzt geschieht, ist nicht so absonderlich wie die Tatsache, dass mein Mann vor ein paar Stunden vor einen Zug gesprungen ist und nur durch sein Tattoo und seinen Ring identifiziert werden konnte. So etwas denkt man sich nicht aus.

Hinter meinem Brustbein steigt ein seltsames Gefühl auf, höher und höher. Dann bricht es sich Bahn. Ich lache. Kichere zuerst leise, dann lache ich schallend los.

Sie starren mich entsetzt an.

Ich will keinen Platz für etwas schaffen, das wie Traurigkeit aussehen könnte. Es darf auch kein Mitleid geben und Wut ist erst recht kein Thema. Es gibt in diesem Moment nur Platz für schöne Erinnerungen und die Einzige, die ohnehin dazu etwas sagen kann, bin ich. Die Ehefrau von ... Die Witwe von ...

Witwe ... was für ein scheußliches Wort.

Im Moment kommt es mir vor, als wäre unser Kennenlernen erst gestern gewesen. Amelie hatte mich auf eine Party geschleppt, um ein bisschen zu feiern. Party bedeutete, dass die Gäste zu viel tranken, zu laut waren und in irgendwelchen Ecken herumlungerten.

Amelie war damals der Meinung, dass ich mich mal betrinken sollte. Sie redete ständig auf mich ein und konnte es einfach nicht lassen, mich fortdauernd an den Grund meines Kummers zu erinnern. „Die Ära von Boris und Tessa ist vorbei! Finito! Ein für alle Mal. Auf zum nächsten Liebhaber. Und jetzt bitte jemand, der nicht mit Händen und Füßen an eine Frau im Rollstuhl gefesselt ist!"

„Ich hasse dich!" Mein Körper schmerzte vor Sehnsucht nach Boris. Amelie hatte recht, aber mein Herz sprach eine andere Sprache. Dessen ungeachtet konnte ich mein Verlangen, Boris anzurufen, an diesem Abend unterdrücken. Dieser Sieg hatte aber vielmehr mit dem Alkoholgehalt in meinem Blut zu tun. Ich hätte kaum einen vollständigen Satz herausgebracht.

Ein Kellner kam mit einem Tablett Biergläser vorbei.

„Wir nehmen noch zwei", lallte Amelie.

„Ich werde euch beim Trinken Gesellschaft leisten", sagte eine Stimme hinter mir.

Ich drehte mich um.

„Hallo Schönheit", sagte Jules.

Sebastien meidet meinen Blick. Karola und Amelie sind mit ihren Fingerspitzen beschäftigt.

Nichtsdestotrotz möchte ich über Jules reden. Ich muss über ihn reden. „Jeder sagte damals, dass ich ein Glückspilz sei. Das dachte ich auch, Jules trat immerhin zur rechten Zeit in mein Leben. Später hat er mich oft gefragt, was ich gedacht habe, als ich mich umdrehte und er auf der Party hinter mir stand. Er wollte immer wieder hören, dass ich bei seinem Anblick nur einen einzigen Gedanken hatte: Ich will dich!" Ich schenke mir ein weiteres Glas Wein ein. „Ich war damals ziemlich betrunken, wie jetzt. Aber ich erinnere mich genau, was als Nächstes geschah. Es wurde eine wüste, wilde Nacht. Wir liebten uns auf eine leidenschaftliche, animalische Art und Weise. Wir kratzten unsere Rücken blutig, bissen uns sogar, wie latente Triebtäter. Doch kurz vor unserer Liebesnacht, als wir an seinem Haus ankamen und ich auf meinen Beinen schwankte, da sagte Jules: *Ich trage dich hinein, Tessa, ich werde dich ein Leben lang auf Händen tragen.*" Ich schlucke heftig. „Wenn wir glauben, einen Menschen zu lieben, lieben wir ihn dann wirklich? Oder lieben wir bloß das Gefühl, das er uns gibt?"

Beklemmendes Schweigen.

„Heißt es ‚ich liebe dich, weil ich dich brauche oder ich brauche dich, weil ich dich liebe'?", frage ich laut, zu laut.

Sebastien und Karola starren die Wand an.

Amelie weint.

*Natürlich gibt es die Liebe …*

# Zwischen den Zeilen

## Zimmer 13

*„Sobald es Mai ist, fangen deine Träume an",* flüstert Alice und rollt mit ihren Puppenaugen.

Wenn sie davon anfängt, werde ich wütend. Dann nehme ich eine Kordel und wickle sie um ihren Mund und ihr Gesicht. So hat das Kind sie einst vorgefunden.

Alice hat recht, wie immer. Gerade das macht mich ja so wütend.

Die Dunkelheit spricht immer im Monat Mai in meiner Zelle zu mir. Sie flüstert tröstende Worte im Gemäuer von Nummer dreizehn und in den Netzen, die Spinnen weben. Die Dunkelheit atmet, leise, ruhig. Die Dunkelheit fühlt. Sie umschlingt tröstend, was sie liebt, und nimmt mir den Schmerz. Die Dunkelheit sieht. Die Dunkelheit hört. Denn meine Träume schleichen sich in meinen Kopf und nisten sich dort für mindestens einen Monat ein.

Ich beschließe, sie zu ignorieren. Ich bin jeden Tag davon überzeugt, dass es mir gelingen wird. Warum sollte ich mich von diesen Träumen in den Wahnsinn treiben lassen? Es sind nur Fantasien aus einer fernen Vergangenheit, die ich längst abgeschlossen habe. Sie haben nichts mit der Gegenwart zu tun; sie versuchen nur, mich aus der Fassung zu bringen. Sie wollen sich mir aufdrängen, aber ich behalte die Kontrolle über sie. Bis jetzt habe ich diese einunddreißig Nächte jedes Jahr überlebt.

Der Mai ist stets der Monat der grünen Üppigkeit der Bäume, der Blüten, deren Düfte mich betören, die mich aber auch heftig niesen lassen. Lämmchen auf der Wiese, die fröhlich herumspringen. Junge Enten, die im Teich hintereinander herschwimmen. Fast jeden Tag ein Brautpaar auf der Treppe vor dem Rathaus, denn der Mai ist auch der Hochzeitsmonat. Die Winterkleidung wandert auf den Dachboden und die Sommerkleidung wird hervorgeholt. Es bleibt länger hell und am

Morgen scheint bereits die Sonne, sobald man die Vorhänge öffnet. Im Mai sind die Menschen fröhlicher als im April.

Im Monat Mai haben sie uns gefunden. Das Kind wurde mir genommen und Alice und mich haben sie eingesperrt. Der Mai ist auch der Monat, in dem ich mich als Elfjährige verliebte und entdeckte, dass Verliebtheit ganz anders war, als ich es mir vorgestellt hatte. Schmetterlinge im Bauch war ein weniger angenehmes Gefühl, als stets behauptet wurde. Mir wurde übel und schwindlig. Ich bekam keinen Bissen durch die Kehle. Ich schlief schlecht und ging tagsüber mit einem hämmernden Kopf und auf wankenden Beinen umher. Ich konnte mich an nichts mehr erinnern und musste weinen, wenn meine Puppe mir sagte, ich solle freundlich sein, und dass der Schmerz zwischen den Beinen schon nachlassen würde. Doch das tat er nicht.

Einst hat sich mein Leben im Monat Mai verändert. Da war ich elf und lebte seit fünf Jahren bei einer wohlhabenden Pflegefamilie. Die grünen Blätter an den Bäumen verblassten. Die Entenmutter mit ihren neun Kleinen verschwand spurlos. Die fröhlichen Kinderstimmen auf dem Spielplatz verstummten. Die Vögel zwitscherten nicht mehr, die Schafe schwiegen. Die Sonne war verschwunden. Sogar der Klapperstorch war davongeflogen.

Ich träume immer noch davon, wenn es wieder Mai ist ...

*Es ist Abend, kurz nach elf. Ich steige von meinem Fahrrad, schließe es ab und betrachte das Haus von außen.*

*Alle Lichter sind an.*

*Die Haustür ist offen.*

*Die Katzen mauzen jämmerlich im Eingang.*

*Meine Beine fangen an zu laufen, meine Atmung beschleunigt sich. Ich versuche zu schreien, aber es kommt kein Laut über meine Lippen. Heftige Schmerzen jagen durch meine Brust. Ich habe das Gefühl, dass ich ohnmächtig werde.*

*Das Wohnzimmer ist leer, die Küche ist leer, es ist niemand im Garten. Ich eile in den Flur, renne zum Gewächshaus.*

*Leer.*

*Die Toilette?*

*Leer!*

*Das Haus hält den Atem an. Die Katzen kreisen umeinander.*

*Ich laufe die Treppe hinauf, ins Schlafzimmer.*

Ich öffne die Augen, wache auf. Erlöse Alice von der Kordel.

Wir beide atmen auf. Alles ist gut. Nur ein Traum. Ich bin eine gute Puppenmutter.

*Es ist so lange her, aber so wird es wohl gewesen sein, Alice.*

# Kapitel 17

*Amelie*

Die Bilder blitzen vor ihrem inneren Auge auf und bereiten ihr Übelkeit.

Die Geschichte der ersten Liebesnacht von Tessa und Jules kannte sie schon, aber Tessa erzählte sie oft, fast ausnahmslos, wenn sie zu viel getrunken hat. Bis vor sechs Monaten konnte Amelie noch darüber lachen. Heute nicht mehr.

Sie liegt neben Tessa in *seiner* Betthälfte des Ehebetts, ihr Kopf ruht auf *seinem* Kissen. In diesem Bett haben sie sich nie geliebt, sie hatten sich stets im Motel getroffen. Die Erkenntnis, dass er vor vierundzwanzig Stunden noch hier gelegen hatte, war grausam und beruhigend zugleich. Hier hatte er gewiss an sie gedacht, vielleicht von ihr geträumt.

In diesem Moment fühlt sie sich ihm sehr nah.

Sie dreht ihr Gesicht zur Seite, damit sie den Kissenbezug riechen kann. Sein Duft ist immer noch da, wenn auch nur vage. Sie möchte das Kissen mitnehmen und irgendwo verstecken. Vielleicht gelingt es ihr, morgen den Kissenbezug zu wechseln, ohne dass Tessa davon etwas mitbekommt. Sie wird ihn nie wieder waschen.

Tessa hat ihr den Rücken zugekehrt und schläft. Sie hört ihre flachen Atemzüge.

Unten wird eine Tür geschlossen. Amelie hält die Luft an. Ist das Jules? Kommt er nach Hause? Vielleicht ist er gar nicht tot? Haben Sebastien und Karola die falsche Person identifiziert? Sie konzentriert sich auf die Geräusche, die in ihre Ohren dringen.

*Bitte, bitte, lass ihn jetzt heraufkommen. Alles beruht auf einem Missverständnis. Bitte!* Sie weiß nicht genau, wen sie da anfleht, aber das spielt auch keine Rolle. Der Punkt ist, dass Jules immer noch da ist und dass sie beide noch eine Chance haben. Sie wird ihn ermutigen, eine zweite Meinung einzuholen, denn sie ist nach wie vor davon überzeugt, dass das zu einem positiveren Ergebnis führen wird. Ein Ergebnis, das für sie eine Zukunft bereithält, eine Aussicht auf Elternschaft, auf Glück. Sie ist sich sicher, dass er seinen Widerstand gegen eine Vaterschaft aufgeben wird, sobald er feststellt, dass er seine Erkrankung zu ernst genommen hat, dass er nicht sterben wird. Sie wird um diese Beziehung kämpfen und ein gutes Gespräch mit Tessa führen. Sie wird ihrer Freundin erklären, dass sie sich nur auf eine Beziehung mit Jules eingelassen und ihren Gefühlen für ihn nachgegeben hat, weil sie wusste, dass die Ehe von Jules und Tessa seit Jahren zerrüttet war.

Amelie hebt ein wenig den Kopf. Was geschieht da unten? Sie lauscht, aber da ist nur die Stille, sie ist bedrückend und ohrenbetäubend zugleich. Niemand kommt die Treppe herauf, niemand ist da unten. Offenkundig hat auch niemand eine Tür geschlossen.

Stille Tränen rinnen über ihre Wangen.

*Amelie steht am Grab ihrer Mutter. Die Stimme des Pfarrers hallt über den Friedhof. Natürlich warnt er vor der Sittenverderbnis, die Satan auslöst, worüber sollte er auch sonst predigen? Kein Wort über einen liebenden Erlöser oder über die Vergebung der Sünden. Aber Amelie würde es auch nicht ertragen, wenn dieser Höllen- und Verdammnis-Pfarrer ihre Mutter eine Sünderin nennen würde.*

*Sie schaut auf den Sarg und bedauert, dass sie keine Blumen daraufgelegt hat. Was macht es schon aus, dass dies in ihrer Kirche nicht üblich ist? Warum hat sie sich wieder von diesen Bibelfanatikern beeinflussen lassen, mit denen sie ohnehin nichts verbindet?*

*Jetzt spricht der Pfarrer über Versuchungen und Übertretungen. Hat er gerade behauptet, dass die „liebe Verstorbene" sich versündigt hat?*

*Amelie springt auf, geht nach vorn. „Das hat nichts mit meiner Mutter zu tun", schreit sie. „Sie haben kein Recht, ihren Schmutz über meine Mutter zu werfen. Sie nicht! Lass sie in Frieden ruhen!"*

Schweißgebadet erwacht sie aus ihrem Albtraum.
Jemand schüttelt ihren Arm.
„Du hast einen Albtraum", sagt Tessa.

# Kapitel 18

*Tessa*

Es ist schon hell. Die Vögel zwitschern. Dies könnte ein wunderbarer Tag werden, falls alles in Ordnung wäre. Aber an diesem Tag ist nichts in Ordnung.

Jules ist tot.

Ich blicke zur Seite. Amelie schläft mit offenem Mund.

Ich drehe mich um. Alle möglichen Gedanken wirbeln mir durch den Kopf. Wer bringt das Auto meines zerfetzten Ehemannes zurück? Soll ich mich schon heute um seine Beerdigung kümmern? Welchen Text soll ich für die Trauerkarte nehmen? Soll ich eine Fürbitte während der Trauerfeier sprechen?

Ich schließe die Augen und versuche, mir sein Gesicht vorzustellen. Nichts passiert. Jules ist weg.

Manchmal kommt mir die Welt wie ein Bühnenstück vor. Ich habe es vor meinem inneren Auge: Der Lokführer sieht jemanden über die Gleise auf den Zug zulaufen, warnt die Gestalt mit akustischen Signalen. Dennoch läuft Jules weiter, geradewegs auf den Zug zu.

Was ist bloß in ihn gefahren? Was hat ihn zu diesem Entschluss getrieben?

Ich habe wieder mal über meine erste Liebesnacht mit Jules gesprochen. Eine bühnenreife Vorstellung, mit Sebastien, Karola und Amelie als Publikum. Die Einzige, die alle Einzelheiten aus jener Nacht kannte, war bis gestern Amelie gewesen. Im Kopf wiederhole ich noch einmal die Sätze. Doch plötzlich fühlen sie sich falsch an, unecht und gestelzt. Aber was spielt das für eine Rolle? Jules ist nicht mehr in der Lage, wütend auf mich zu sein, weil ich aus dem Nähkästchen geplaudert habe. Jules existiert nicht mehr. Für ihn steht die Welt still. Die Gesetze von Zeit und Raum gelten für ihn nicht mehr. Sein Körper ist auf eine Vielzahl von unkenntlichen Teilen reduziert. Nicht ganz. Der Arm mit dem Tattoo ist von ihm geblieben. Ein tätowierter Arm!

Ich liege wie eine Tote in meinem Bett, in dem ich nie still liegen konnte. In den vergangenen Stunden habe ich von seinem schönen Männerkörper geträumt, der mich so sehr erregt hat, dass ich kaum atmen konnte. Obwohl betrunken, erinnere ich mich sehr gut daran, wie unglaublich attraktiv er war, wie schön, wie leidenschaftlich in unserer ersten Nacht. Die Sterne waren zum Greifen nah, ich stieg höher und höher, baumwipfelhoch, wolkenkratzerhoch, langsam und unaufhaltsam meinem Höhepunkt entgegen. In meinem Traum habe ich das Gefühl wiedergefunden, als seine Hände mich zum ersten Mal berührten.

Wenn ich aber jetzt an das Aufwachen in meinem Ehebett zurückdenke ... Die Schwerkraft kam mit einem Mal zurück und ich fiel. Die Welt stürzte auf mich zu. Ich schlug hart auf und lachte laut.

Die Realität ist das laute Schnarchen neben mir.

Amelie erzeugt ein langes, ausgedehntes Schnarchgeräusch. Ich stehe auf und möchte sie auf der Stelle aus dem Bett werfen. *Warum ist sie hier?* Sie hat in diesem Zimmer nichts verloren. Das war unser Refugium, das Zimmer von Jules und mir. Hier haben wir uns geliebt. Das hier war unser Zufluchtsort, in dem wir alles zurückließen, in dem nur wir beide existierten, in dem wir uns fanden –, und wo wir uns verloren haben.

Die Härchen in meinem Nacken stellen sich auf. Mir wird übel, ich bekomme kaum noch Luft. Ich eile um das Bett und schüttle Amelie. „Aufwachen! Los! Geh duschen und zieh dich an!"

Amelie sieht mich benommen an. „Was ist los?"

„Du musst aufstehen. Ich muss die Bettwäsche wechseln!"

„Wie spät ist es? Warum bist du so wütend?"

„Wenn du es vorziehst, glücklich zu sein, nur zu. Ich gehe duschen!"

Als das warme Wasser über meinen Körper läuft, bin ich verzweifelt und den Tränen nah. Ich schließe meine Augen, aber die einzige Flüssigkeit, die ich spüre, ist das Wasser, das meine Wangen benetzt.

Nachdem ich mich abgetrocknet habe, drängt sich mir ein Gedanke auf. Ich blicke auf, sehe in den Spiegel und halte den Atem an. Ich lausche in die Stille, wie ich es vergangene Nacht getan habe. Nichts ist zu hören, was sich von den üblichen Geräuschen unterscheidet. Ich stütze mich auf das Waschbecken und blicke in den Spiegel, erkenne die Frau kaum noch, die mich ansieht. Meine schönen roten Haare umrahmen strähnig mein blasses Gesicht. Habe ich wirklich ein Geräusch in der Nacht gehört? Ich hatte den Eindruck, dass eine Tür zugezogen wurde. Vielleicht habe ich es mir aber auch nur eingebildet. Meine Nerven sind ziemlich angeschlagen. Amelie schlief bereits und ich war dabei in die Dunkelheit hinüberzugleiten. Da hörte ich es. Ich wollte nachsehen, um mich sicher zu fühlen. Aber als ich mich aufsetzte, begann sich der Raum zu drehen und ich legte mich wieder hin.

Da war nichts! Warum benehme ich mich dann wie eine hysterische Frau?

*Du hast nicht nur ein Geräusch gehört*, sagt mir meine innere Stimme. *Da war ein Auto. Mehrmals. Mitten in der Nacht. Hier stimmt etwas nicht, und das hat nichts mit Hysterie und Einbildung zu tun!*

Ich ignoriere meine innere Stimme und ziehe mich an. Später kann ich mich meiner Angst und allen anderen grauenhaften Vorstellungen hingeben. Im Augenblick darf ich mich nicht paralysieren lassen.

Für ein vorbeifahrendes Auto gibt es eine Erklärung. Die Polizei fährt Streife vor meinem Haus. Das haben sie mir gestern versprochen. Das vermeintliche Geräusch entstammt sicher meiner Fantasie, da ich ziemlich betrunken war. *Und wenn da doch jemand war?*

Entschlossen gehe ich die Treppe hinunter und öffne die Wohnzimmertür. Mein Blick schweift über Möbel, Wände und Parkett. Alles wie gestern. Ich sehe mich weiter um. Nichts. Obwohl …

Er hängt schief. Dafür gibt es keinen erklärbaren Grund, zumindest keinen harmlosen.

Ich schiebe das Gemälde zur Seite und betrachte die Tür des eingebauten Tresors, ziehe am Griff. Der Safe ist verriegelt. Ich rücke das Gemälde wieder gerade.

Und dann kann ich es riechen, wie gestern Nacht. Ich rieche Jules. *Kann das sein?*

Ich glaube, selbst sein Flüstern zu hören. *Bis bald, meine Schönheit.*

Das Flüstern verweht, aber die Angst schlägt wie eine Welle über mir zusammen.

Und ich weiß: Die Angst wird mich fortan umfließen. Ewig.

# Kapitel 19

*Tessa*

Sebastien hat mich einen Moment im Arm gehalten und steht jetzt dicht neben mir. „Hast du ein bisschen geschlafen?", möchte er wissen. Mitgefühl spiegelt sich auf seinem Gesicht.

„Ja, nur leider zu kurz. Ich schlafe nie gut, wenn ich zu viel Alkohol getrunken habe. Und du?"

Sebastien wischt sich über die Wange. „Ich bin völlig daneben."

Wir setzen uns. „Aber das ist doch nicht verwunderlich. Du hast deinen Bruder, deinen Geschäftspartner, deinen besten Freund verloren. Ich war immer ein wenig eifersüchtig auf eure Verbundenheit. Ich hätte auch gerne eine solche Bindung zu einem Bruder oder einer Schwester."

„Aber du hast doch Amelie. Ist sie nicht eine Art Schwester für dich?"

„Das ist richtig. Ich sollte mich nicht beklagen. Aber um auf meine Frage zurückzukommen: Hast du ein wenig geschlafen?" Mein Gehirn arbeitet schlagartig auf Hochtouren. Ich will die Wahrheit hören! Ich will alles über seinen einst so schönen Körper erfahren.

Sebastien schluckt einige Male. „Ich hatte immer diese Fotos von seinem Ring und dem abgetrennten, tätowierten Arm vor Augen. Und dann dachte ich, dass er wahrscheinlich ... Lass uns nicht darüber reden." Er zieht die Brauen zusammen und starrt finster auf den Teppichboden.

„Nein, jetzt lieber nicht. Vielleicht später. Was soll ich jetzt tun, Sebastien? Ich ... ich habe irgendwie meine Orientierung verloren. Soll ich ein Bestattungsinstitut anrufen?"

Sebastien greift nach meinen Händen. „Noch nicht. Die Polizei sagte, dass die Teile ..., der Körper zuerst in die Rechtsmedizin gebracht wird. Und wenn sie dort feststellen, dass es sich tatsächlich um einen Selbstmord und nicht um ein Verbrechen handelt, wird er an die Familie übergeben. Erst dann können wir etwas arrangieren."

Ich schließe kurz die Augen. „Wie lange wird das dauern?"

„Sie gehen davon aus, dass es nicht lange dauern wird. Die Überführung und die Obduktion in der Rechtsmedizin sind angeblich Routine, ist aber Vorschrift bei einem Suizid."

Ich fühle, wie mein Herz poltert. *Obduktion? Wieso? Wozu? Der Zug hat ihn doch schon zerstückelt.* „Er wurde nicht gestoßen oder anderweitig gezwungen? Er ist doch einfach auf den Zug zugelaufen", flüstere ich.

Sebastien zögert. Seine Körperhaltung hat etwas Lauerndes. „Das ist richtig".

Mein Körper fühlt sich taub an. „Mir ist etwas schwindlig", sage ich.

Er berührt für einen Moment meinen Arm. „Atme tief ein und aus, versuche, an etwas anderes zu denken. Übrigens sollten wir in der Firma auch die Mitarbeiter informieren."

„Warum?"

„Weil die Zeitungen darüber berichten werden. Die Polizei hat eine Pressemeldung rausgegeben."

Ich habe Angst und blicke in den Garten. Ein schwarzer Rabe stößt kehlige Laute aus und vertreibt die kleinen Singvögel. Raben sind Todesboten, hat Jules immer gesagt. Ob es noch mehr Tote geben wird? Ich wende verstört den Blick ab. „Aber sie werden doch keine Namen nennen?"

„Nein. Nur die Initialen. Die Pressestelle hat aber erwähnt, dass es sich um einen der Inhaber einer Supermarktkette handelt. Für Spekulationen bleibt da kaum noch Raum."

Ich stehe auf. „Ich koche uns einen Tee und bereite eine kleine Mahlzeit vor." Wir gehen in die Küche. „Hör zu, Sebastien, ich bin für Offenheit, lass uns einfach sagen, was passiert ist. Jules hat Selbstmord begangen, und niemand weiß, warum. So ist es doch?"

Er schweigt.

„Ist es so?", wiederhole ich.

„Ja."

Ich werfe einen Blick aus dem Fenster. „Da kommen Karo und Lianne. Hat sie heute keine Schule?"

„Karo hielt es für besser, sie heute zu Hause zu lassen."

Ich frage mich, ob ich Sebastien von dem Bild erzählen soll? Unsere Blicke treffen sich. Da ist dieses vertraute Funkeln in seinen Augen. Dennoch habe ich meine Zweifel. Was kann ich auch sagen? Ich war selbst vor drei Tagen in einem *Swiffer*-Wahn. Da könnte es auch passiert sein.

Ich drehe mich um. Lianne steht in der Tür und sieht mich aus ihren dunklen Augen an: ruhig, selbstbewusst, fast schon spöttisch; herausfordernd … ewig lang.

„Etwas ist hier oberfaul!", sage ich.

# Kapitel 20

Tilda Bruns überragt mich um zwei Treppenstufen und ist auch doppelt so breit wie ich. Ihr kurzes, pechschwarzes Haar hat sie seitlich hochrasiert. Jules würde sie einen Panzer-Hooligan nennen.

Als sie mir die Hand reicht, muss ich fast lachen. Du meine Güte, was für ein Händedruck. Das ist mir bei unserer ersten Begegnung gar nicht aufgefallen. Hatte sie mir da überhaupt die Hand gegeben? Keine Ahnung.

Sie sieht mich fortdauernd an. Es stört mich, ich fühle mich belästigt. Vielleicht ist sie ja eine überzeugte Lesbe und steht auf mich. Ich werfe einen Blick auf Karola, die neben mir auf der Couch sitzt.

Meine Schwägerin grübelt. „Sie und Ihr Kollege haben uns bereits gestern mit Fragen bombardiert", sagt sie dann mit hoher Stimme. „Wir haben alles gesagt, was wir wissen, und das ist nichts! Wir wissen nicht, warum Jules sich das Leben genommen hat. Was wollen Sie denn noch von Tessa?" Sie wirft der Polizistin einen finsteren Blick zu.

„Ich möchte Ihnen noch mal mein aufrichtiges Beileid aussprechen, Frau Simone", sagt die Polizistin und ignoriert Karola. „Ich verstehe, dass Sie sich momentan nicht mit dem Einbruch und dem Übergriff auseinandersetzen wollen, aber ich wollte Ihnen einige Neuigkeiten mitteilen. Wir haben gestern Abend zwei Männer verhaftet, die eine ältere Dame angegriffen haben. Eine Nachbarin hat das Ganze von der anderen Straßenseite aus beobachtet und die Polizei gerufen. Einer der Männer hat ein Geständnis abgelegt. Er war auch an dem Übergriff auf Sie beteiligt. Die Polizei ermittelt seit Längerem gegen eine Bande, die für eine Serie von Raubüberfällen zuständig ist. Mit der Verhaftung haben wir eine erste Spur zu den Drahtziehern. Es ist unbedingt notwendig, dass Sie Anzeige erstatten und diese unterschreiben. Ich habe mir gedacht, dass es für Sie einfacher ist, wenn ich zu Ihnen komme. Das erspart Ihnen den Weg ins Präsidium." Tilda sieht mich freundlich an.

Karola kneift die Augen zusammen. „Sieh an, sieh an! Das Kommissariat kommt zu dir." Sie mustert Tilda von Kopf bis Fuß.

Ich schubse Karola so unauffällig wie möglich an. „Das ist sehr freundlich von Ihnen, Frau Bruns. Setzen wir uns doch an den Esstisch."

Obwohl der Übergriff auf meine Person erst weniger als vierundzwanzig Stunden zurückliegt, habe ich Mühe, mich detailliert daran zu erinnern. Die Worte des Mannes habe ich jedoch nicht vergessen. *Ich werde wiederkommen. Wenn du allein bist.* Mir ist auch nicht entfallen, dass sie Geld wollten.

„Nur Geld?", hakt Tilda nach.

„Nein, sie wollten auch meinen Schmuck."

Ich versuche, mich auf Tildas Fragen zu konzentrieren, aber es fällt mir schwer. Meine Kopfschmerzen sind stärker geworden und mir ist immer noch leicht schwindelig.

„Vielleicht kann meine Tochter Ihnen mehr erzählen, Frau Bruns", schlägt Karola vor. „Sie hat die Polizei angerufen. Lianne ist mit meinem Mann im Garten. Ich hole sie schnell."

„Die Küche im Haus meiner Schwägerin wird gerade vollständig renoviert", erkläre ich der Polizistin. „Ein Umbau und jede Menge Lärm. Deshalb macht Lianne für einige Tage ihre Hausaufgaben bei mir."

Tilda nickt. „Schön, dass das Mädchen eine Ausweichmöglichkeit hat".

*Was für eine undurchsichtige Bemerkung.* Ich schlucke. „Wenn Lianne nicht gewesen wäre, wer weiß, was ..."

Die Polizistin legt ihre große kräftige Hand auf meinen Arm. Eine beruhigende Geste, finde ich.

Wenig später kann ich meine Aussage, die Tilda Bruns protokolliert hat, unterschreiben.

„Hat Ihr Mann einen Abschiedsbrief hinterlassen, Frau Simonet?", will sie noch einmal wissen und ob wir uns einen Grund vorstellen können, warum er sich das Leben genommen hat.

„Verdammt! Sie wiederholen sich!" Sebastien stolperte fast über seine Worte. „Soll ich einen Grund erfinden, warum mein Bruder nicht mehr leben wollte? Ich weiß es nicht! Wir haben zusammen eine erfolgreiche Firma aufgebaut, eine Supermarktkette mit vierzig Filialen in Frankreich. Wir hatten Expansionspläne für die Côte d'Azur."

Ich sehe Tränen in seinen Augen. Er wiederholt, dass ihm kein Grund für die schreckliche Tat einfällt, für die Bürde, die Jules uns damit auferlegt hat. Es klingt vorwurfsvoll. Der Zorn in ihm tost wie ein Sturm. Ich kann es sehen.

Er stützt seine Ellenbogen auf dem Tisch ab, seine geballten Fäuste presst er an die Wangen. „Ich könnte ihn umbringen!"

Ich lächle.

„Wieso lächelst du?" Seine Augen flackern.

„Das ist eine seltsame Bemerkung. Er hat sich bereits umgebracht!".

„Verstehst du etwa, warum er das getan hat?" Sebastien beugt sich vor. „Gibt es da etwas, das wir wissen sollten? Hast *du* womöglich damit gerechnet?"

Ich lehne mich zurück. „Natürlich nicht. Ich bin auch wütend, Sebastien. Ich fühle mich auch getäuscht. Aber es ist geschehen und kann nicht rückgängig gemacht werden."

Die Polizistin steht auf. „Sobald wir mehr wissen, melde ich mich wieder bei Ihnen, Frau Simonet." Dann verabschiedet sie sich, diesmal ohne Händedruck.

„Was muss in dem Lokführer vorgegangen sein?", frage ich, nachdem Tilda Bruns das Haus verlassen hat. „Ein Mensch, der von einem Zug erfasst wurde, ist bestimmt kein schöner Anblick. Das muss ein schreckliches Trauma für ihn sein. Ich möchte ihm etwas sagen, ich tendiere sogar dazu, mich bei ihm zu entschuldigen."

„Ich habe irgendwo gelesen, dass die Polizei Psychologen beschäftigt, die Personen mit solch traumatischen Erfahrungen begleiten", sagt meine Schwägerin.

Sie hat wohl nur darauf gewartet, endlich ihre Pseudopsychokenntnisse an den Mann zu bringen.

„Lianne bleibt einen Moment mit Amelie im Garten. Es geht Amelie nicht gut."

„Ich könnte dem Lokführer auch einen Brief schreiben", schlage ich vor.

„Unternimm vorerst nichts in diese Richtung. Überlasse es den Fachleuten und kümmere dich erst mal um dich selbst", erwidert Karola und nimmt meine Hand. „Das ist notwendig, Liebes. Ich habe immer noch den Eindruck, dass du unter Schock stehst und noch nicht richtig realisiert hast, was geschehen ist."

Ich schaue an meiner Schwägerin vorbei. „Diese Tilda Bruns war ziemlich heftig", sinniere ich, ohne auf Karolas Anmerkung einzugehen. „Puh ... Sie hat mich immer so durchdringend angesehen. Sie wird doch wohl nicht glauben, dass ich etwas mit Jules' Selbstmord zu tun habe?"

„Sie steht auf dich!", sagt Karola und grinst.

„Was ist das schon wieder für einen Blödsinn, Karo?", fährt Sebastien seine Frau an.

„Das ist kein Blödsinn, das konnte man deutlich sehen. Diese Hunderasse steht auf Frauen wie Tessa."

Jetzt muss auch ich grinsen. „Hunderasse? Weil sie kurze Haare hat?"

„Sie strahlt förmlich nach allen Seiten die Bulldogge aus, Schätzchen." Karola tätschelt meine Wange. „Aber was schert uns diese Ermittlerin? Sie wird noch einmal mit einem Protokoll zu Jules' Selbstmord vorbeischauen und danach sehen wir sie nie wieder. Ich verstehe nur nicht, warum sie diese Fragen über Jules gestellt hat."

„Hast du schon mal etwas von Mitgefühl gehört?", will ihr Mann wissen.

„Verwechsle das bitte nicht mit Zudringlichkeit", antwortet Karola.

Sie sieht ihn mit sichtbarer Abneigung an. „Sollten wir nicht zuerst darüber nachdenken, wie wir das Unternehmen informieren?"

Ich stehe auf. „Das überlasse ich euch. Ich nehme ein Aspirin gegen die Kopfschmerzen und lege mich hin."

„So seltsam", sagt Sebastien, „immer, wenn ich aus dem Fenster schaue, glaube ich, dass Jules jeden Moment mit seinem Wagen in die Einfahrt fährt."

# Kapitel 21

*Amelie*

Sie möchte fort von hier, aber sie weiß nicht, wohin sie gehen soll. Jean hat ihr gerade eine WhatsApp geschickt. Er will wissen, wo sie steckt. Amelie schickt ihm eine kurze Nachricht, schreibt, was vorgefallen ist, dass er nicht kommen soll, weil Tessa im Moment kein Gedränge brauchen kann.

Amelie will ihn jetzt nicht um sich haben, schon gar nicht hier, im Haus ihres Liebhabers. Jeans Anwesenheit würde sie völlig aus dem Gleichgewicht bringen. Er spürt offenbar, wie erbärmlich sie sich fühlt.

„Du siehst wie ein Gespenst aus, Amelie. Du musst etwas essen", sagt sie mitfühlend.

Das Wort *essen* verursacht ihr Übelkeit. Sie würgt. *Was, wenn ich schwanger bin?* Der Gedanke verstärkt ihre Übelkeit. Rasch verdrängt sie ihn. Sie bezweifelt stark, ob sie wirklich ein Kind von Jules gewollt hätte. Es wäre sicher nicht einfach gewesen, es allein großzuziehen, denn sie wäre gewiss ganz auf sich allein gestellt gewesen. Jean erträgt viel, er ist ein toleranter Mensch, aber das Kind eines anderen Mannes würde er nicht in seinem Haus dulden, und sie nebenbei auch nicht mehr. *Ich muss jetzt funktionieren!*

Ihre Gedanken wirbeln hin und her, wie ihre Gefühle. In einem Moment fragt sie sich, was sie dazu ermutigt hat, die Pille abzusetzen. Im nächsten Moment ist sie froh, dass sie dem Zirkus einer alleinerziehenden Mutterschaft entkommen ist. Sie möchte Jules jetzt nahe sein, neben ihm liegen und ihm alles sagen, was sie beschäftigt. Aber er ist tot. Er gab auf, ohne sich nur einen Moment zu fragen, was für Chancen ihm noch geblieben wären, sein Leben zu verlängern.

*Ohne zu kämpfen.*

Sie ist traurig, aber auch wütend. Sie möchte ihren Schmerz in die Welt hinausschreien, sie möchte Anteilnahme für das, was sie gerade durchlebt, sie möchte getröstet werden. Aber der Trost gebührt Tessa, die bis jetzt keinen Funken Traurigkeit gezeigt hat.

Im Moment hasst sie Tessa, aber da ist noch eine andere Empfindung, eine, die sich wie ein Triumph anfühlt. Sie war die Letzte, die Jules in einem Motel liebte. Sie war diejenige, für die er seine Ehe aufgeben wollte.

Ein Gedanke überfällt sie. Er ist wie ein Brennen, wie ein Juckreiz unter einem Gips, an einer Stelle, an die man einfach nicht herankommen kann. Sie war die Letzte, mit der Jules Sex hatte und das im fruchtbarsten Abschnitt ihres Zyklus, um schwanger zu werden. Ihr Entsetzen über diesen Gedanken wächst.

Sie muss funktionieren. Sie muss.

Immer!

„Ich kann auch nicht aufhören zu weinen, Amelie", tröstet Lianne sie.

# Zwischen den Zeilen

*Zimmer 13*

Alice' dunkle Puppenaugen glänzen vor Vergnügen. *„Gemütlich, was? Sei froh, dass Daddy nicht mehr da ist. Du hast ihm das Taschenmesser voll in den Arsch gerammt."*

„Das warst DU!" Ich kichere. „Er wird mich nie mehr anfassen!"

Plötzlich sehne ich mich nach meiner Mutter und muss schlucken.

Alice sieht mich ernst an und fragt ängstlich: *„Wirst du jetzt weinen?"*

„Nein, warum sollte ich weinen? Alles läuft gut. Aber ich vermisse meine Mutter ein wenig."

*„Ich vermisse sie auch. Wollen wir sie mal besuchen?"*, fragt Alice. *„Das wäre lustig!"*

Ich starre die Puppe an. „Sie ist tot, du blöde Puppe! Die Treppe runtergefallen."

Alice sieht mich fragend an. *„Wurde sie geschubst?"*

Ich schüttle den Kopf. „Nein, wie kommst du darauf?"

*„Du hast es doch geträumt. Ich glaube an deinen Traum"*, murmelt Alice vor sich hin. *„Das war früher schon so, in diesem Keller. Weißt du noch? Ich fand dieses kahle Loch immer sehr bedrohlich, wo du mich versteckt hast."*

Plötzlich spüre ich eine seltsame Spannung in meinem Bauch. „Es ist nicht real, nicht wahr, was ich träume, oder?"

Ich sehe Verwirrung in ihren Puppenaugen. „Träume sind Täuschung", erkläre ich Alice und versuche dabei unbeschwert zu sein.

*„Wollen wir Mäuse fangen und sie Daddy ausgeweidet ins Bett legen? Ordentlich aufgereiht, als wären sie von einer Katze grausam gerissen. Nicht aus Hunger, sondern zum Spaß!"*

Mein Unterleib schmerzt und krümme mich. Blut! Überall ist Blut.

Alice sieht es auch. Ihre Augen rollen hin und her. „*Ups.*"

# Kapitel 22

Ich versuche herauszufinden, was ich empfinde. Was soll ich denn eigentlich fühlen?

Vor einer halben Stunde noch war ich wütend auf Sebastien. Jetzt verspüre ich weder Wut noch Trauer. Irgendetwas hindert mich daran, etwas zu empfinden. Vielleicht ist da eine Bremse in mir, die angezogen wird, sobald ich mit einer Emotion in Berührung komme?

Ich liege in unserem Kingsize-Bett und schaue auf das leere Kissen neben mir. Jules wird nie wieder dort liegen. Ich kann ihn nie wieder im Schlaf betrachten: seinen schönen Kopf, seine langen Wimpern, die römische Nase, seinen halbgeöffneten Mund. So ein Jammer.

Nie wieder muss ich mich fragen, was zwischen uns schiefgelaufen ist, warum er mich nicht mehr berührt hat. Darauf werde ich mit Sicherheit keine Antwort mehr bekommen.

Es ist eine seltsame, unwirkliche Situation. Ich wäre nicht sonderlich überrascht, wenn mir jemand sagen würde, dass nichts geschehen ist, dass es nicht Jules war, der Selbstmord begangen hat, dass er nur für eine Weile fortgegangen ist, um zu sich selbst zu finden. Ich verstehe nicht, dass ich kaum etwas fühle, dass ich nicht in Panik gerate, dass ich ihn nicht vermisse.

Obwohl wir seit Jahren wie Bruder und Schwestern nebeneinanderher gelebt haben, obwohl unser Leben ohne Höhen und Tiefen verlief, obwohl ich wusste, dass unsere Beziehung für keinen von uns zufriedenstellend war, schien es doch so, dass es uns beiden genügte. Das habe ich bis zu jenem letzten Abend geglaubt, als Jules mir sagte, dass es eine andere Frau in seinem Leben gab.

Ob zwischen ihm und dieser Frau etwas vorgefallen ist, worauf das Leben für ihn keinen Sinn mehr machte? Vielleicht bin ich nicht die Einzige, die sich fragt, warum Jules diese Verzweiflungstat begangen hat.

Es ist Glück im Unglück, dass ich seit zwei Wochen arbeitslos bin, weil ich mir keine Sorgen um einen Krankenschein machen muss und in aller Stille trauern kann.

Am liebsten hätte ich ihr einen Kinnhaken verpasst.

Jules fand es lächerlich, dass ich mich sogleich wieder um eine neue Stelle bewerben wollte. Er verstand nicht, dass ich immer noch in einer Branche arbeiten wollte, die nur mit Einsparungen beschäftigt war.

„Arbeite irgendwo ehrenamtlich, gründe einen Lese-Club, oder nimm dir einen Hund", hat er gesagt. „Ich verdiene genug Geld, es besteht keine Notwendigkeit, dich für eine Kinderschutzstiftung abzurackern."

Ich sagte nichts. Ich konnte nicht. Jetzt muss ich Jules nie wieder erklären, dass ich meine Arbeit liebe, auch wenn überall eine gewisse Aussichtslosigkeit auf der Lauer liegt. Ich hätte nie gedacht, dass schwelende Sparmaßnahmen auch die Personalabteilung einer Stiftung treffen könnten. Als die Managerin bestätigte, was seit einiger Zeit in den Büros geflüstert wurde, habe ich mir eingeredet, dass die Kündigungswelle an mir vorüberziehen würde. Ich war seit elf Jahren für die Stiftung tätig und wurde von allen geschätzt. Aber ich wusste auch, dass viele Kollegen dort länger arbeiteten, und für jede Entlassungsrunde galt das Prinzip *last in, first out*.

Mit steht der Sinn nicht nach einer ehrenamtlichen Tätigkeit, einem Lese-Club oder einem Haustier. Ich will mein eigenes Geld verdienen und mein Herz gehört nun mal der Personalarbeit, der Prüfung von geeigneten Einstellungs- und Auswahlverfahren, Weiterbildungsmaßnahmen, Schulungen und Nebentätigkeiten. Aber es war stets schwierig, dies Jules zu erklären, der nur an Soll und Haben, Ertrag und Wirtschaftswachstum interessiert war.

Ich lege meine Hände unter den Kopf. *Es gibt ein Testament.* Jules hat mir vor einigen Jahren gesagt, dass ich mir keine Sorgen machen muss, wenn ihm etwas passiert. Ich werde das Haus und einen großzügigen Unterhalt bis zu meinem Tod erhalten. Sebastien erbt Jules' Anteile an deren Unternehmenskette. Meine Zuwendung ist eine Bedingung, die an das Erbe geknüpft ist.

Dessen ungeachtet werde ich mir in Kürze einen neuen Job suchen.

Ich sehe mich um. Das Haus ist wunderschön. Es ist geräumig, hell, komfortabel und freistehend. Das Zentrum von Paris erreiche ich mit dem Wagen in fünfzehn Minuten. Das Haus ist so abgelegen, dass nur entfernte Nachbarn zu sehen sind. Das verleiht mir oft ein unheimliches Gefühl, insbesondere nachts. Das wird sich noch verschlimmern, jetzt wo ich allein hier leben muss. Ich werde das Haus so schnell wie möglich verkaufen.

Jemand tätschelt meinen Arm. Sofort sitze ich kerzengerade.

„Nicht erschrecken, ich bin es nur", sagt Karola. „Wir haben gerade einen Anruf von der Polizei erhalten. Jules' Leiche wurde freigegeben, wir können die Beerdigung arrangieren."

„Die Leiche? Gibt es denn eine Leiche? Ist noch etwas von ihm übrig geblieben?", frage ich trocken.

Ihr Lächeln verblasst. „Ich finde an dieser Situation absolut nichts komisch, Tessa. Du solltest diesen Gedanken rasch beiseiteschieben. Wir nehmen ein schönes Foto von ihm und stellen es auf den Sarg."

*Wie praktisch.* Ich lege mich wieder hin.

„Tessa!"

Es macht mich wahnsinnig, wie sie meinen Namen sagt, als würde dies in irgendeiner Weise Jules' Suizid abschwächen. Es widert mich an. Womöglich befürchtet Karola, dass ich durchdrehe oder zusammenbreche. *No way!*

„Wir haben deine Mutter angerufen", fährt Karola fort. „Ich dachte, es wäre vielleicht besser, das für dich zu übernehmen. Sie wird so schnell wie möglich einen Rückflug buchen und ruft an, sobald sie weiß, wann sie fliegt. Sebastien meinte, Jules hätte eine Sterbeversicherung. Weißt du, wo die Unterlagen sind?"

Erneut breitet sich Schweigen aus. Ihr Blick lastet schwer auf mir. „Hörst du mir überhaupt zu? Wo bist du nur mit deinen Gedanken, Tessa?"

Ich blinzle. „Ich glaube, dass gestern Abend jemand im Haus war."

„Sie steht noch immer unter Schock und hatte zu viel getrunken", wiederholen Karola und Sebastien abwechselnd, als wäre ich nicht im Raum. Amelie stimmt ihnen zu. Sie hatte, wie die anderen, angeblich nichts gehört.

„Du hast ja auch sofort geschnarcht", fauche ich sie an und bedaure meinen Ausbruch sofort. „Entschuldigung, ich wollte nicht so unfreundlich sein."

„Was hast du denn gehört, Tessa?", will Lianne wissen.

Ich setze mich auf mein rotes Sofa, suche Schutz in den vielen Kissen und linse zu dem Picasso, hinter dem der Safe verborgen ist.

„Schluss jetzt, Lianne", unterbricht Karola ihre Tochter. „In einer Stunde kommt jemand vom Bestattungsinstitut. Wir sollten uns darauf konzentrieren, wie wir die Beerdigung von Jules ausrichten wollen. Natürlich nur, wenn du möchtest, dass wir dir dabei behilflich sind, Tessa."

Ich möchte über alles Mögliche nachdenken, bloß nicht über eine Beerdigung. „Selbstverständlich. Sehr gern. Ich habe keine Ahnung, wie ich das anstellen soll. Was steht denn auf so einer Trauerkarte? Gibt es dafür einen Standardtext?"

Amelie setzt sich zu mir. „Soll ich etwas zu Papier bringen? Ich habe auch den Text für Jeans Vater geschrieben."

„Gute Idee", sagt Karola. „Das wäre dann geklärt. Sebastien hat alle Filialleiter informiert und einer von ihnen hat bereits eine E-Mail-Nachricht für alle Mitarbeiter erstellt. Wir werden bekannt geben, dass Jules völlig überraschend verstorben ist."

Meine Gedanken schweifen zu dem Geräusch, das ich gestern Abend zu hören glaubte, aber ich weiß, dass es keinen Sinn macht, darüber zu grübeln. Und trotzdem beschäftige ich mich damit. Ich weiß nicht, wie lange ich das Bild bereits anstarre. Fast ist mir, als bewege es sich von allein. Kurz schließe ich die Augen. Schließlich vibriert mein ganzer Körper vor Ungeduld. Ich halte es nicht länger aus, stehe auf, schiebe das Gemälde zur Seite und greife nach dem Griff der Tresortür.

Der Safe ist verschlossen.

Karola kommt auf mich zu. „Was machst du denn da?"

Ich drehe mich um. „Etwas stimmt nicht."

# Kapitel 23

Als ich die Küche betrete, sieht Sebastien mich traurig an. Er hat geduscht und sich umgezogen. Seine Haare sind noch feucht. Dennoch wirkt er erschöpft, schwach, beinahe zerbrechlich, wie er neben Amelie zusammengesunken dasitzt.

„Ich glaube, du hattest ein Blackout", sagt er, „du bist immer noch nicht ganz klar, wenn du mich fragst."

*Ob er recht hat?* Habe ich mir die Geräusche tatsächlich nur eingebildet?

„Kannst du den Safe öffnen? Ich nehme an, du kennst den Code?"

Ich unterdrücke einen Seufzer, mache eine hilflose Geste.

Amelie berührt meinen Arm. „Nicht? Schon ungewöhnlich, als Jules' Frau."

„Karo und ich kennen den Code", sagt Sebastien. Sein eiskalter Blick streift mich wie ein Projektil. Von Trauer ist jetzt keine Spur mehr zu erkennen.

„Ihr? Wieso ihr?", frage ich.

Sebastien sitzt regungslos da und starrt schweigend auf die Tischplatte, schüttelt nur einmal kurz den Kopf, als könne er meine Ahnungslosigkeit kaum fassen. Dann blickt er auf. „Er ist in einem verschlüsselten Dokument auf unserem Computer hinterlegt. Für den Fall, dass Jules etwas zustoßen sollte. Soll ich ihn holen?"

„Du kannst ihn mir später geben", erwidere ich bissig und fühle eine seltsame Spannung in mir aufkommen. „Was spielt das im Moment für eine Rolle, was im Tresor ist, Sebastien? Wir haben doch alle Unterlagen, die notwendig sind, um die Beerdigung zu organisieren. Vielleicht ist das Testament im Safe, aber der Notar hat doch auch eine Kopie, wenn es dir darum geht?" Es fällt mir schwer, ruhig zu bleiben. Ich lege die Fingerspitzen an meine Schläfen, aber meine Kopfschmerzen lassen sich nicht wegmassieren.

„Ich könnte den Notar anrufen", schlägt Sebastien vor. „Es ist gut möglich, dass wir sofort Einblick nehmen können. Schließlich kann ich es nicht riskieren, dass womöglich ein Firmenkonto gesperrt wird, weil mein Bruder vor den Zug ..." Er stockt. „Die Bank wird eine Kopie des Testaments verlangen. Jules' Privatkonto haben sie gewiss schon gesperrt. Das ist die übliche Vorgehensweise, bis ein Erbschein vorliegt. Ich werde mir das Testament später mal ansehen."

„Ich bin dir dankbar, dass du mir das Ganze abnimmst. Mein Kopf dröhnt ... Tut mir leid, wenn ich so barsch rüberkomme."

„Schon gut, Tessa. Es ist auch alles ein bisschen viel. Erst der Überfall, dann Jules' Selbstmord. Ich werde mich um alles kümmern. Okay?"

Ich nicke. Er nickt, alle nicken. Wir hätten schöne Wackeldackel abgeben können. Nur Amelie hält den Kopf still. *Hm ...*

„Ist mit dir alles in Ordnung, Amelie?", fragt Karola. „Du siehst beschissen aus. Mit dir stimmt doch etwas nicht! Klappt das nicht mit dem Entwurf für die Todesanzeige?"

Alle Blicke sind auf meine Freundin gerichtet. Sie schiebt den Notizblock zur Seite. „Ich kann es nicht ..." Sie lässt den Satz auströpfeln und murmelt ein ersticktes „Entschuldigung."

Ich lege einen Arm um ihre Schulter, drücke sie an mich, spüre, wie ihr Herz schlägt, so schnell, so lebendig. Schon als wir noch klein waren, hat sie für mich so manchen Aufsatz geschrieben. Es sei gemein, fand sie, dass andere Kinder immer besser waren als ich. Ein Lächeln schleicht sich auf meine Lippen, als ich an Amelies Hilfsbereitschaft denke. Und plötzlich habe ich meine Freundin, als kleines Mädchen, ganz deutlich vor mir, während ich die Erwachsene umarme, sehe ihr blondes Haar, ihre kornblumenblauen Augen, ihre winzige Nase, ihren riesigen Mund, die Falte zwischen ihren fast unsichtbaren Brauen, die immer dann auftauchte, wenn sie sich ärgerte. Die kleinen Sommersprossen auf Wangen und Nase. Den fast unsichtbaren blonden Flaum auf ihren Wangen, den man nur erkennen konnte, wenn die Sommersonne in einem absolut perfekten Winkel auf ihr Gesicht traf. Ich sehe sie deutlich, höre ihre glockenhelle Stimme. Dann vernehme ich ein störendes Lachen, das in starkem Kontrast zu meiner mädchenhaften Vision steht.

„Herrgott, Amelie. Schluss jetzt! Tessa ist diejenige, die Trost braucht. Also reiß dich gefälligst zusammen!" Karolas Stimme ist wie ein Schlag in den Magen.

„Hör nicht auf sie", flüstere ich Amelie ins Ohr. „Das ist nicht so schlimm. Ich werde selbst etwas entwerfen." Ich nehme Notizblock und Stift in die Hand. „Ich gehe eine Weile nach oben, in Jules' Büro. Ruft mich, wenn der Beerdigungsunternehmer kommt."

Ich verlasse die Küche. Kaum dass ich außer Sichtweite bin, renne ich die Treppe hinauf ins Bad, werfe die Tür hinter mir ins Schloss und übergebe mich in die Toilettenschüssel. Danach spüle ich meinen Mund aus und putze mir die Zähne. Und denke, dass ich schon ganz andere Dinge durchgestanden habe. Ganz andere!

Sie sollen alle verschwinden. Ich möchte allein sein, nachdenken, etwas für Jules schreiben. Ich muss versuchen, zu akzeptieren, dass ich ein Blackout hatte. Es war niemand im Haus und es ist nicht verdächtig, dass das Bild schief hing. Ich sehe Gespenster, wo keine sind, was an meiner Gehirnerschütterung liegt. So ist es und nicht anders.

Nein! Wer auch immer das mit dem Picasso gewesen ist, hat sein Ziel erreicht. Die Büchse ist aufgebrochen. Die Büchse, die ich, fest verschlossen und versiegelt, im hintersten Winkel meines Kopfs verstaut hatte. Und einmal offen, lässt sie sich wie die der Pandora verflucht schwer wieder schließen.

Ich muss mir einen schönen Text für Jules überlegen, aber ich zeichne nur Boote. Es sind bereits vier. Das ist lächerlich, das muss aufhören. Ich habe nichts für Boote übrig. Ich kann nicht mal zeichnen.

Ich fühle mich leer und allein, starre immer wieder auf die Boote. Jules hat mich vor einigen Wochen gebeten, im Internet nach einem Segelurlaub in Griechenland zu suchen. Seine Bitte war mir unangenehm. Ich hatte ein beklemmendes Gefühl in der Brust, als ich im Netz durch die Angebote scrollte und mich fragte, warum Jules einen Segelurlaub buchen wollte, obwohl er wusste, dass ich eine große Abneigung gegen alles habe, was auch nur im entferntesten mit Wassersport zu tun hat.

In mir keimt ein Verdacht. Doch nein! Wenn Jules tatsächlich mit einer anderen Frau einen Segelurlaub hätte verbringen wollen, hätte er einfach gesagt, dass er sich für ein paar Wochen ausklinkt. Ich hätte es akzeptiert, schließlich tat er das seit einigen Jahren. Laut Karola war Jules ein Mann, der seinen Freiraum brauchte, und ich habe ihm diesen Freiraum stets gelassen.

Ob Karola etwas über den Segelurlaub weiß? Jules hat ihr immer viel erzählt. Manchmal habe ich mich gefragt, ob Karola mehr als nur eine gute Schwägerin für Jules war. Aber ich habe nie etwas bemerkt oder erfahren, was diesen Verdacht bestätigt hätte.

Ich sitze seit einer guten Viertelstunde an seinem Schreibtisch. Mir ist noch immer nichts eingefallen. Alles, was mir in den Sinn kommt, ist unzutreffend. Ich fahre mir mit der Hand über die Augen, runzle die Stirn. Kein Gefasel über den Schock des großen Verlustes eines geliebten Ehemannes. *Oder eines liebenden ... oder eines liebevollen ...*

Nur kein Gesäusel, sage ich mir fortlaufend. *Schließlich ist er nur ein Jahr lang lieb zu dir gewesen.* Danach verwandelte er sich in einen Mann, der sich mal freundlich, mal unzugänglich benahm, obwohl ich mit ihm in einem Haus lebte und in einem Bett schlief. Zumindest, wenn er zu Hause schlief.

Gewiss, ich bin schockiert über seine Entscheidung, die er getroffen hat, aber den Schock des Verlustes fühle ich nicht. Unsere Beziehung war keine mehr. Jetzt ist es zu spät. Es hat keinen Sinn, mich zu fragen, warum ich nicht schon früher einen Strich unter meine Ehe gezogen habe.

Jemand läutet an der Haustür. *Der Bestatter!* Ich kritzle schnell mit aufeinandergepressten Lippen ein paar kurze Sätze aufs Papier.

Ein leises Klopfen. Amelie öffnet die Tür. „Der Mann vom Bestattungsinstitut ist da. Kommst du runter?"

Rasche überfliege ich den Text noch einmal.

*Völlig unerwartet verstarb*
*Jules Mallont,*
*Ehemann, Bruder, Schwager, Onkel und Freund.*
*Er lässt uns fassungslos zurück.*
*Tessa Simonet*
*Familie und Freunde*

Amelie steht hinter mir und liest, was ich aufgeschrieben habe. „Das ist ziemlich kurz."

„Mehr gibt es nicht zu sagen."

# Kapitel 24

*Amelie*

Sie möchte auf Tessa einschlagen, bis sie bewusstlos zusammen-bricht.

Sie möchte Karolas Lippen mit einer infizierten Nadel zusammennähen.

Sie möchte einen Eimer kochend heißes Wasser über die falsche Fratze von Sebastien gießen.

Vor allem aber möchte sie hinausschreien, dass Jules ihr gehört hat, dass vor allem sie den größten Anspruch auf Trauer und Anteilnahme hat. Dass sie die Einzige ist, die ihn wirklich geliebt hat. Dass sie die Bezeichnung *Witwe* verdient. Sie, nicht Tessa. Nicht diese desinteressierte Wachsfigur, der es selbst zu viel Mühe bereitet, einen anständigen Text für die Trauerkarte zu entwerfen.

Jules wollte drei Wochen mit ihr in Griechenland segeln. Mit *ihr*. Sie sagte Jules, dass es ihr immer mehr Probleme bereiten würde, Tessa zu belügen.

„Eure Freundschaft wird beendet sein, wenn wir unsere Beziehung öffentlich machen", erwiderte er.

Sie wagte nicht, ihm zu sagen, dass sie plante, die Karten auf den Tisch zu legen und Tessa einzuweihen, aber auch versuchen wollte, ihre Freundschaft zu retten.

Karola berührt ihren Arm. „Hey, wo bist du nur mit deinen Gedanken? Du bist vollkommen blass. Du hast noch nichts gegessen. Komm mit mir in die Küche, dann sorgt Mummy Karola, dass du etwas zu essen bekommst."

Sie folgt Karola. Die Übelkeit hat nachgelassen, aber Amelie traut ihrem Magen noch nicht. „Eine Scheibe Toast", sagt sie und setzt sich an den Küchentisch. „Vielleicht mit einer dünnen Schicht Butter. Und Tee. Kein Kaffee!"

Karola sieht sie seltsam an. „Bist du vielleicht schwanger?"

Amelie zuckt zusammen. „Schwanger? Wie kommst du denn darauf? Nein, natürlich nicht. Wir wollen keine Kinder. Ich bin nur schockiert, das ist doch verständlich, oder?"

„Natürlich." Karola dreht sich um und öffnet einen der Küchenschränke. „Aha, da ist ein Toaster. Also mache ich jetzt ein Toastbrot mit etwas Butter für eine Dame, die behauptet, sie sei nicht schwanger."

Amelie atmet tief durch. Atmen, damit ihr Magen nicht wieder rebelliert.

Karola kommt auf sie zu und tätschelt einen Moment ihre Wange. „Ich ziehe dich doch nur ein wenig auf. Ich merke, dass du trauriger bist als Tessa. Aber meine Mutter hat immer gesagt, dass man das Verhalten von jemandem nie danach beurteilen sollte, was man sieht."

„Wonach denn sonst, Karo?"

„Sie sagte oft, dass man jemanden nach dem beurteilen sollte, *was* man *nicht* sieht. Das mag seltsam klingen, aber ich weiß seit Langem, wie zutreffend diese Weisheit ist." Karola legt eine Weißbrotschnitte in den Toaster. „Tessa nennt das *Psychologisierung,* und sie hasst es. Sie mag es nicht, wenn ich ihr zu nahe komme."

Amelie fragt sich, ob Karola jetzt eine Antwort von ihr erwartet.

„Ich glaube wirklich, dass Tessa unter Schock steht", fährt Karola fort. „Sonst kann ich mir ihre unterkühlte Haltung nicht erklären. Ich darf gar nicht daran denken, dass Sebastien sich womöglich vor einen Zug wirft. Sich für den Rest seines Lebens fragen zu müssen, was man falsch gemacht hat, ist nicht lustig."

Amelie spürt, wie sich ihr Magen erneut krampfartig zusammenzieht, und atmet tief ein und aus. „Glaubst du wirklich, es liegt immer am Partner, wenn sich jemand für den Freitod entscheidet? Das ist doch nicht dein Ernst?"

„Nicht immer."

Amelie drückt ihre Hand gerade noch rechtzeitig gegen ihren Mund, das Erbrechen mühsam zurückhaltend. *Du bist nicht mehr Teil meines Lebens, Papa, also halt die Klappe. Geh zu den Kreaturen, die du so magst und sprich mit denen. Wärst du nicht an der Reihe gewesen, an Krebs im Endstadium zu erkranken?*

Aber was immer Amelie ihm in Gedanken sagt, er antwortet immer wieder, dass es ihre Schuld sei und dass Gott jeden Sünder bestrafe.

Karola legt ihren Arm um Amelie. „Weine ruhig", sagt sie mit sanfter Stimme. „Warum auch immer."

# Kapitel 25

Sie sind alle liebevoll und fürsorglich. Tessa hat Jean angerufen und meint, dass er seine Frau abholen solle.

Amelie hat ihren Kulturbeutel aus dem Badezimmer geholt, in Windeseile den Kissenbezug von Jules abgezogen und in ihre Tasche gesteckt. Danach hat sie auch das restliche Bett frisch bezogen.

„Ich habe die Bettwäsche gewechselt", sagt sie zu Tessa. „Das war doch in deinem Sinne, nicht wahr?"

Karolas Blicke folgen ihr überallhin. Das macht sie derart unsicher und wütend, dass sie fast aus der Haut fährt. Was will diese Frau? Aber vor allem: Was weiß sie? Karola stand Jules sehr nahe, was hat er ihr gesagt? Sie muss es herausfinden.

Sebastien hat das Testament in Jules' Firmenschreibtisch gefunden. Sie muss nicht wissen, was da steht. Der Gedanke, dass er Tessa so gut abgesichert hat, widerstrebt ihr. Dennoch hat sie wegen dieser Empfindung ein schlechtes Gewissen. Ihre Freundin verdient es, dass sie sich um die Zukunft nicht sorgen muss. Tessa wurde seit Jahren ins Abseits gedrängt und getäuscht. „Da braucht sie nicht auch noch finanzielle Probleme", hatte Jules gesagt.

Trotzdem stehen mir deshalb die Haare zu Berge.

Sie muss tatenlos zusehen, wie *Tessa* alles regelt, während sie, Jules' große Liebe, kein Mitspracherecht hat. Ihre Meinung spielt keine Rolle. Sie ist nur eine Freundin der Witwe, mehr nicht. *Aber er hat mich geliebt. Vielleicht trage ich sein Kind unter meinem Herzen. Ich bin wichtig!*

„Natürlich müssen wir uns bei dem Notar erkundigen, ob dies sein letzter Wille ist", sagt Sebastien. „Ich glaube aber nicht, dass er etwas verändert oder hinzugefügt hat. Jules hat mir immer gesagt, dass Tessa im Falle seines Ablebens das Haus und eine gute finanzielle Absicherung bekommt."

„Das wäre nur gerecht!", antwortet Karola und sieht Amelie direkt in die Augen.

Sie hört nicht mehr zu. Die Stimmen um sie herum verschwimmen. Sie ist wieder im Motel, sie hört seine Stimme.

*Tessa ist bestens abgesichert.*

Er hat noch etwas anderes gesagt.

*Es ist viel Geld im Haus, mehr als Dreihunderttausend in bar. Sieh zu, dass du es schnell an dich nimmst. Aber sprich mit niemandem darüber.*

Für einen Moment bekommt sie keine Luft. Sie atmet schwer.

„Was ist los", fragt Tessa. „Du wirst doch nicht ohnmächtig? Wo bleibt Jean nur? Geh nach Hause, schlaf dich aus. Das werden wir alle tun. Schlaf reinigt den Blick auf die Dinge. Es wird uns allen guttun." Ihre Haltung zeigt eine tiefe Abneigung.

„Tessa hat recht", stimmt Karola zu. „Wir brauchen alle Schlaf. Du hast Jules sehr gemocht, nicht wahr?"

Amelie starrt Karola an, in deren Blick etwas Archaisches liegt. Ihre Pupillen sind geweitet, tiefschwarz. Noch nie in ihrem Leben hat Amelie solche Wut gesehen.

„Lass Amelie in Ruhe", mischt sich Tessa ein. „Nein, widersprich mir nicht; Karo! Ich kenne dich, das ist deine unschöne Seite. Nicht in diesem Ton gegenüber meiner besten Freundin!"

„Ich glaube, Jean ist da", sagt Sebastien.

# Kapitel 26

*Tessa*

Endlich bin ich wieder allein. Ich fülle meinen Energiespeicher auf, norde mich ein. Die Beerdigung ist in fünf Tagen. Ich habe mich trotz des heftigen Widerstands von Sebastien für eine Einäscherung entschieden. Sebastien war der Meinung, dass Jules eine Erdbestattung wollte. Ein Mitglied der Familie Mallont wurde niemals eingeäschert, auch hatte Jules niemals erwähnt, dass er als Aschehäufchen in einer Urne enden wolle.

Amelie war ebenso der Meinung, dass ein Grab, an dem man Jules besuchen kann, würdiger ist.

Ich blieb bei meiner Entscheidung. Jules hatte schon vor Jahren gesagt, dass ich nach seinem Ableben über ihn bestimmen kann. Ich finde die Vorstellung grausig, dass das, was von ihm übrig ist, in der kalten Erde von Würmern angeknabbert wird. Nur Karola und Lianne gaben sich verständnisvoll.

Sebastien hält es für möglich, dass vierhundert bis fünfhundert Personen zur Beerdigung kommen: Mitarbeiter aus allen Niederlassungen des Unternehmens, Geschäftspartner, Freunde, Menschen, die uns ihr Beileid aussprechen wollen. Das bedeutete, dass wir eine Lokalität finden müssen, die groß genug dafür ist.

Der Bestattungsunternehmer schlug die Saint-Marie-Kirche vor. „Achthundert Sitzplätze einschließlich Catering."

*Wie praktisch.*

„Sie können obendrein den Sarg mit den Überresten nach der Zeremonie stehen lassen und ihn später ins Krematorium bringen lassen."

Ich habe es vor meinem inneren Auge: ein großer Raum mit vielen Menschen, irgendwo dazwischen der Sarg. Alle bekommen Kaffee und Sandwiches, sie bilden Grüppchen, es wird geredet, sogar gelacht. Der Tod lacht mit und fletscht die Zähne für sein nächstes Opfer. Seine beste List besteht immer darin, einem

weiszumachen, er sei gar nicht da. Aber der Tod hat jede Menge Tricks in seinem kalten, dunklen Ärmel. *Ob er auch ein Tattoo hat?*
„In Ordnung", stimmte ich zu. „Ich halte die Saint-Marie-Kirche für eine ausgezeichnete Idee, allerdings unter einer Bedingung. Ich wünsche, dass der Sarg nach der Zeremonie sofort zum Krematorium transportiert wird." *Aber die Sargträger müssen draußen sehr langsam zur Limousine schreiten, damit meine Mutter auf ihre Kosten kommt.* Ich konnte mich gerade noch zurückhalten, nicht laut zu lachen.

Es ist eine grausame Quälerei, und sie führt zu nichts. Dennoch habe ich immer wieder seine Körperteile vor Augen: eine halbe Hand, einen Unterarm, einen Fuß mit einem Schuh und … einen tätowierten Oberarm. Einen kleinen Finger mit einem Ring.
Das alles ist in meinem Kopf, wo es auch hingehört, damit ich begreife, dass es wirklich passiert ist, um gewahr zu werden, dass niemand mich angelogen hat, dass es stimmt, dass mein Mann vor einen Zug gesprungen ist, um zu sterben. Dass ich vor einigen Stunden mit meinem Schwager, meiner Schwägerin und meiner besten Freundin seine Beerdigung diskutiert habe. Dass Jules nie wieder in diesem Haus sein wird. Nie wieder wird er in diesem Bett neben mir liegen, nie wieder auf meine Fragen antworten. Dass er sich nie wieder weigern wird, mich anzufassen.
Dennoch können diese Gegebenheiten das ewige *Warum* in meinem Kopf nicht ausklammern.
Es gab eine andere Frau, und er wollte, dass ich das weiß. Folgerichtig plante er mit dieser Frau sein weiteres Leben. Weshalb also dieser absurde Suizid? Absurd! Unlogisch! So gar nicht mein Jules!
Ob etwas zwischen ihm und dieser Frau vorgefallen ist? Hat sie ihn abgewiesen? Hat er herausgefunden, dass sie ihn betrügt? Nein, das wäre kein Grund für Jules, aus dem Leben zu scheiden. Er würde sofort ins nächste Planschbecken springen und sich ein neues Fischchen angeln. Ich kann es mir jedenfalls nicht vorstellen.

Ich möchte schlafen und habe Angst, die ganze Nacht wach zu liegen. Ich höre wieder Geräusche, als würde jemand eine Treppe hinunterlaufen. Ich reiße die Augen auf. Sofort sitze ich aufrecht im Bett, lausche in die Dunkelheit. Mein Herz pocht heftig, meine Atmung ist beschleunigt. Ich kämpfe gegen die Ohnmacht. Mit meiner Angst sind auch die hämmernden Kopfschmerzen zurückgekehrt. Ich schließe die Augen, sitze einfach nur da ... *Was war das?*

Schellt da jemand an der Haustür? Ich schaue auf den Radiowecker: ein Uhr zehn. Wer läutet denn zu dieser Uhrzeit?

Ich schlüpfe in meinen Morgenmantel und gehe zum Schlafzimmer an der Vorderseite des Hauses, von wo ich den Eingangsbereich deutlich überblicke.

Ein Mann steht vor der Haustür. Er ruft meinen Namen, einmal, zweimal. Beim dritten Mal klopfe ich mit meinem Ehering an die Fensterscheibe.

Der Mann geht einen Schritt zurück und schaut zu mir herauf, lächelt. „Ich weiß, dass es mitten in der Nacht ist und dass du vermutlich nicht allein bist, aber ich musste zu dir kommen." Er klingt verzweifelt. „Ich musste dich sehen."

„Ich bin allein", ist alles, was ich hervorbringe.

Später klammern wir uns aneinander und streicheln uns gegenseitig über den Rücken.

Boris ist der Erste, der sich langsam aus der Umarmung löst und mich leidenschaftlich auf den Mund küsst. Wie in meinen Tagträumen kreuzt sein sanfter Blick den meinen und ich lächle hingebungsvoll zurück. Ich werde von einer seltsamen Ruhe ergriffen. Das alles hat etwas Entspannendes, etwas absolut Entspannendes.

Darf das sein?

Nichts ist mehr wichtig. Selbst wenn jeder, der mich kennt, jetzt vor dem Fenster stehen und hereinsehen würde, was kümmert es mich? Es fühlt sich nicht nur gut an, es ist auch gut. Ich habe mich verzweifelt hiernach gesehnt. Viel zu viel Zeit ist seit unserem letzten Mal vergangen, aber auch das spielt jetzt keine Rolle mehr. Er ist hier und er ist immer noch die Liebe meines Lebens.

Zehn Jahre sind verblasst, vielleicht haben sie nicht einmal existiert. Das ist ein hoffnungsvoller Gedanke, auch wenn ich sehr wohl weiß, wie unrealistisch er ist.

Wir sprechen kein Wort, weder, wenn unsere Lippen sich für ein paar Sekunden voneinander lösen, noch, wenn wir uns ansehen. Nichts muss gesagt werden.

Es tut furchtbar gut, besser als je zuvor. Der Schmerz über seine Entscheidung, sich von mir zu trennen, den ich jahrelang in mir getragen habe, hat sich verflüchtigt. Selbst meine Wut ist dahin. Wir fangen noch mal von vorn an.

Ich nähere mich meinem Höhepunkt. *Warte eine Weile, warte. Nicht schreien.* Ich erinnere mich, dass ihm das nicht gefällt.

Dennoch schreie ich.

Und wache auf.

Ich finde mich in von kaltem Schweiß getränkten Laken wieder. Es ist stockfinster in meinem Zimmer. Kein Licht dringt durch die Vorhänge. War das wirklich nur ein Traum? Bin ich soeben aus einem Traum aufgewacht? Ich fahre mit der Hand über sein Kissen und greife ins Leere. Seufzend taste ich nach dem Schalter der Nachttischlampe, das Licht flammt auf.

Plötzlich fällt es mir wieder ein: Ich bin bei brennendem Licht eingeschlafen. Ganz sicher!

*Jemand war in meinem Zimmer.*

Mein Atem geht keuchend, einen Augenblick lang bin ich starr vor Angst. Schließlich beruhige ich mich wieder. Da ist nichts. Kein Geräusch, kein Atem, kein Geruch. Nichts.

Die Stille erstickt mich fast.

Endlich ertrinke ich in meinem Meer an Tränen.

# Kapitel 27

Ich taste mit geschlossenen Augen nach dem Radiowecker und drücke den Knopf, um den Alarm auszuschalten. Aber es ist nicht der Radiowecker, der die schrillen Töne von sich gibt.

Ich öffne die Augen, lausche, erkenne, dass es mein Handy ist. Wo hatte ich es zuletzt hingelegt? Noch immer benommen vom Schlaf schließe ich meine Lider und konzentriere mich. *Badezimmer!* Ich springe aus dem Bett und gehe barfuß ins Badezimmer. Dort, auf der Ablage des Waschbeckens, liegt mein Handy.

Karola ist am anderen Ende, sie will wissen, ob ich gut geschlafen habe. „Ich komme gleich zu dir. Du solltest jetzt nicht allein sein." Ihr Tonfall duldet keinen Widerspruch. „Sebastien kommt später mit Lianne. Heute fangen sie wieder mit der Baustelle an, der Lärm wird unerträglich sein. Wir essen mit dir, aber du musst nicht kochen. Ich mache das."

Mit dem Handy am Ohr gehe ich die Treppe hinunter und bleibe auf halber Höhe stehen. „Ich bin gerade aufgewacht, Karola, und brauche erst einmal eine Stunde für mich." Dann trenne ich die Verbindung. Ich will ihren Protest nicht hören. Ihre Stimme dröhnt in meinem Kopf.

Ein seltsames Gefühl regt sich in mir. Ich weiß nicht, ob es Enttäuschung und Wut ist. Aber warum sollte ich enttäuscht oder wütend über etwas sein, wovon ich geträumt habe? Was ist falsch an Erinnerungen, die sich mitunter zeigen, wenn man sie braucht? Die Begegnung mit Boris im Krankenhaus hat Sehnsüchte in mir wachgerufen. Ich muss mich dadurch nicht belastet fühlen. Boris, meine einstige große Liebe, ließ mich gehen, weil er seine Frau, die nach einem von ihm verursachten Autounfall schwerbehindert war, nicht im Stich lassen wollte. Obwohl ich voller Verständnis und innerlich zerrissen war, hegte ich auch einen Groll gegen dieses behinderte Scheusal und wünschte, es wäre tot.

Ich träumte von Boris, das ist die Bestätigung, dass ich noch empfinden kann. Die Jahre mit Jules haben mein sexuelles

Verlangen unterdrückt, aber nicht ausgelöscht. *Du weißt, wo Boris arbeitet, du kannst ihn anrufen.*

Amelie hat mir eine WhatsApp geschickt.

*Denk an dich. Kuss.*

Wieder übermannt mich eine Flut von Tränen.

# Zwischen den Zeilen

*Zimmer 13*

Ich erinnere mich wieder, Alice ...

*Das Kind atmet langsamer. Das schnelle Ein und Aus – das hektische Hecheln der letzten paar Stunden wird langsam, erlahmt beinahe. Maßvolle Resignation.*

*Für die Mutter ist es das erste Anzeichen dafür, dass es mit dem Kind wirklich zu Ende geht. Bald wird es so weit sein.*

*Sie schaut auf die Uhr. Es ist fünf. Abends. Also wird es Abend sein, wenn das Kind endlich geht. Viel länger kann es nicht mehr dauern. Sie zieht das Laken hoch, sodass es ein Zelt über ihr und dem Kind bildet – hier in dem Raum, wo das Kind zusammengerollt auf dem verschlissenen alten Bett liegt, das ihm seit fünf Jahren gehört, seit es winzig aus ihrem Bauch kam. Sie war die ganze letzte Nacht und den Tag über hier. Sie ist nicht müde, nicht schläfrig. Überhaupt nicht.*

*„Hab keine Angst." Sie streichelt dem Kind das Gesicht. „Hab keine Angst. Ich verspreche dir, es gibt nichts, wovor du Angst haben musst."*

*Das Kind atmet wieder ein – beinahe versonnen. Es atmet aus, und die Mutter legt eine Hand auf seine Rippen – ganz leicht nur, denn das Skelett ist so winzig, so schwach. Wie kann man bloß erwarten, dass diese Brust sich noch einmal hebt? Lächerlich! Dieses kleine, unterernährte Wesen – winzig und schrumplig wie eine Alte. Schon als Baby war das Kind sehr klein. Kein rosiger Säugling, sondern ein schreiendes Ungeheuer, mit einem hilflosen Ausdruck in den Augen und langen Haaren, die ihm ins Gesicht hingen. Ein Leben lang hat niemand Notiz von dem Kind genommen oder es beachtet – nicht, wie man sich mit jauchzendem Ah und Oh über hübsche Babys begeistert. Natürlich hat dies das Kind nie gestört. Es war immer damit zufrieden, neben der Mutter in dem dunklen Raum zu sein, glücklich und zufrieden mit der Welt und damit, wie es war. Eigentlich wird niemand bemerken, dass es nicht mehr da ist.*

*Noch ein Einatmen. Langsames Ausatmen. Die Mutter beobachtet den kleinen Brustkorb, wartet auf das nächste Mal.*

*Sie wartet und wartet.*

*„Kind?"*

*Keine Reaktion.*

*„Kind? War's das?"*

*Die Brust bewegt sich nicht. Die Mutter drückt beide Hände an die Rippen und ihre Fingerspitzen tasten zwischen den Rippen nach dem letzten Flattern eines Herzschlags.*

*Nichts.*

*Die Mutter schaut noch einmal auf die Uhr. Fünf Minuten vergehen. Dann noch einmal fünf. Sie zwingt sich, die Sekunden im Kopf zu zählen. Alle – bis hundertachtzig. Noch einmal drei Minuten. Nichts und niemand kann so lange existieren, ohne zu atmen. Das ist eindeutig das Ende.*

*„Okay." Sie wippt auf den Fersen zurück. „Ich gehe jetzt und werde das Grab für dich schaufeln."*

*Sie weint nicht. Kein bisschen, und sie hält auch nicht den Ärmel hoch, um eine Träne aufzufangen, sondern Sie steht auf, geht, lässt die Tür auf.*

*Das Kind öffnet die Augen, sieht die Wände und das Loch, ein kleines Stück weit rechts vom Bett, und steht auf. Ein zarter Strang – ein Spinnenfaden, Sommerseide – verschwindet in dem Loch, fast als wolle es dem Kind und seiner Puppe den Weg zeigen. Es greift nach dem Faden, folgt ihm und sprudelndes Kinderlachen dringt an sein Ohr. Es ist frei und läuft dem Licht entgegen, direkt in die Arme eines Passanten.*

Nichts Buntes und Lebendiges darf in dem dunklen, tiefen Loch gelassen werden, hat Alice mal gesagt. Wir wissen beide, was die Dunkelheit bedeutet.

Heute wollen wir Antworten haben, aber es müssen natürlich die richtigen Antworten sein. Deshalb sehen wir uns überall um. So ist der Mensch gestrickt ...

Ich träume oft davon, dass meine Mutter mich in den Keller steckt, weil ich Lügen über Daddy erzählt und ihm tote Mäuse ins Bett gelegt habe.

Ich träume auch oft davon, wie ich das Kind in den Keller gesteckt habe. Manchmal bin ich in Gedanken an diesem Ort und schaue direkt in die Hölle.

*So ist das mit den Erinnerungen.*

„Und mit den Träumen, Alice."

# Kapitel 28

*Tessa*

Mein Emailaccount wird überschwemmt von Beileids-
bekundungen. Die Nachricht von Jules' plötzlichem Tod hat
Unglauben und Entsetzen ausgelöst. Die Bitte um nähere Details
häufen sich, aber Sebastien wird nicht darauf eingehen. Er konnte
zwar nicht verhindern, dass die Öffentlichkeit erfahren hat, dass es
ein Selbstmord war, aber mehr werden wir nicht preisgeben.
Wozu auch? Wir kennen die wahren Motive von Jules nicht. Unter
den Leuten wird es so oder so böse Zungen geben. Vielleicht
reagiere ich erst dann verletzt, auch wenn es sich momentan
anders anfühlt. Mir ist es egal, was die Außenwelt über mich denkt
oder sagt. Jules ist tot und niemand weiß, warum er sich so
entschieden hat. Aber gibt es wirklich niemanden, der etwas
weiß? Er hatte ein sehr vertrauensvolles und enges Verhältnis zu
seinem Bruder und vor allem zu seiner Schwägerin. Wissen die
beiden wirklich nicht mehr? Aber warum sollten sie mir etwas
verschweigen? Ich nehme es mir selbst übel, dass ich so denke.
Sebastien und Karola sind meine Familie, sie verdienen meine
Zweifel nicht.

„War es schlimm, hier allein zu sein? Konntest du wenigstens
schlafen?", erkundigt sich Karola.

Ich schließe die Augen, weil ich Angst habe, dass sie etwas
wahrnimmt, worüber sie noch mehr Fragen stellen wird. Es gibt
nicht viel, was man vor ihr verbergen kann. Es ist besser, wenn ihr
nichts an mir auffällt. Aber wie versteckt man die Erinnerung an
einen überwältigenden Traum?

„Da ist doch was?", schlussfolgert Karola. „Raus damit. Glaube
mir, es ist sehr wichtig, dass du über alles sprichst. Reden ist
befreiend. Dir ist etwas Schreckliches zugestoßen. Bitte rede
darüber!" Jetzt fleht sie mich fast an.

„Ich verstehe nicht, was passiert ist", antworte ich nur.

Wir sitzen dicht nebeneinander auf der Couch. Karola hat ihren Arm um meine Schultern gelegt.

„Ich frage mich, ob er vielleicht krank war, Karo. Er sah in letzter Zeit nicht gut aus. Aber er wollte nicht, dass ich ihm Fragen über sein Aussehen stellte. Er war ja so eitel."

„Ja, er hatte abgenommen. Ich habe erst vor einer Woche mit ihm darüber gesprochen. Da hat er gesagt, es ginge ihm gut."

Ich nehme einen Schluck Kaffee. „Es muss einen Grund geben. Ist in der Firma alles in Ordnung?"

Karola sieht mich forschend an. „Wie kommst du darauf? Hast du irgendwelche Zweifel? Dafür gibt es keinen Grund. Worüber Jules sich auch Sorgen gemacht hat, bestimmt nicht über die Firma."

„Er war oft fort, und wenn er zu Hause war, verbrachte er die meiste Zeit in seinem Arbeitszimmer."

„Hast du ihm denn keine Fragen gestellt?"

Ich zucke mit den Schultern. „Als würde das einen Unterschied machen."

Karola lässt mich abrupt los und steht auf. „Ich werde dir etwas zu essen machen, damit du bei Kräften bleibst."

Ich lese Besorgnis in ihrem Blick und unterdrücke den Impuls, schreiend davonzulaufen, durchzudrehen. „Du bist die beste Schwägerin der Welt", sage ich leise und versinke wieder in meine Couch.

# Kapitel 29

Auf dem Sarg liegt mein Blumenarrangement: weiße Rosen, ein wenig Grün, und auf der Schleife nur mein Name. Ich darf nicht zögern, ich darf nicht zittern. Ich werde allen in die Augen sehen, ich werde laut und deutlich sprechen. Das habe ich mir vorgenommen, darauf habe ich mich vorbereitet. Der Moment ist da, jetzt wirkt er beinahe unwirklich.

Karola hat versucht, mich davon zu überzeugen, dass es besser sei, Worte wie *Ruhe sanft* hinzuzufügen, da das schließlich alle machen würden.

Mir platzte der Kragen. „Es interessiert mich nicht, was alle sagen oder tun!"

„Ich verstehe ja, dass du mich anschreist. Schreien ist ein Ausdruck deiner Wut und zeigt, wie sehr du dich im Stich gelassen fühlst."

„Karola! Du gehst allen auf die Nerven mit deiner ewigen Psychokacke. Halt endlich mal deine Klappe!", fuhr Sebastien sie an. Wäre mein Schwager nicht dazwischengegangen, hätte ich mich wie eine Furie auf Karola gestürzt. Seit diesem Vorfall ist sie vorsichtiger und buhlt vergeblich um meine Gunst. Mich erdrückt ihr ständiges Mitgefühl, weshalb ich ihr möglichst aus dem Weg gehe.

Als Kind hatte ich mir immer vorgestellt, Begräbnisse gäbe es nur an grauen Regentagen, mit schwarz gekleideten Leuten, die sich unter Schirme kauern. Draußen strahlt die Sonne, drinnen Lianne. Knallig gelb-schwarz gestreifte Leggins und einen giftgrünen Lurexpullover blenden meine Augen. Biene Maja in Space. *Wie die Zeiten sich doch ändern.*

Ich setze mich zwischen Sebastien und Lianne und fühle mich geborgen. Beide legen ihre Arme um meine Schultern. Mehr als vierhundert Gäste haben sich mittlerweile in der Kirche eingefunden. Um den Sarg liegt ein Meer aus Blumen, die den Weg zum Pult wohl erschweren werden.

Sebastien hat den Ablauf der Beerdigung zusammengestellt, aber mich stets mit einbezogen. Wir haben gemeinsam beschlossen, dass nur kurze Ansprachen gehalten werden und dass Sebastien als Letzter etwas sagen wird. Er hat auch die Musik zusammengestellt, alles klassische Stücke. Karola hatte einen anderen Song vorgeschlagen, einen, den Jules so sehr liebte: *Lady in red*. Ich habe das abgelehnt. Schließlich sind wir nicht in einer Diskothek.

„Das war doch euer Lied", protestierte Karola. „Du hast hinreißend ausgesehen, als du im Standesamt in deinem roten Brautkleid auf ihn zugegangen bist und dieses Lied gespielt wurde. Wenn ich mich daran erinnere, bekomme ich jetzt noch eine Gänsehaut."

Ich blieb standfest. *No Lady in red, no Lovesong*. Soweit kommt es noch.

Kein hinterhältiges Marionettentheater. Kein sentimentales Getue.

Keinen pfarrerähnlichen Unsinn wie *im Himmel ist ein neuer Engel eingezogen*.

Karola hätte wissen müssen, wie zutreffend ihre Bemerkung war, dass ich mich im Stich gelassen fühle. Aber nicht erst seit dem Suizid von Jules. Wie stark mein Bedürfnis neuerdings ist, dieses Gefühl mit einem anderen zu kompensieren. Wie leidenschaftlich träume ich von einem Mann, wie erregend, wie intensiv.

Ich hüte meine Träume.

Jemand nennt Jules einen zielstrebigen und entschlossenen Geschäftsmann mit einem sanften Gemüt. Eine vermeintlich raue Schale mit weichem Kern.

Sebastien atmet hörbar schwer. Ich bin zwar ziemlich naiv, aber ich spüre seit Jules' Tod, dass sie alle etwas vor mir verbergen. *Naiv und nicht sehr klug, aber nicht blöd!*

Amelie sitzt neben Lianne und beginnt zu weinen. Jean reicht ihr ein Tempo. Meine Mutter wischt sich fortdauernd die Tränen von ihren Wangen – wie bei jeder Beerdigung. Sie ist in ihrem Element. Dabei ist es hier drinnen so kalt, dass es mich fröstelt. Und dunkel ist es. Nur Lianne leuchtet. Meine Mutter kam erst gestern aus dem Urlaub zurück und wollte bei mir übernachten.

*No go!*

Ich muss in der Nacht allein sein und meine Träume leben.

Wir senken alle den Kopf, als sechs Filialleiter den Sarg nach draußen tragen. Dann sehe ich meine Mutter an. Ihre Hände gegen den Mund gedrückt, folgt sie dem Exodus ihres Schwiegersohnes.

*Oder das, was von ihm übrig ist.* Sebastien und ich folgen dem kalten, dunklen Sarg, der mit viel zu streng riechenden Lilien und Rosen bedeckt ist, die Jules vermutlich verabscheut hätte. Er kann sich nicht mal dagegen wehren, weil er niemals mehr einen Muckser von sich geben wird.

Sebastiens Körper ist verkrampft. Er muss seine gesamte Konzentration aufbieten, um seine Tränen zu unterdrücken. Oder macht ihm seine bekannte Allergie gegen weiße Lilien zu schaffen? Überall sehe ich feuchte Gesichter. Die Leute nicken, berühren mich für einen Moment im Vorbeigehen. Ich trage eine dunkle Brille, drücke sie fest auf meine Nase. Ich möchte nicht, dass jeder die dunklen Ränder um meine Augen sieht.

„Ich verstehe es nicht", flüstert jemand hinter mir. Es ist Amelie.

Was soll ich darauf antworten?

Sebastien drückt fürsorglich meinen Arm.

*Zu fürsorglich*, meine ich.

# Dritter Brief

*Liebste Tessa,*

*Einsamkeit kann mit Menschen seltsame Dinge machen. Einige haben wirre Gedanken oder benehmen sich in auffälliger Weise absonderlich, ungewöhnlich, überspannt, närrisch.*

*Einsamkeit kann Menschen verrückt machen. Ich weiß alles darüber. Nicht, dass ich verrückt wäre, aber meine Einsamkeit bringt mich dazu, dass ich ein bisschen besser darüber nachdenke, bevor ich etwas sage oder tue. Die Grenze meiner Geduld und Toleranz ist schnell erreicht, wenn ich mich ausgeschlossen fühle. Das ist derzeit der Fall. Niemand scheint mich zu brauchen, ich gehöre nirgendwohin.*

*Ich möchte mit dir darüber sprechen, was mich beschäftigt. Ich möchte dich an meinen Gefühlen teilhaben lassen, daran, was ich fühle, mir wünsche und erhoffe. Ich möchte dir alles erzählen, sobald wir dicht nebeneinanderliegen. Und wenn alles gesagt ist, möchte ich dich halten, berühren, streicheln. Und ich möchte, dass du dafür Sorge trägst, dass ich nicht damit aufhöre.*

*Manchmal glaube ich, du weißt, was ich so treibe. Manchmal frage ich mich, ob es nicht besser wäre, dir einfach die Briefe zu schicken, die ich dir schreibe. Wäre es nicht viel besser, wenn du wüsstest, was ich für dich empfinde? Vielleicht wartest du auf ein klares Signal, auf eine Annäherung?*

*Du bist allein, das Leben hat dir eine erbärmliche Lektion erteilt. Selbst wenn du an deiner Stärke festhältst, selbst wenn du aufrecht bleibst, selbst wenn du vorgibst, alles im Griff zu haben, habe ich in deinen Augen den Zorn und die Abneigung gesehen, wegen dem, was dir widerfahren ist. Ich habe dein Bedürfnis nach Geborgenheit und Liebe gesehen. Nach wahrer Liebe. Endlich.*

*Das ist es, was ich dir geben möchte, weil du es verdienst.*

*Ich will dich glücklich machen, will dafür sorgen, dass du alles hinter dir lassen kannst. Dass du die Frau wirst, die du mal warst, dass du voller Zuversicht in die Zukunft zu blicken wagst. Darum kann ich mich kümmern, ich alleine. Glaub es mir.*

*Ich drücke meine Lippen sanft auf deine wunderschönen Augen.*

*Vielleicht dauert es nicht mehr allzu lang, bis ich dir gestehe, was du mir bedeutest.*

# Kapitel 30

*Amelie*

Es ist gut, dass jemand dicht neben ihr sitzt, selbst wenn es nur Jean ist. Er streichelt ständig ihre Hände und küsst sie. Amelie hält die Augen geschlossen und bildet sich ein, dass es Jules' Lippen sind, die sie berühren.

Die Worte, die über das Mikrofon durch die Kirche hallen, gleiten an ihr vorüber. Die Musik ist wie das Geräusch einer fernen Brandung, auf das ihr Hirn nicht bereit ist, sich zu konzentrieren. Sie wird sich später nicht mehr an die Melodie erinnern. Ihr Bewusstsein nimmt nichts wahr, weder die sanften Töne der klassischen Musik, noch die gesprochenen Worte. Wozu auch? Sie will keine Erinnerung. Dieser Tag wird ausgelöscht.

Er sagte, er wolle kein Kind. Seine Worte schmerzen noch immer. Wenn er sich für eine Chemo entschieden hätte, wäre alles anders gekommen. Dann hätte er erkannt, wie schön es wäre, Leben weiterzugeben, ein Kind hätte der Grund sein können, den Kampf aufzunehmen. Sie hätte ihm geholfen.

*Aber es ist sinnlos weiter darüber zu grübeln. Denk lieber an das Geld, das irgendwo in Tessas Haus liegt und auf dich wartet.*

*Es ist im Keller*, hatte er gesagt. *Im Keller* und *hol es dir*!

Ob Tessa womöglich doch etwas davon weiß? Vielleicht hat sie das Geld schon an sich genommen und irgendwo einen Banksafe gemietet.

Wie kommt man nur an so viel Bargeld? Dreihunderttausend! Jules hatte nie über Geld gesprochen. Sie weiß, dass Sebastien und Jules hart gearbeitet haben und dass sie äußerst zufrieden waren. Warum hat Jules dann dreihunderttausend Euro in seinem Keller versteckt?

Die Zeremonie ist offenbar vorbei. Der Sarg wird zum Ausgang getragen. Tessa geht unmittelbar dahinter, unterstützt von Sebastien, Karola und Lianne.

Jean und sie folgen, wobei sie sich gegen Jean drückt.

Er flüstert etwas, aber sie kann ihn nicht verstehen. Die Musik ist viel zu laut, warum tut niemand etwas dagegen?

Jemand berührt ihren Arm. Sie schaut auf. Sebastien beugt sich vor.

„Geht es, Amelie?", flüstert er ihr ins Ohr.

Sie nickt. Mehr nicht. Sebastien verhält sich stets zuvorkommend.

# Kapitel 31

*Tessa*

Sie essen Sandwiches, warme Snacks, trinken Kaffee. An dem Catering in der Kirche ist nichts auszusetzen. Den Gästen schmeckt es. Ich bekomme keinen Bissen hinunter. Einige scheinen sich prächtig zu amüsieren. Hier und da hallt Gelächter die kalten Kirchenmauern entlang.

Mir fällt auf, dass Karola sich drei warme Snacks hintereinander einwirft und dann ihre Zähne in ein Käsesandwich setzt. *Ein großer Körper braucht Nahrung.*

Karola nimmt das nächste Sandwich und kommt auf mich zu.

„Emotionale Ereignisse machen mich immer hungrig", erklärt sie. „Das bekommt meiner Figur überhaupt nicht, die durchaus auf ein paar Pfund verzichten könnte." Sie nimmt einen weiteren Bissen.

Ich nicke und blicke um mich. Wie lange wird das Ganze noch dauern? Warum wollen so viele Menschen mich umarmen und küssen? Ist niemandem bewusst, dass ich das nicht möchte? Dass ich es verabscheue, von Fremden berührt zu werden?

Meine Mutter kennt anscheinend jeden hier. Sie küsst ununterbrochen. Stets betont sie, wie besonders sie diese Beerdigung findet. Ich sehe sie an und frage mich, ob ich tatsächlich ein Kind dieser Frau bin.

Der Sarg wird inzwischen im Krematorium sein, vermute ich. Ich werfe einen Blick auf meine Armbanduhr, eine Rolex – ein Geschenk von Jules. Vielleicht ist er ja schon im Ofen und von ihm ist nur noch ein Häufchen Asche übrig. Es sind grausige Gedanken, aber ich möchte so denken.

Sebastien steht dicht neben mir und achtet auf mich. Manchmal nimmt er meine Hand, wenig später liegt sein Arm um meine Taille. Ich erinnere mich nicht daran, dass er mich jemals so berührt hat. Ein wenig mehr Distanz wäre angebracht. Aber angesichts seiner Niedergeschlagenheit kommt kein Protest über meine Lippen. Jules war sein einziger Bruder und sein Partner. Sie standen sich sehr nahe. Trotzdem hat Sebastien neulich etwas Unschönes über Jules gesagt, wie mir plötzlich einfällt. Ich halte für einen Moment den Atem an.

Es ist seltsam, dass ich gerade hier und jetzt darüber nachdenke. Es war nach dem Überfall, nachdem Sebastien vergeblich Jules im Büro gesucht hatte. *Der Übergriff auf seine Frau ist offenbar nicht interessant genug für Jules, um nach Hause zu kommen*, hatte er gesagt, worauf Lianne heftig reagierte und ihren Vater ein Monster nannte. *In dieser Familie gibt es nur ein Monster*, hatte Sebastien frostig geantwortet.

Ich habe meinen Schwager damals um keine Erklärung gebeten. Ich war zu verwirrt, zu angeschlagen. Aber jetzt möchte ich durchaus wissen, was er damit gemeint hat.

Wieder strecken sich mir Hände entgegen, die ich schütteln muss. Ich versuche, die dazugehörenden Körper auf Abstand zu halten.

Keine Küsse, das soll jedem klar sein.

Die Limousine, ein Firmenwagen mit Fahrer, steht für uns bereit. Wir steigen ein. Kein Regen, keine dunklen Schirme. Es ist so heiß, dass einige Blätter an den Kränzen bereits vertrocknet sind, sich einrollen und entkräftet zu Boden fallen. Alles ist von Verfall und Tod durchdrungen.

„Ich bin todmüde", seufzt Lianne. „Ich bin so froh, dass es vorbei ist. Wie geht es dir, Tessa?"

Ich ziehe meine Nichte liebevoll an mich. „Wir haben es hinter uns gebracht, Schätzchen. Mir geht es gut. Nur meine Füße schmerzen vom Stehen."

Lianne lächelt. „Ich werde uns ein schönes Fußbad machen, wenn wir zu Hause sind."

„Ich hoffe, dass Bruce noch da ist, dann kann ich ihn bezahlen."

„Bruce?", fragt Karola erstaunt. „Ich wusste nicht, dass es heute kommen würde."

*Das geht dich auch nichts an!* „Ich habe das Wohnheim gestern angerufen und gefragt, ob er heute im Vorgarten den Rasen mähen kann. Das Gras wächst sehr schnell, jetzt wo es so heiß ist. Bruce kommt oft bei mir vorbei und freut sich, wenn er arbeiten darf. Er ist ein Schatz. Seine Lieblingskekse stehen immer für ihn bereit. Ich hoffe, dass er noch da ist."

Karola schaut aus dem Fenster und schweigt.

„Ich glaube nicht, dass Bruce da war", sagt Lianne. „Ich sehe ihn nirgendwo. Der Rasen wurde offensichtlich auch nicht gemäht. Der Rasenmäher steht aber da."

„Den hab ich da hingestellt. Vielleicht hält sich Bruce im hinteren Teil des Gartens auf."

„Hat er denn einen Schlüssel vom Tor?", fragt Karola.

„Nein. Dann ist er wahrscheinlich auch nicht gekommen."

Plötzlich überkommt mich ein unbehagliches Gefühl, das ich mir nicht erklären kann. Ich möchte nur noch ins Haus.

Der Fahrer ist höflich und hilfsbereit. Er wünscht mir viel Kraft.

Ich höre es kaum. Mein Blick ist auf die Haustür fixiert.

*Ich muss da hinein! Schnell!*

Aber zuerst muss ich diese verdammte Brille loswerden.

Ich drehe den Schlüssel *einmal* um. Die Tür öffnet sich. Ich halte inne.

*Einmal.*

„Worauf wartest du?", murrt Karola.

„Jemand war in meinem Haus!"

# Kapitel 32

Sebastien glaubt, dass ich mich irre. „Heute ist aber auch kein normaler Tag. Deshalb ist es wahrscheinlich, dass du die Tür heute Morgen nicht zweimal, sondern nur einmal abgeschlossen hast. Solche Dinge passieren an Tagen wie diesen. Es war niemand in deinem Haus. Wer soll denn das gewesen sein? Nur Karola und ich haben einen Zweitschlüssel und wir waren den ganzen Morgen bei dir." Er seufzt. „Mache dir nicht so viele Gedanken", versucht er, mich zu beruhigen. Wieder legt er seinen Arm um meine Schulter. „Die Ereignisse der letzten Tage hatten es in sich. Erst der Übergriff, dann der Tod deines Mannes. Da kann man schon mal irren."

Ich löse mich rasch aus seiner Umarmung und vermeide den Augenkontakt mit ihm.

Karola sieht mich mit einem eisigen Blick an.

Soweit kommt es noch, dass mir noch ein Verhältnis mit meinem Schwager angedichtet wird. „Du liegst vermutlich vollkommen richtig, Sebastien. Es ist alles ein bisschen viel für mich", sage ich.

Lianne hat sich im Garten umgesehen und stürmt in die Küche. „Bruce ist weder im Garten noch im Gartenhaus. Aber auf dem Rasen liegt ein großes rotes Taschentuch. Gehört es dir, Tessa?"

„Bruce hat immer ein großes rotes Taschentuch in der Tasche seines Overalls." Ich stoße die Küchentür zum Garten auf, laufe auf die Obstbäume zu, eile an ihnen vorbei, bis das Gartenhaus vor mir auftaucht. Das Taschentuch liegt vor der Tür des Häuschens.

Ich unterdrücke erneut den Impuls, schreiend davonzulaufen, durchzudrehen. Ich höre nichts mehr, gar nichts, spüre nur Lianne in meiner unmittelbaren Nähe. Mein Herz überschlägt sich, als ich durch eines der Fenster schaue. Alles steht noch an seinem Platz, nur der Rasenmäher fehlt. Mein Blick schweift an den Wänden entlang, über den Boden, von links nach rechts. Bruce ist nicht hier. Bruce kann überhaupt nicht hier gewesen sein, weil dieser

Teil des Gartens abschlossen ist und er von außen nur durch das große Gartentor hätte hereinkommen können. Aber das ist immer verriegelt.

Ich gehe zum Tor, drücke dagegen. Es ist offen.

„Hast du es *wieder* offen gelassen, Tessa?", fragt Lianne.

Ich wirbele herum und schüttle den Kopf, der sich mit einem dröhnenden Stich rächt.

„Aber wieso ist das Tor dann nicht abgeschlossen?"

Ich zucke mit den Achseln.

„Du bist wirklich ein wenig durcheinander."

Ich verliere die Beherrschung. Trete gegen das Tor. „Ich bin nicht durcheinander. Ich habe nach dem Einbruch die Schlösser austauschen lassen!"

Ich habe ihnen gesagt, dass ich mich hinlegen möchte. Sobald ich die Tür meines Schlafzimmers hinter mir geschlossen habe, nehme ich mein Handy aus der Jackentasche und suche nach der Nummer des Wohnheimes, in dem Bruce lebt. Ein Betreuer meldet sich und bestätigt, dass Bruce heute Morgen zu mir geradelt ist, und dass er noch nicht zurückgekehrt sei.

Trotz der Hitze ist mir kalt. Angst erfasst mich. „Er wollte den Rasen im Vorgarten mähen. Ich hatte alles für ihn bereitgestellt, aber wohl umsonst." Ich überlege, ob ich etwas von dem roten Taschentuch erwähnen soll. Schließlich möchte ich Bruce nicht schaden.

„Es ist nicht immer einfach für Bruce, sich an Vereinbarungen zu halten", betont der Betreuer. „Aber ich werde mit ihm sprechen, wenn er zurückkehrt. Ich melde mich dann bei Ihnen."

Ich lege auf, strecke mich auf dem Bett aus, bleibe auf dem Rücken liegen und starre an die Decke; döse ein, träume im halb wachen Zustand.

*Bruce ist in meiner Küche und trinkt seinen Tee. Jemand stürzt sich über den Tisch hinweg auf ihn. Er kippt rückwärts vom Stuhl, sein Kopf schlägt hart auf dem Steinboden auf, er hat keine Zeit, irgendetwas zu begreifen, hat keine Zeit, auch nur einen Laut auszustoßen, denn der Angreifer ist bereits über ihm, seine Hände finden Bruce' Kehle. Der kickt und strampelt, bäumt sich auf, versucht freizukommen, aber der Angreifer ist zu schwer, viel zu stark, seine Hände drücken zu. Panik überrollt Bruce. Er tritt, windet sich, ist nur noch Körper, nur noch Überlebenswille. Er fühlt das Blut in seinen Adern, so schwer, so heiß, so dick, hört ein Rauschen in seinen Ohren, wie es an- und abschwillt. Sein Kopf droht zu platzen. Er reißt die Augen auf.*

Ich wache auf. Ein Gewitter tobt in meinem Kopf. Ich kann nicht klar denken. Vielleicht bin ich ein wenig verwirrt, wie Lianne behauptet. Erstens werde ich am helllichten Tag angegriffen, zweitens rennt mein Mann direkt vor den Zug, ich träume in allerbester erotischer Manier von meinem ehemaligen Liebhaber und zu guter Letzt vom Sterben meines behinderten Gärtners. Kein Wunder, dass ich gedankenlos handle.

Bruce hatte einfach keine Lust, bei dieser Wärme den Rasen zu mähen. Das Tor stand offen, weil ich, zerstreut wie ich bin, wieder einmal vergessen hatte, es abzuschließen? Bruce hat sich vermutlich einen Moment im Garten umgesehen, weil er geglaubt hat, ich sei zu Hause. Er will sich immer mit mir unterhalten, wenn er kommt. Also ist es logisch, dass er im Garten war, wo er sein Taschentuch verloren hat. *Kommt vor!*

Plötzlich zittere ich am ganzen Körper. Schweiß rinnt mir in Strömen übers Gesicht. Ein paar Haarsträhnen kleben auf meiner Stirn. Mein Atem stockt und langsam, ganz allmählich, kristallisiert sich ein Gedanke aus all den anderen heraus, wird lauter und lauter, bis er meinen ganzen Kopf ausfüllt. *Kommt vor? Nein, nicht bei Bruce.*

# Kapitel 33

Tilda Bruns übergibt mir das von ihr verfasste Vernehmungsprotokoll und zeigt mir, wo ich unterschreiben soll. „Auf jeden Fall müssen Sie sich keine Sorgen mehr machen", sagt sie. „Wir haben vermutlich die ganze Gang verhaftet und die meisten Mitglieder sitzen vorerst hinter Gittern."

*Ich mache mir aber Sorgen.*

„Wie geht es Ihnen?", erkundigt sie sich.

„Ich weiß es nicht so genau, Madame Bruns", antworte ich und unterschreibe das Protokoll. „Mein Leben hat sich ziemlich abrupt verändert. Ich muss mir also keine Sorgen mehr über diesen Mann machen, der gesagt hat, er komme wieder?"

„Ich denke nicht. Aber Sie wohnen ziemlich abgelegen. Es wäre ratsam, abends und auch tagsüber darauf zu achten, wem Sie die Tür öffnen. Sie sind hier ziemlich auf sich gestellt und demzufolge gefährdet."

Mir fällt auf, dass die Polizistin sich umsieht. „Ich werde das Haus verkaufen, wenn die Erbangelegenheiten geregelt sind. Es ist ein wunderschönes Haus", betone ich. *Meine Güte, das hört sich an, als willst du deine Entscheidung rechtfertigen.*

„Es ist tatsächlich ein wunderbares Haus", stimmt sie mir zu. „Sie werden wissen, was das Beste ist. Auf jeden Fall bin ich froh, dass diese Bande hinter Gittern ist. Sie müssen allerdings damit rechnen, dass Sie zu einem späteren Zeitpunkt als Zeugin geladen werden." Tilda sieht mich an, als sei ich eine scheue Katze, die sie aus der Reserve locken möchte.

Ich weiß nicht, was ich davon halten soll. „Ich dachte, die Sache sei vom Tisch."

„Wir werden sehen. Machen Sie sich keine Gedanken."

Ich schließe kurz die Augen, lasse meine Gedanken wandern. *Ich bin bereit!* „Warum erwähnen Sie es dann?"

„Ich habe gehört, dass Ihr Gärtner aus dem Behindertenwohnheim einen ganzen Tag vermisst wurde", sagt Tilda, blickt aus dem Fenster und zeigt auf den Rasen. „Ist er wieder aufgetaucht?"

*Sie weicht mir aus.* Warum habe ich das Gefühl, dass ich auf meine Wortwahl achten muss?

„Ja. Eine komische Sache. Der Gruppenleiter meint, dass Bruce sich die nächste Zeit eine Weile ausruhen muss. Also habe ich den Rasen selbst gemäht."

Die Polizistin reagiert nicht.

„Es muss wohl schon häufiger vorgekommen sein, aber Bruce ist immer wieder zurückgekommen. Er hat bereits für meinen Mann gearbeitet, als der noch mit seiner ersten Frau verheiratet war. Ich mag ihn. So jemanden schickt man nicht einfach weg, sobald etwas schiefläuft."

Tilda Bruns steht auf. „So ist es wohl."

Ich begleite sie zur Haustür.

Sie streckt ihre Hand aus, die ich ergreife. „Vielen Dank für Ihre Mitarbeit und viel Kraft für die kommende Zeit." Ich begleite die Polizistin zur Haustür. Draußen dreht sie sich noch einmal um und nimmt meine Hand. „Nochmals viel Kraft. Zum Glück heilt Ihr Gesicht ganz gut."

Ich bin ruhelos, denke an Tilda Bruns, habe ihr Gesicht vor meiner Netzhaut wie die verschwommene Fotografie eines Geistes. *Zum Glück heilt Ihr Gesicht ganz gut.* Ein seltsames Gespräch, eine seltsame Frau.

Ich versuche, meine Gedanken zu ordnen, bevor ich mich erneut in ihnen verheddere. Dann wird mir mit einem Mal klar, was Tilda und mich verbindet: Wir spüren beide, dass etwas nicht stimmt, können es aber an nichts Konkretem festmachen.

Lianne kann natürlich wieder jederzeit kommen, um bei mir ihre Hausaufgaben zu machen. Sie hat versprochen, dass sie heute Abend zum Essen bleiben wird. Ich muss noch einkaufen. Rasch prüfe ich, ob das Tor zum Garten verschlossen ist, schließe die Küchentür und drehe den Schlüssel zweimal um. *Zweimal.*

Als ich Sebastien sagte, dass ich alle Schlösser austauschen lassen wollte, hatte er mir davon abgeraten. Ihm zufolge sollte ich mich nicht der Angst und dem Misstrauen ausliefern. Ich bin nicht seiner Meinung. Neue Schlösser haben etwas Beruhigendes, dennoch habe ich mit dem Auswechseln gewartet, bis niemand mehr ein Wort darüber verloren hat.

Diese Geschichte hat irgendwo einen Anfang, aber ich weiß nicht, wo sie beginnt. Mit dem Tor, das ich angeblich nicht abgeschlossen hatte, weshalb angeblich die Täter in mein Haus eindringen konnten? Mit Jules' Selbstmord? Nein, ganz sicher nicht. Was war davor? Liannes Schreie in der Nacht. Und davor ...?

Plötzlich bin ich mir sicher, dass es noch ein *Davor* geben muss.

# Kapitel 34

Der Leiter des Behindertenwohnheims sitzt mir gegenüber. Pierre Beauchamp hat mich angerufen und um ein Gespräch gebeten. Ich habe ihn zu mir nach Hause eingeladen, eine Tatsache, die er sehr schätzt, wie er sagte. Ich frage mich, was er von mir wissen will.

„Ich kommt gleich zur Sache", beginnt Beauchamp. „Bruce möchte nicht mehr für Sie arbeiten. Es hat uns sehr viel Mühe gekostet herauszufinden, was passiert ist, als er hier den Rasen mähen sollte. Er wollte nicht darüber sprechen, deshalb haben wir unseren Psychologen hinzugezogen, der es am Ende geschafft hat, ein Gespräch in Gang zu bringen." Beauchamp beugt sich ein wenig vor. „Es läuft darauf hinaus, dass Bruce sich vor einer Frau ängstigt, die er hier gesehen haben will."

Ich sitze jetzt kerzengerade. „Frau? Welche Frau? Ich? Meine Schwägerin? Meine Nichte?"

„Nein, nein, es ist ja während der Beerdigung passiert. Aber es muss währenddessen eine ihm fremde Frau im Garten gewesen sein."

Ich muss ein paar Mal schlucken. *Was geht hier, verdammt noch mal, vor sich?* „Wo genau hat Bruce denn diese Frau gesehen, Monsieur Beauchamp?"

„In Ihrem Haus. Bruce beschreibt sie als *die Frau mit den Hunden.*"

„Mit den Hunden? Sie meinen, er sah jemanden in meinem Haus, der Hunde bei sich hatte?"

Pierre Beauchamp zögert einen Augenblick. „Es ist nicht ganz klar. Er sagte, dass er sie auf das Haus zukommen sah, als er am Rasenmäher stand. Er erschrak und versteckte sich hinter dem Rhododendronstrauch. Wenig später hörte er, wie das Tor geöffnet wurde. Nach ein paar Minuten ging er in den Garten, um nachzusehen, ob diese Frau im Haus war."

Pierre Beauchamp wartet auf eine weitere Frage von mir, aber kein Wort kommt über meine Lippen. Ein grauenhafter Gedanke durchzuckt mich. Wie konnte diese Frau an die Schlüssel meiner

Schlösser gelangen, die ich vor kurzem ausgewechselt habe? Wie hat sie das angestellt und weshalb? Nein, es kann sich nur um die bizarre Geschichte eines geistig behinderten Mannes handeln.

„Bruce mag Sie sehr, Madame Mallont", fährt Beauchamp fort. „Das hat er dem Psychologen anvertraut und dass diese Frau Ihnen schaden wolle. Als sie Bruce entdeckte, hat er sofort die Flucht ergriffen und ..."

„Und hat dabei sein rotes Taschentuch verloren", ergänze ich. „Wie sah diese Frau denn aus?"

„Er konnte sie nicht beschreiben, nur dass sie rotes Haar hat. Wir wissen aber, dass Bruce Menschen mit roten Haaren sehr beängstigend findet. Er behauptet auch, dass sie zurückkommen wird, um ihn und Sie zu töten."

„Warum sagt er so etwas?" Meine Stimme zittert.

Beauchamp schluckt. „Sie hat ihm angeblich eine grässliche Puppe entgegengestreckt und da hat er vor Angst in die Hose gemacht. Er hat sich so geschämt, dass er in den Wald gerannt ist und sich dort versteckt hat. Er kam erst ins Wohnheim zurück, als seine Hose wieder trocken war."

„Du meine Güte, diese Frau muss dem armen Bruce aber einen gehörigen Schrecken eingejagt haben. Aber wenn sie im Haus war, dann muss sie einen Schlüssel gehabt haben."

„Vielleicht, wir sind uns nicht ganz sicher. Bruce sieht oft Dinge, die nicht vorhanden sind. Was glauben Sie, Madame Mallont? Kann es sein, dass jemand in Ihrem Haus war? Haben Sie eine Ahnung, wer das gewesen sein könnte?"

Ich überlege kurz. „Die einzige Person, die mir in den Sinn kommt, ist meine Hilfe. Vielleicht wollte sie nachsehen, ob alles in Ordnung ist. Sie macht sich neuerdings ständig Sorgen um mich. Aber nein, sie hat keine roten Haare."

„Man hört oft, dass in den Wohnungen oder den Häusern eingebrochen wird, während die Angehörigen von Verstorbenen zur Beerdigung gehen", sagt Beauchamp. „War Ihre Hilfe nicht auf der Trauerfeier?"

„Sie verkraftet das nicht."

„Ich glaube", sagt Pierre Beauchamp, „Bruce ist nur verwirrt."

# Kapitel 35

Die Geschichte lässt mich nicht los. Vielleicht stimmt es ja, was Bruce behauptet hat. „Eine rothaarige Frau mit Hunden", flüstere ich. Vielleicht will mir ja jemand Angst machen. Oder mich in den Wahnsinn treiben. Wie verrückt sich das auch anhören mag. Ich schüttle unwillkürlich den Kopf.

Ich muss loslassen. Dessen ungeachtet frage ich mich nach wie vor, wer einen Schlüssel zu meinem Haus haben könnte, von dem ich nichts weiß. Jules wollte immer einen Hund. Ob Karola eine Ahnung hat? Oder Sebastien? Ist es klug, den Vorfall mit ihnen zu besprechen?

Lianne kommt heute nicht, weil die Umbaumaßnahmen im Haus ihrer Eltern für eine Weile ruhen. Es stimmt mich traurig. Mir fehlt ihre aufrichtige Zuneigung. Sebastien und Karola sind mit der Umstrukturierung der Firma ausgelastet. Trotz Jules' Tod treiben sie die Expansion voran. Erst gestern wurden drei neue Niederlassungsleiter eingestellt. Vor ein paar Tagen hat Sebastien mich überdies gebeten, im Betrieb zu arbeiten.

„Es wäre schön, dich in meiner Nähe zu haben", sagte er. „Es ist nicht gut für dich, zu Hause zu sitzen und zu grübeln. Wir können deine Erfahrung in der Personalarbeit sehr gut nutzen. Ich wollte schon seit geraumer Zeit den Schwerpunkt auf die Weiterbildung im Bereich Kundenfreundlichkeit und Durchsetzungsvermögen legen und habe auch schon oft mit Jules darüber gesprochen. Auch die Filialleiter sind von dieser Idee überzeugt. Aber Jules war der Meinung, wir sollten kein Geld dafür ausgeben."

„Ich werde über deinen Vorschlag nachdenken, Sebastien."

Als er ging, umarmte er mich zärtlich. Ein wenig zu zärtlich, fand ich.

Ich überprüfe jetzt mehrmals am Tag, ob das Tor zum Garten, die Küchentür und die Haustür verschlossen sind, da ich mich in meinen eigenen vier Wänden nicht mehr sicher fühle. Ich möchte lieber glauben, dass Bruce in einer Phase der Verwirrtheit halluziniert hat.

Am Tag der Trauerfeier habe ich mit Sicherheit zweimal abgeschlossen. Genau so sicher ist, dass das Gartentor verschlossen war und dass ich in der Nacht nach Jules' Selbstmord jemanden im Haus gehört habe. Außerdem war der Picasso über dem Safe verschoben worden. *Kein Swiffer-Wahn!*

Ich schließe die Augen, entspanne meinen Körper, suche eine bequemere Position, muss ein wenig Kraft schöpfen.

Karola behauptet, dass es der Schock ist, der mein kritisches Denkvermögen beeinflusst, Realität und Fantasie vermischt, der mich misstrauisch gemacht hat und diese unsicheren Gefühle in mir auslöst. Sie ist der Meinung, dass mein Geist Ruhe braucht.

„Lass dir Zeit, entspanne dich und lass uns wissen, wenn wir etwas für dich tun können."

Auch wenn die Rezepte aus Karolas Psychologenküche oft schwer verdaulich sind und ich meine Schwägerin oft nicht ertragen kann, muss ich ihr in einem Punkt zustimmen: Mein Geist braucht Ruhe. Aber um die zu finden, muss ich zuerst alles loslassen. Erinnerungen. Enttäuschung. Schmerz. Wut.

Immer wieder sehe ich seinen Körper zerbersten, Blut, das die Schienen tränkt, seinen Kopf irgendwo im Gebüsch, die Augen starren in das Geäst. Sie blinzeln nicht, wenn Käfer über die Pupillen trippeln. Auch Bilder der jüngsten Ereignisse kommen immer wieder hoch.

Karola hat mit mir am Küchentisch gesessen, als sie mir vorschlug, während der Trauerfeier *Lady in red* zu spielen.

Wozu?

Ich habe diese Liebe vor langer Zeit verloren.

Vielleicht gibt es Dinge, die stärker sind als die Liebe. Die Zeit.

Unser Planet tut, was er immer tut. Die Welt dreht sich weiter.

Wie eine CD, trotz der Geheimnisse, die mich wie Nebelschwaden umwabern.

Irgendwo ist die CD, mit dem Titel *Lady in red*. Ich werde sie suchen.

# Kapitel 36

War das rote Kleid nicht der Anfang der Geschichte? Vielleicht. Aber das rote Kleid ist nicht unbedingt *meine* Geschichte. Ich bin nicht sicher, wem diese Geschichte überhaupt gehört. Zu viele Menschen haben sich darin eingenistet. Das hätte mir eine Warnung sein sollen ...

„Ich heirate in Rot, Mama. Jules möchte es, weil er den Song *Lady in red* so gern mag."

„Ich bezahle dein Hochzeitskleid, aber nur, wenn du dich für Weiß oder für ein cremefarbenes Kleid entscheidest", erwiderte meine Mutter.

„Keine Sorge, Mama, ich kann mein Hochzeitskleid selbst bezahlen."

„Als du noch ein kleines Mädchen warst, haben dein Vater und ich vereinbart, dass wir dein Hochzeitskleid bezahlen werden. Warum bist du so wütend? Du hast immer von einem weißen Kleid und einem traumhaften Schleier aus Voile gesprochen. Selbst wenn Jules dieses Lied noch so mag, muss das nicht bedeuten, dass du gänzlich deinen Kurs änderst, oder? Nimm einen roten Brautstrauß oder einen roten Gürtel. Aber bleibe dir auf jeden Fall treu, mein Kind."

„Rot?", grölte Amelie „Was ist mit dir passiert? Seit wir Freunde sind, hast du mir nur von einer Hochzeit in einem weißen Kleid vorgeschwärmt. *ROT?* Das ist nicht dein Ernst!"

Ich rümpfte die Nase. „Ich bin immer davon ausgegangen, dass ich sehr jung heiraten würde, und das Gefasel über ein weißes Kleid passte da zu meinem Alter."

Amelie sah mich stirnrunzelnd an. „Du bist *achtundzwanzig*, das ist *jung*! Jung genug für die Farbe *Weiß*. Rot könntest du wählen, wenn das deine zweite Ehe wäre oder wenn du dich, wegen deines Alters, in einem weißen Kleid nicht lächerlich machen möchtest."

„Ich hätte ein weißes Kleid gewählt, wenn Boris mein Bräutigam gewesen wäre“, gestand ich Amelie.

„Schätzchen, keine Hochzeit mit Boris, weil der bereits eine Frau hat, die er nicht enttäuschen will. Einerseits ist ihm das hoch anzurechnen, andererseits hat er ein paar Jahre deines Lebens ruiniert, indem er dich an der Leine gehalten hat. Nein, widersprich mir nicht, du weißt, dass ich recht habe. Jeder wird verstehen, dass ein junger, gesunder Mann seiner Frau über kurz oder lang nicht treu bleiben wird, wenn sie wegen ihrer Rückenmarksverletzung von der Taille abwärts nichts mehr empfindet. Aber das gibt ihm nicht das Recht, dir Versprechungen zu machen, die er nicht halten kann.“ Amelie war wütend und hatte einen hochroten Kopf.

„Er bleibt bei dieser Frau, weil *er* den Unfall verursacht hat, erinnerst du dich? Er fühlt sich schuldig. Und er hat unsere Beziehung beendet, weil er meiner Zukunft nicht im Weg stehen will. Ich habe das akzeptiert und bin jetzt mit Jules zusammen. Für ihn ist es das zweite Mal, dass er heiratet. Er braucht keine *weiße* Hochzeit und ich tue ihm mit dem roten Kleid einen großen Gefallen. Es fühlt sich echt gut an!“

„Pah!“ Amelie schüttelte den Kopf und sah mich gedankenverloren an. „Ist es wirklich das, was du willst, Tessa? Verstehe mich bitte nicht falsch, ich habe nichts gegen Jules. Ich könnte mich auch in ihn verlieben. Aber er ist vierzehn Jahre älter als du, er will keine Kinder und er ist, wie du, erst seit Kurzem alleinstehend. Geht das mit euch beiden nicht alles ein bisschen zu schnell?“

„Überhaupt nicht. Alles ist gut.“


Alle waren sich einig, dass ich in meinem langen, engen roten Kleid schön aussah. Mein Vater führte mich zum Altar. Als ich in meinem roten Kleid den Mittelgang der Kirche entlangging, sang eine Sängerin in der Kanzel *Lady in red*. Ich sah, wie sehr die wunderschöne Stimme der Sängerin Jules emotional berührte. Oder war es die Ballade?

Es war Sommer und wir gaben den Empfang im Garten. Die meisten Gäste kannte ich nicht, aber Jules stellte mich allen vor. Ich wurde von all diesen Fremden geküsst.

Und ich bekam Kopfschmerzen, weil ich mein Bestes gab, um nicht an Boris zu denken. Später erkannte ich, dass die Geschichte von dem roten Kleid wie eine Wundblase war, die sich mit Eiter füllte. Denn ich war niemals Jules' *Lady in red*.

Ich sitze im Garten. Es ist fast dunkel, aber die kühlende Luft fühlt sich so gut an, dass ich noch nicht ins Haus gehen möchte.

Nächste Woche wäre unser zehnter Hochzeitstag.

Ich erinnere mich noch gut daran, dass alle glaubten, dass es zu schnell ginge. Viele Leute rieten mir, noch eine Weile zu warten. Aber Jules entkräftete alle Argumente. Er überfrachtete mich mit Aufmerksamkeit und Sex, intensivem, atemberaubendem, wahnsinnig machendem Sex. Die Art von Sex, die einem hinterher ein flaues Gefühl verlieh.

Ich verweigerte mich ihm nie, sondern stimulierte ihn sogar. Und je öfter wir zusammen waren, umso mehr spürte ich, dass ich Boris loslassen konnte.

Mein Smartphone klingelt. Ich eile ins Haus. *Das wird Karola sein.*

Ohne auf das Display zu sehen, nehme ich ab. „Lass mich raten, du konntest nicht schlafen?"

„Das stimmt", sagt eine Stimme, die nicht Karola gehört.

Mein Atem stockt. „Wer ... wer ist denn da?"

„Nicht erschrecken, Tessa. Ich bin es, Jean."

„Jean?" Ich frage mich, warum mich Amelies Freund so spät anruft.

„Keine Sorge, mit Amelie ist alles in Ordnung. Sie weiß nicht, dass ich dich anrufe, und ich möchte, dass das so bleibt. Bist du morgen früh zu Hause? Ich würde sehr gern etwas Vertrauliches mit dir besprechen."

Ich zögere. „Es behagt mir nicht. Ich weiß nicht ..."

„Bitte, Tessa! Es ist wirklich sehr wichtig. Gegen elf?"

Meine Neugierde ist größer als meine Bedenken.

# Vierter Brief

*Liebste Tessa,*

*heute haben sie ständig diesen Song von Chris de Burgh im Radio gespielt: Lady in red. Und während ich seiner irischen Balladenstimme lauschte, musste ich immer wieder an dich denken.*

*Ich habe auch nie gesehen, dass du so wunderschön ausgesehen hast wie an deinem Hochzeitstag, habe nie gesehen, dass du so gestrahlt hast.*

*Aber ich habe auch niemals so viele Männer gesehen, die dich zum Tanz aufgefordert haben. Ich war so wütend auf die, die dich begrapschen wollten und hätte sie alle töten können.*

*Männer wollen immer mehr, wenn man ihnen den Hauch einer Chance gibt. Glaub mir. Ich weiß, wovon ich rede. Ich bin nicht viel anders.*

*Du hast so schön ausgesehen in deinem roten Kleid. Noch nie war so viel Glanz in deinem Haar, der von deinen Augen eingefangen wurde.*

*Warum ist mir das nicht schon früher aufgefallen, wie schön du bist? Ich muss blind gewesen sein. Vielleicht, weil ich dich damals kaum kannte? Aber dann – am frühen Abend – tanzte die Braut in Rot mit mir... Wange an Wange.*

*Ich schließe die Lider, habe es vor meinem inneren Auge ... spüre dich.*

*Niemand ist hier, nur du und ich.*

*Ich werde nie vergessen, wie du damals ausgesehen hast.*

*Ich habe niemals solch absolutes Gefühl von totaler und vollkommener Liebe empfunden und empfinde es noch immer.*

*Tanz bitte mit mir, meine Braut in Rot ... Wange an Wange ...*

*Bald, mein Liebling, bald wird es wieder so sein.*

*Eines Tages wirst du für mich das rote Kleid tragen, eines Tages ...*

*An diesem Tag wirst du nur für mich so schön sein, strahlend, lächelnd ... wirst du mir den Atem rauben. Dann bist du meine Braut in Rot ...*

*Auf ewig mein ...*

*Du hast die Wahl. Mich oder den Tod.*

# Kapitel 37

*Tessa*

Ich habe unruhig geschlafen und von einer kopflosen Leiche geträumt. Während ich unter der Dusche stehe, erinnere ich mich, dass der Albtraum aus der Zeit stammt, als mein Vater unheilbar krank war. Jules und ich waren fast ein Jahr verheiratet und ich wollte bei der Pflege meines Vaters helfen. Ich vereinbarte mit meiner Mutter, dass ich täglich nach Feierabend für ein paar Stunden kommen würde, damit sie sich ein wenig erholen konnte.

Jules reagierte damals töricht und beschämend. Er war der Meinung, dass es für mich besser sei, einen Krankenpfleger für meinen Vater zu suchen, weil ich damit völlig überfordert sei. Ich habe versucht, ihn davon zu überzeugen, dass ich keineswegs überfordert war, sondern ein starkes Bedürfnis verspürte, meine Eltern in dieser schwierigen Zeit zu unterstützen. Ich erzählte ihm von der starken Bindung zu meinem Vater, von der Trauer, die ich über sein nahendes Ende empfand.

Jules nannte mich *hysterisch*.

Jetzt, da ich mich an seine Wortwahl erinnere, spüre ich wieder diesen unsäglichen Schmerz in meiner Brust, sehe die Kälte in seinen Augen und seinen zusammengepressten Mund.

Ich habe seine Härte, sein Widerstreben nicht verstanden und mich gefragt, ob ich in der kurzen Zeit, seit ich ihn kannte, etwas übersehen hatte.

Warum aber träume ich von diesen Dingen? Warum greift mein Gedächtnis diesen Schmerz wieder auf, statt eine Erinnerung an Boris? Ich möchte von der Liebe träumen, nicht von Ablehnung, nicht von Enttäuschung.

Nicht von Fehlern.

Nicht von Raubüberfällen, nicht von Selbstmorden.

Nicht von seinem Kopf auf den Gleisen.

Es ist Viertel nach zehn. In einer Dreiviertelstunde wird Jean hier sein. Was kann er wohl von mir wollen? Ich bedauere, dass ich gestern Abend nicht Nein gesagt habe. Vermutlich geht es um ein Problem zwischen Amelie und ihm. Ich möchte kein Teil davon sein. Sie sollen ihre Probleme selbst lösen. Dasselbe gilt für Karola und Sebastien. Besonders die beiden können sich zerfetzen. Ich will nichts darüber wissen.

Ich habe nur Amelie von meiner desaströsen Ehe erzählt, habe immer die glückliche und zufriedene Ehefrau gespielt, weil ich es nicht ertragen hätte, dass irgendjemand, am wenigsten Karola, etwas über meine miserable Lage erfuhr, in die ich mich selbst manövriert hatte. Je länger ich diese Rolle spielte, desto schwieriger wurde es zuzugeben, dass ich besser darüber hätte nachdenken sollen, was mit mir geschah, nachdem Boris mich verlassen hatte. Jules hatte am Abend vor seinem Tod gesagt, dass sie sich seit zehn Jahren aneinandergeklammert hatten und dass sie endlich verstehen mussten, wie falsch das gewesen war. Zehn verlorene Jahre. Zehn Jahre mit dem falschen Mann an meiner Seite.

Jetzt ist Jules tot, jetzt kann er mich nicht mehr verbal erniedrigen und mich verunsichern.

Ich sitze still in meinem grünen Loveseat und kann kaum glauben, dass ich froh darüber bin, dass er nicht mehr lebt.

# Kapitel 38

Manchmal, wenn etwas Schreckliches passiert, packt mich das überwältigende Gefühl, loszulachen. Ähnlich ging es mir heute Morgen. Ich bin aufgewacht und glaubte, Jules' tätowierter Arm läge neben mir, nicht mit Schiffchenmuster, sondern mit vielen kleinen Gänseblümchen.

*Gänseblümchen* ... Jules hat mich immer eine dumme Gans genannt.

Jean hat Blumen mitgebracht, die er mir auf ungeschickte Weise überreicht. „Für die Unannehmlichkeit", sagt er und versucht, mich auf die Wange zu küssen, aber ich weiche ihm aus. *Der Herzschlag meines Hauses ändert sich nicht, wenn du es betrittst!*

Ich stelle die Blumen in eine Vase und frage mich, ob ich sofort zur Sache kommen soll oder erst mal ein wenig Small Talk betreibe.

„Ich komme sofort zur Sache." Jean scheint meine Gedanken gelesen zu haben. „Um der Klarheit willen: Ich bin nicht darauf aus, mich zwischen dich und Amelie zu stellen. Ich weiß, wie viel euch beiden eure Freundschaft bedeutet und ich respektiere das. Also denke nicht, dass du für einen von uns Partei ergreifen musst."

„Sie hat es mir bereits erzählt", sagt Tessa und setzt sich an den Esstisch.

Jean bleibt stehen. „Das glaube ich nicht."

„Amelie sagte es mir in der Nacht, als Jules starb ... Ihr habt gestritten, weil sie zu spät nach Hause gekommen ist und dir nicht sagen wollte, wo sie gewesen war. Ich habe ihr geraten, nicht wieder mit ihren Männergeschichten anzufangen."

Jean starrt mich mit offenem Mund an.

Ich will nicht in seinen Schlund sehen, blicke nach draußen in meinen schönen Garten und frage mich, ob ich das hätte sagen sollen. Aber ich will dieses Gespräch so schnell wie möglich beenden. „Nicht, dass es mich etwas angeht, aber streitet ihr immer noch darüber?"

„Dieser Streit war nicht so schlimm. Ich war auch nicht so aufgebracht, sondern vielmehr unangenehm betroffen. Ich versuchte, ihr das zu erklären, aber Amelie hat förmlich nach Streit gelechzt. *Sie* wollte, dass ich in dieser Nacht woanders schlafe, weil *sie* meine Nähe nicht ertragen konnte."

*Mir hat sie etwas anderes erzählt.* „Sie hat dich fortgeschickt? Ist es nicht möglich, dass du das missverstanden hast?"

„Ich habe gar nichts missverstanden. Amelie war sehr bestimmend und ich habe die Spannung zwischen uns auch nicht mehr ertragen. Also bin ich gegangen. Ich dachte, es wäre besser, wenn wir uns erst einmal beruhigen, bevor wir weiterreden."

Er tut mir leid. Ich möchte ihm etwas Tröstendes sagen, ringe mir ein Lächeln ab. „Vielleicht hat ihre Wut etwas mit einem hormonellen Ungleichgewicht zu tun. Da benehmen sich Frauen schon mal seltsam."

Jean atmet tief durch. „Hormonelles Ungleichgewicht", murmelt er verächtlich.

Zwischen uns entsteht eine peinliche Stille. Ich werfe ihm einen Seitenblick zu.

„Manchmal glaube ich, ich liebe sie einfach zu sehr ...", ergreift er nach einer Weile wieder das Wort.

Ich möchte protestieren, aber er hebt ablehnend die Hand. „Ich habe versucht, mit Amelie darüber zu sprechen, aber sie weigerte sich, darauf einzugehen. Ich respektiere, wie sie ist. Sie braucht jede Menge Freiheit, die ich ihr in der Vergangenheit auch gelassen habe. Sie will keine Kinder. Das ist allerdings für mich kaum zu verkraften. Meine drei Brüder haben Kinder, meine Cousins haben Kinder, nur ich nicht. Das macht mir etwas aus."

Ich greife nach seiner Hand. „Warum bist du gekommen, Jean? Warum führen wir dieses Gespräch? Was erwartest du von mir?"

Jean lacht ein wenig unbehaglich. „Ich möchte dich nicht damit belästigen, du hast im Moment genug um die Ohren. Aber ich habe solche Angst, dass ich Amelie verliere, und dachte ... vielleicht könntest du mal mit ihr reden?"

Ich zucke mit den Schultern und sehe ihn halb wütend, halb irritiert an. „Was soll ich ihr denn sagen?"

„Dass sie so viel riskiert, wenn sie mit anderen Typen Sex hat. Dass sie sich Krankheiten zuziehen oder einem gefährlichen Freak begegnen kann. Dass sie ein viel stabileres Leben haben wird, wenn sie nur Sex mit mir hat."

*Meine Güte.* Ich seufze tief. „Hör mal, Jean. Ich möchte bei Amelie nicht den Eindruck erwecken, dass du mich geschickt hast. Sie weiß sehr wohl, was ich von ihrem Lebensstil halte. Aber ich will nicht ständig mit ihr darüber reden. Ich bin ihre beste Freundin, nicht ihre Mutter."

Jean hebt verzweifelt die Hände hoch. „Aber wir sind doch auch Freunde, oder? Möchtest du nicht auch ein wenig meine Interessen berücksichtigen?"

Mir fällt auf, dass seine Nägel kurz und sauber sind. Nicht abgebrochen oder angeknabbert oder so was. *Wieso nicht?* Er benimmt sich wie ein Teenager, der unter einer verschmähten Liebe leidet. Die knabbern doch ständig an ihren Fingernägeln. „Möchtest du nicht auch ein wenig meine Interessen berücksichtigen?"

Die Art, wie Jean mich ansieht, gefällt mir nicht. Ich fühle mich belästigt, seine Augen ziehen mich aus. Ich fühle mich nackt, ungeschützt.

Er muss mein Unbehagen gespürt haben. „Ich glaube, es ist besser, wenn ich jetzt gehe", sagt er leise und erhebt sich. „Mein Leben ist so kompliziert geworden. Ich weiß nicht mehr weiter."

Von draußen dringt der ohrenbetäubende Klang einer Hupe. „Das wird Karo sein." Ich lächle. „Sie kündigt sich immer lautstark an." Mir sträuben sich die Nackenhaare, denn gleich klingelt es und der Türklopfer klappert. „Ich hasse es, wenn Leute klingeln *und* den Klopfer benutzen, als sei ich schwerhörig oder sie müssten so dringend in meinem Haus auf die Toilette, dass sie dazu einen Frontalangriff starten."

„Dann werde ich jetzt gehen" wiederholt er. „Lässt du dir meine Bitte durch den Kopf gehen?"

Ich nicke wie ein Wackeldackel und begleite Jean zur Eingangstür. Bevor ich sie öffne, drehe ich mich nach ihm um. „Du weißt, wie viel Amelie mir bedeutet, nicht wahr? Ich schlage vor, du sagst ihr, dass du hier warst und worüber du mit mir gesprochen hast. Vielleicht möchte sie ebenfalls mit mir darüber reden. Aber ich fange nicht selbst davon an."

Plötzlich zieht er mich an sich. Er küsst mich zweimal auf die Wange, der dritte Kuss landet auf meinem Mund. Ich habe nicht damit gerechnet und wische mir mit dem Handrücken über die Lippen.

Jean bemerkt es nicht einmal. „Danke, dass du mir zugehört hast. Du bist eine toughe Frau, Tessa. Ich hoffe, du kommst über Jules' Tod hinweg. Wenn ich etwas für dich tun kann ... lass es mich wissen. Du kannst immer auf mich zählen, wirklich immer. Egal, um was es geht."

Ich bekomme kaum noch Luft und öffne rasch die Haustür.

Karola stürzt nahezu ins Haus und mustert Jean und mich mit den Augen eines Raubtieres. „Oh, störe ich?"

„Meines Erachtens störst *du* nie", sagt Jean.

# Kapitel 39

Karola ist in Rage. „Weißt du, was er gemeint hat? Das war doch Amelies Freund. Er kennt mich kaum, also warum sagt er so etwas?"

Ich zucke mit den Schultern. „Ich glaube, er wollte nur witzig sein."

„Was war denn daran so komisch? Es kam mir eher wie eine Verhöhnung vor."

Ich versetze meiner Schwägerin einen leichten Schubs. „Was bist du denn heute so empfindlich? Jean war vermutlich verunsichert und hat einfach nur gelabert."

„Warum war er hier?"

Ich straffe mich, atme tief durch. „Wie bitte?"

„Weswegen war er hier?"

Jetzt zucke ich zusammen und schnappe nach Luft. Ich fische in meinem Hirn nach einer Erklärung, warum sie sich so benimmt, und finde keine. Adrenalin schießt in meine Blutbahn. „Was soll das, Karo? Ich meine, mir diese Art Fragen in diesem bissigen Ton zu stellen?"

Karola entschuldigt sich, begleitet durch viele Gesten. „Verzeihung. Sorry. Entschuldigung. Ich bin nicht so gut gelaunt und sollte das nicht an dir auslassen. Nimm es mir bitte nicht übel. Komm her und lass dich umarmen. Ich bin eine schrecklich, neugierige Schlampe! Sag es! Sag, dass ich meine Nase überall reinstecke!"

Ich lächle. „Du bist eine unglaublich neugierige Person!"

„So ist es besser. Komm, lass es uns gemütlich machen!"

Von gemütlich kann aber keine Rede sein. Karola will über Sebastien sprechen. „Sebastien und ich streiten uns neuerdings immer öfters. Wir müssen expandieren, aber seit Jules' Tod will er nichts mehr davon wissen. Er denkt, das Risiko sei zu groß. Jules war aber der Meinung, dass wir expandieren müssen, um langfristig konkurrenzfähig zu bleiben. Aber allein scheut mein lieber Mann das Risiko." Plötzlich stockt Karola und sieht mich durchdringend an. „Du wusstest nichts von diesen Plänen? Nein, ich glaub's nicht! Hast du nie mit Jules darüber gesprochen?"

Ich spiele nervös mit meinem Armreif.

„Was ist los, Tessa? Da ist etwas, ich kann es in deinem Gesicht lesen. Raus damit!"

Ich zögere kurz, dann entscheide ich mich, ihr die Wahrheit zu sagen. „Der Betreuer meines Gärtners war hier", antworte ich und erzähle ihr die Geschichte.

„Wie bitte? Eine rothaarige Frau mit Puppe und Hunden in deinem Haus, als wir bei Jules' Trauerfeier waren? Sag mir jetzt nicht, dass du das ernst nimmst? Bruce ist schließlich oft schwer neben der Spur. Ich lach mich schlapp."

Ich ringe mir ebenfalls ein Lächeln ab.

„Du hast deinen Ehering abgenommen?", fragt sie unvermittelt.

Das Blut rauscht in meinen Ohren. *Dir entgeht auch nichts.* Ich kralle meine Finger ineinander und frage mich wieder einmal, was Karola mit ihrer abfälligen Bemerkung über Bruce gemeint hat.

„Logisch", fährt sie fort. „Er hat dich auf schändliche Weise enttäuscht. Und nicht nur durch seinen Selbstmord, sondern schon viel früher."

Ich räuspere mich. „Ich werde in jedem Fall Tilda Bruns davon erzählen."

Karola beugt sich vor. „Sie werden dich noch für paranoid erklären. Denk nicht mehr an diesen irren Gärtner und mach dich nicht lächerlich. Wenn du über etwas reden willst, kannst du das jederzeit tun. Du musst dir keine Sorgen machen, dass ich es jemand anderem erzähle, nicht mal Sebastien. Du bist immer so still, so verschlossen. Ich möchte alles für dich tun, damit du dich wieder etwas besser fühlst. Du bist doch nicht allein, Tessa." Mit einer Hand wischt sie mir eine Haarlocke aus dem Gesicht. „Du musst mal raus aus diesem großen Haus. Es ist so schrecklich still hier, besonders nachts. Hm ... Das scheint mir das Schlimmste zu sein, allein in diesem Haus zu schlafen."

„Nicht, wenn man schöne Träume hat", erwidere ich.

# Kapitel 40

*Amelie*

Manchmal erscheint ihr die *Seine* kühl und abweisend, dann wieder einladend und erfrischend, andere Male sieht der Fluss regelrecht verwunschen aus. Heute ist sie ein Spiegel für ein paar kokette Wolken am ansonsten blauen Himmel. Sie vermisst die Künstler, die im Sommer die Ufermauern mit ihren Graffitis verzierten, die hier lebten und sogar unter freiem Himmel schliefen. Sie waren immer in Bewegung an dem endlosen Fluss, und dabei so wild, so frei.

Seit der Trauerfeier funktioniert sie wie ein Roboter: Gehirnfunktionen bei Null, Blick in die Unendlichkeit, monotones, sinnloses Dasein. Sie hat sich krankschreiben lassen. Spaziergänge an der Seine bekommen ihr besser.

Eine Darminfektion sei ein legitimer Grund, mindestens eine Woche lang nachzudenken und ein wenig zu sich selbst zu kommen, hatte Jean gemeint und, dass sie mit dem Betriebsarzt sprechen und ein paar Wochen zu Hause bleiben solle. Er ist davon überzeugt, dass Jules' Selbstmord durchaus ein Grund sei, eine mehrwöchige Pause einzulegen. Er gibt sich Mühe, dass sie sich gut fühlt, verwöhnt sie, ist ständig um sie. Amelie atmet nur auf, wenn er zur Arbeit geht und das Haus verlässt.

Sie fängt an, ihn zu hassen.

Ihre Periode ist ausgeblieben.

Das dritte Ergebnis des Schwangerschaftstests ist, wie das erste und zweite, eindeutig: positiv! Das Smiley auf dem Teststab grinst sie unverschämt an.

„Ich bekomme ein Baby!", schleudert sie ihrem Spiegelbild entgegen. Sie sieht Tränen und glückliche Augen. Trotzdem kann sie immer noch nicht recht begreifen, dass sie schwanger ist. Sie, nicht irgendeine andere Frau.

Sie streicht über ihren flachen Bauch. Bald wird dort eine kleine Wölbung zu sehen sein, bald eine enorme Kugel.

Gab es wirklich mal eine Zeit, in der sie schwangere Frauen abstoßend fand? Ihre Freundinnen hatten ihre Auffassung von Kinderzeugung schockierend gefunden. Mit Worten wie *nur ein Samenerguss* verärgerte Amelie sie immer wieder. Hatte sie tatsächlich jedem gesagt, der es hören wollte, dass sie ihre Figur niemals einer solchen Entartung aussetzen würde? Jeder, der sie kennt, wird sich über diese *Neuigkeit* wundern und von einem *Fauxpas* ausgehen. Nur Jean nicht.

*Wie wird er reagieren?*

Aber es ist gut, richtig gut. Obwohl sie keine Ahnung hat, wie es jetzt weitergehen soll, ist sie glücklich. *Ich werde Mutter, ich bekomme ein Kind von dem einzigen Mann, von dem ich ein Kind wollte.* Den Schmerz, den sie fühlt, ignoriert sie.

Vielleicht sollte sie sich unsicher fühlen, vielleicht ist ihre überwältigende Freude fehl am Platz. Diese Schwangerschaft ist für die Menschen in ihrem unmittelbaren Umfeld gewiss nichts, womit sie gerechnet hätten oder worüber sie sich freuen werden. Die Nachricht wird eine wahre Schockwelle auslösen, womöglich auch Ekel. Und Abschied bedeuten.

Es ist ihr egal, sie wird ihrer Freude jeden Raum geben, den sie braucht. „Ich bekomme ein Baby", wiederholt sie leise und lächelt.

Sie wirft das Testmaterial in der Küche in den Abfallbehälter, schließt den Müllbeutel, nimmt ihn aus dem Behälter und bringt ihn hinaus. Der Container wird morgen geleert und die Spuren sind beseitigt.

Aber sie muss das Ergebnis Jean mitteilen.

Und Tessa.

Tessa! *Muss ich ihr die Wahrheit sagen?*

Seit Beginn ihrer Freundschaft hatten sie einander versprochen, sich niemals anzulügen, selbst wenn die Wahrheit mit einer Verletzung einhergehen sollte. Im Alter von vierzehn Jahren konnten sie die Auswirkungen eines solchen Abkommens noch nicht einschätzen, doch jetzt ist alles anders.

*Ist es anders?*

Es wird schwierig werden und sie will nicht noch mehr Probleme bekommen und in eine noch größere Krise geraten. Sie muss darüber nachdenken und später eine Entscheidung treffen.

*Nicht jetzt. Später! Jetzt will sie glücklich sein.*
Wozu hätte Jules ihr wohl geraten?

Sie denkt jetzt wieder häufiger an ihre Mutter und erkennt, wie seltsam der menschliche Geist bisweilen funktioniert. Wenn ihre Mutter heute noch leben würde, wäre sie bestimmt nicht in der Lage gewesen, Amelies Freude über die Schwangerschaft zu teilen. Sie würde sich auch dann hinter ihren Vater stellen, hinter seine Entscheidung. Die Tür zum Elternhaus würde für immer verschlossen bleiben, nachdem er von der Schwangerschaft seiner Tochter erfahren hätte.

*Du bist nicht einmal eines Gebetes um Vergebung würdig!*, hörte sie ihn in Gedanken sagen.

Selbst wenn ihre Mutter vielleicht anders darüber dachte, hätte sie sich nie auf ihre Seite gestellt. Dennoch sehnt Amelie sich nach ihr.

# Kapitel 41

Sie sieht ihm nach, wie er in der Nacht verschwindet. Sie will nicht, dass er geht. Sie will ihm alles sagen, was sie beschäftigt. Von Tessas Kälte, von dem Baby. Von dem Erdbeben, das diese Nachricht auslösen wird. Sie will ihm erzählen, was sie vorhat. Wie allein sie ist. Jules ist ihre letzte Chance, das rettende Ufer, ihr Anker. Sie öffnet den Mund, um ihn zu rufen, aber sie sieht ihn nicht mehr ... es ist zu spät, er ist verschwunden. Jules ist tot und sie ist allein.

Es sind absonderliche Träume, aus denen sie neuerdings jeden Morgen aufwacht. Sie weiß, dass Jules tot ist, dass sie ihn nie wiedersehen und ihm nie wieder begegnen wird. Sie hat seine Todesanzeige erhalten, an seiner Beerdigung teilgenommen, an seinem Grab gestanden, auf seinem Kissen in seinem Bett geschlafen und sogar seinen Kissenbezug an sich genommen. Wie ist es also möglich, dass sie immer noch glaubt, dass sie ihn manchmal vorbeigehen sieht, dass sie ihn in ihrer Nähe spürt, dass sie seine Stimme zu hören glaubt?

Das Aufwachen, gepaart mit einem leicht flauen Gefühl im Magen, bringt sie in die Realität zurück. Zur Zeit verzichtet sie gänzlich auf Kaffee und nach dem Aufstehen denkt sie nicht unbedingt an Spiegeleier, denn das geht definitiv daneben. Aber das ist auch alles. Von schwangerschaftsbedingter Übelkeit kann daher kaum die Rede sein. Allerdings braucht es nur wenig, um sie in Rage zu bringen. Sie bildet sich neuerdings oft ein, dass irgendjemand sich ihr und ihrer Schwangerschaft in den Weg stellt.

*Ihr Kind töten will!*

Sie sehnt sich verzweifelt nach Jules, fühlt sich unsicher und allein, sie sehnt sich nach einem Freund. Aber die Person, die dafür infrage kommt, ist weiter von ihr entfernt als je zuvor.

Sie ruft Tessa immer wieder an, aber ihr fehlt der Mut, zu ihr zu fahren. Besonders nach Jeans Aktionismus, der alles noch komplizierter gemacht hat. Dieser verdammte Mister Ratlos!

*Tessa wird sich nur einmischen, wenn ich sie darum bitte, du Idiot! Du Stümper!*

Sie muss sich etwas einfallen lassen und diese Beziehung beenden. In Saint Gratien, einem beschaulichen Ort nördlich von Paris, stehen hübsche Häuser zum Verkauf. Sie hat sich schon einige angesehen, die sie sich auch leisten kann, aber ihr fehlt die Energie, etwas zu unternehmen. Sie muss sich eingestehen, dass sie im Moment nur in einem Haus leben will: in Jules' Heim. Dort kann sie seinen Duft einatmen, dort gibt es ihn – in der Küche hat er gegessen, sich im Wohnzimmer ausgeruht, im Bad geduscht, im Schlafzimmerschrank hängen seine Anzüge, in der Schublade ist seine Wäsche. Das Haus birgt unzähligen Erinnerungen an den Vater ihres Kindes. Außerdem liegt dort Geld, das für sie bestimmt ist. Jules hat es ihr deutlich gesagt.

*Es ist im Keller, nimm es an dich. Es gehört dir, aber sprich mit niemandem darüber.*

Amelie betrachtet ihr Spiegelbild. „Du solltest dich sorgfältiger zurechtmachen", sagt sie leise. „Das da bist du nicht!"

# Kapitel 42

*Tessa*

„Schöne Träume?", wiederholt Karola säuerlich. „Erzähl mir alles darüber!"

Ich versuche herauszufinden, ob meine Schwägerin wütend ist. Die Aufforderung klingt kalt und zurückhaltend. Aber ich kenne Karola und weiß, dass ihr Tonfall nicht immer dem entspricht, was sie sagt, fühlt oder meint.

„Möchtest du das wirklich wissen? Ich habe keine Lust, mich gegen eine eventuelle Missbilligung deinerseits zu verteidigen."

„Lass mich raten", antwortet Karola. „Träumst du eventuell von dem Mann, den wir neulich vor dem Krankenhaus getroffen haben, und den du angeschmachtet hast?" Ihre Stimme trieft vor Abscheu.

Ich wende meinen Blick einen Moment ab, erhole mich aber schnell. „So ist es. Das war Boris. Ich hatte einige Jahre eine Beziehung mit ihm, bevor ich Jules traf."

Aus der Stille wird ein peinliches Schweigen. „Das sind nur Träume, Karo. Was kann daran falsch sein? Meine Ehe war schon seit geraumer Zeit am Ende. Schon lange bevor Jules vor diesen Zug sprang."

„Das weiß ich, Tessa."

Meine Brust wird plötzlich sehr eng, meine Wangen werden heiß, kurz bleibt mir die Luft weg. *Gut, dass ich sitze.*

Karola sieht mich nicht an, als sie beginnt, mir von Kayla, Jules' erster Frau, zu erzählen, und von den Dingen, die ich schon vor Jahren hätte wissen sollen. Ich wusste nur, dass Kayla Jules von einem Moment auf den anderen verlassen und die Scheidung eingereicht hatte. Das Einzige, was er danach wollte, war, sie so schnell wie möglich zu vergessen. Mehr Worte verlor Jules nicht darüber.

Karola reibt nervös ihre Hände, spielt mit den Fingern, zupft an ihrem Rock. „Es war alles ganz anders", sagt sie. „Kayla wollte Kinder und Jules nicht. Die beiden hatten eine leidenschaftliche Beziehung, er war völlig verrückt nach ihr, aber mit einer Vaterschaft hatte er sich noch nie anfreunden können. Er wollte seine Frau nicht teilen, nicht einmal mit einem eigenen Kind."

Ich weiß nicht, ob ich das hören will, aber darauf hat Karola noch nie Rücksicht genommen.

„Jules hat Kayla die Welt zu Füßen gelegt, ihr jeden Wunsch erfüllt, nur diesen einen nicht", fährt sie fort. „Und eines Tages war sie fort, einfach so. Am Morgen bekam Jules einen Abschiedskuss, am Abend schickte sie ihm eine WhatsApp und zog zu einem anderen Mann." Karola schnaubt empört. „Irgendeinen Typen, den sie schon eine Weile kannte und der *gern* Kinder mit ihr haben wollte. Jules war völlig fertig. Totaler Kontrollverlust. Er trank, schleppte die Frauen ab und war in der Firma nicht ansprechbar. Aber dann lernte er dich kennen." Jetzt lächelt Karola mich an. „Wir waren froh, dass du nicht eines seiner Stop-and-go-Girls warst, sondern seine Ehefrau wurdest. Es ging zwar alles sehr schnell mit euch, aber ein frisch verheirateter Jules schien mit dem Leben besser klarzukommen, als ein losgelassener, geschiedener Trunkenbold."

Karola zupft nicht mehr an ihrem Rock. Sie schaut mich auch wieder an, wirkt ruhiger und spricht nicht mehr so gehetzt wie zu Beginn der Geschichte. „Er hat dich wirklich geliebt, jeder hat das gesehen, und er hat es mir auch oft gesagt, wenn wir über dich sprachen." Wieder huscht dieses seltsame Lächeln über ihre Lippen. „Jedes Detail, selbst die, die ich gar nicht wissen wollte. Keine Sorge. Ich habe nie jemandem erzählt, was er mir anvertraut hat, nicht einmal Sebastien."

*Hör auf! Ich ertrage dieses Gesülze nicht länger. Mach eine Saft-Kur zum Entgiften!*

„Ich kann mir gut vorstellen, dass dir das nicht gefällt, aber er wollte stets alles mit mir besprechen. Er hat oft behauptet, ich sei sein Beichtvater. Aber dann geschah etwas sehr Schlimmes."

Karola wischt sich mit dem Handrücken über die Stirn. „Es ist warm hier. Wo war ich stehen geblieben? Ach ja, diese schreckliche Nachricht über Kayla. Ein Jahr nach eurer Hochzeit stand in der Zeitung, dass sie beim Überqueren eines

Zebrastreifens von einem Auto überfahren wurde. Sie war sofort tot."

Meine Finger werden kalt. „Ein Jahr nach unserer Hochzeit, sagst du?"

„Ja. Du hättest schon viel früher davon erfahren müssen, aber er wollte nicht, dass ich mit dir darüber spreche."

Mir dreht sich der Magen um. Ich erkenne mit furchtbarer, entsetzlicher Gewissheit, dass Karola mich in einen Albtraum zieht. „Von da an hat er mich nie wieder berührt", sage ich leise.

Karola nimmt meine Hände. „Auch das weiß ich. Er sagte, dass nach Kaylas Tod kein Gefühl mehr in ihm war. Er sei mit ihr gestorben. Ich glaube, er hatte immer noch die Hoffnung, dass sie zu ihm zurückkehren würde. Das klingt hart, sorry. Seine Fähigkeit, für einen anderen Menschen zu empfinden, starb, glaube ich, als Kayla starb. Jules war ein unglücklicher und einsamer Mann, Tessa."

„Warum hast du mir das verschwiegen? Hätte ich davon erfahren, hätte ich etwas dagegen unternehmen können! Verdammt!"

Mir antwortet nur das atemlose Schweigen meines Hauses und ein leises Brummen aus der Küche.

„Vielleicht war es ein Fehler. Keine Ahnung. Es ging ihm seit Monaten nicht gut. Hast du denn gar nichts an ihm bemerkt?"

Ich ziehe meine Hände zurück, balle sie zu Fäusten. Sofort kommt mir die Stille noch lauter vor. Ich höre nur noch das Blut in meinen Ohren rauschen. „Ich habe dir bereits gesagt, Karola, dass er in den vergangenen Monaten kaum zu Hause war. Ich dachte, dass ein Verhältnis der Grund sei. Und am Abend vor seinem Tod gab er zu, dass es da jemand anderen gab."

*Keine Verwunderung, Karola?* „Hat er auch gesagt, wer es war?"

„Nein", antworte ich. „Wusstest du etwas über diese Frau?"

Karola blickt zur Seite. „Ja, aber ich habe mich zurückgehalten. Sebastien wusste es auch, er war ziemlich wütend. Vor allem, weil du betrogen wurdest."

*Du falsche Schlange!*

„Weißt du, wer es war?"

Karola zupft wieder an ihrem Rock. „Nein." Sie hüstelt ein paar Mal. „Aber bleiben wir bei Jules. Soweit ich weiß, war er bei eurem Hausarzt. Wenn ich du wäre, würde ich wissen wollen, wie die Diagnose war. Du hast ein Recht darauf, nicht wahr?"

Ich zucke mit den Achseln. „Was soll das jetzt noch bringen, etwas über seinen Gesundheitszustand zu erfahren? Mich beschäftigen ganz andere Dinge." Ich atme tief durch, bevor ich weiterspreche. „Ich glaube, du lügst. Du weißt, wer diese Frau war."

# Zwischen den Zeilen

Alice klappert mit den Lidern.

Wir sitzen auf dem Bett und Alice flüstert mir gleichbleibend monoton etwas ins Ohr.

Ich öffne den Mund, stemme mich mühsam auf den Ellenbogen hoch und starre die Puppe verständnislos an. Die Digitaluhr an der Wand zeigt 21.45 Uhr. Im Radio läuft *Lady in red*.

„Ich will das aber nicht hören", sage ich.

*„Du musst! Ich mag es und du bist doch eine gute Puppenmutter."*

Ich schleudere Alice' Perücke herum wie eine Peitsche. Mit Glatze sieht die Puppe furchterregend aus.

Wieder klappert Alice mit den Lidern.

Ich drehe mich stöhnend in das Bettlaken, lege die Hände vor mein Gesicht, schüttle den Kopf. Ich bin jetzt derart müde, dass es nicht mehr witzig ist. Ich möchte schlafen, aber ich kann nicht.

*„Man muss aber nicht verrückt sein, um hier zu wohnen, aber man wird es"*, murrt Alice in meinem Kopf.

„Sei nicht so zynisch! Möchtest du eine Puppenlatzhose mit dieser Aufschrift, Alice?"

Ich nehme den Kopf der Puppe in meine Hand. Die Lider öffnen und schließen sich. Klapp, klapp.

„Es hat eine Zeit gegeben, da hat das Kind sich vorgemacht, die Welt, in der die Sonne scheint, sei besser. Das ist leider nicht der Fall. Das Kind hat die menschliche Natur von ihrer schlimmsten Seite gesehen. Und …"

*„Die Welt ist voller Irre"*, flüstert Alice.

Klapp. Klapp.

„Ich erinnere mich, Alice. Irgendwann hat das Kind entschieden, dass es nicht mehr wissen will, warum die Menschen irre sind."

*„Das Kind wollte nur noch fort."*

„Keine Illusionen, keine vorgefassten Meinungen. Es gibt einfach Menschen, die diesen Bruce nicht mögen, hat mir die Außenwelt gesagt."

Alice wendet den Blick ab, nimmt keine Notiz von mir.

„*Hey!*" Ich werde wütend. „Hey. Sieh mich an!"

Alice klappert mit den Lidern.

Ich ignoriere es, entferne mich drei Schritte von der Puppe. Meine Laune verbessert sich zusehends. Ich bin aufgedreht, aber zugleich müde.

„Okay, Alice. Lass uns schlafen."

Alice richtet sich auf.

„Die Außenwelt verändert sich, Alice!"

*Ich werde dich beschützen, wie du mich beschützt hast. Du bist eine gute Puppenmutter.*

Ich zwinkere Alice zu. „Wir werden jetzt eine kleine Spritztour durch meine Träume machen."

Klapp. Klapp.

# Fünfter Brief

*Liebste Tessa,*

*ich bin eifersüchtig auf den Regen, der auf deine Haut fällt. Er ist dir näher, als meine Hände es je waren. Ich bin eifersüchtig auf den Wind, der durch deine Kleider dringt. Er ist dir näher als mein Schatten.*

*Ich werde ungehalten sein, wenn du mir meinen Herzschmerz und den Kummer nicht bald nimmst. Es fällt mir sehr leicht, dir zu schreiben, dass ich eifersüchtig darauf bin, dass du ohne mich glücklich werden könntest.*

*Ich bin eifersüchtig auf die Nächte, die ich nicht mit dir verbringe, auf die Liebe, die du für Jules empfunden hast, der ging, um seine Liebe mit jemand anderem zu teilen.*

*Es fällt mir nicht schwer, dir zu sagen, dass ich befürchte, dass du womöglich eine neue Liebe finden und ohne mich glücklich wirst. Das werde ich niemals zulassen. Glück gibt es nur mit mir.*

*Während ich im Gefühlschaos versinke, träume ich davon, dass du in meine Arme gleitest.*

*Aber wenn ich die Augen öffne, sterbe ich einen weiteren Tag, weil ich nur eines tue, deinem Lächeln hinterherzuweinen.*

*Dass dich alle begehren, liegt vielleicht daran, dass du ein bisschen zu hübsch bist, ein wenig zu schön. Das ist sehr irritierend. Ach, ich wiederhole mich. Ich will nicht, dass du ohne mich glücklich bis! Ich werde es zu verhindern wissen und ich weiß auch schon wie.*

*Ich werde dir deine Schönheit nehmen. Danach wird dich niemand mehr begehren.*

*Nur ich.*

*Ich werde niemals zulassen, dass du mit jemand anderem, statt mit mir, Sex haben wirst. Sollte das geschehen, töte ich zuerst alle, die du liebst und dann dich.*

# Kapitel 43

*Tessa*

Ich sitze am Esszimmertisch, starre auf meinen Ringfinger und streiche einige Male über den blassen Streifen, wo einst mein Ehering war. *Ich lasse mich nicht mehr täuschen.*

Die Ellenbogen auf dem Tisch stütze ich mein Kinn mit den Händen. Schon als Kind habe ich mich in diese Position gebracht, wann immer ich nachdenken wollte. Mein Vater sagte oft, dass ein häufiges Grübeln dem Gehirn schadet. Seit Jules' Tod fehlt mir mein Vater noch mehr. Ich sehne mich nach ihm. Für einen Moment schließe ich die Augen und döse ein.

Ein durchdringendes Geräusch schreckt mich auf. Ein Prasseln wie Regen oder Hagel. Stille. Es dauert eine Weile bis ich merke, dass jemand an der Haustür steht und die Klingel drückt. Schnell gehe ich in die Küche, drehe den Wasserhahn auf und spritze mir Wasser ins Gesicht.

Dann höre ich es noch einmal, Steinchen prasseln ans Fenster, die Klingel schallt durchs Haus.

Ich erinnere mich an die Warnung von Kommissarin Bruns und spähe durch den Türspion. Pierre Beauchamp, *Bruce'* Gruppenleiter. Sein Gesicht ist ernst.

Ein Schauder überläuft mich und mein Magen zieht sich zusammen, als ich die Tür öffne. *Nichts ist passiert,* sage ich mir. *Nichts kann passiert sein.* Bruce will vermutlich wieder meinen Garten pflegen. Ich werde sagen, dass er sehr willkommen ist, dass ich Bruce mag. Nichts ist passiert.

Der Mann reicht mir die Hand. „Ich habe keine guten Nachrichten. Bruce ist tot. Er wurde gestern von einem Auto angefahren, als er am Abend zum Wohnheim radelte. Der Fahrer ist einfach weitergefahren. Bisher gibt es keine Spur von ihm. Die einzigen beiden Zeugen standen etwa hundert Meter von der Unfallstelle entfernt und waren ziemlich betrunken. Ihre Aussagen sind wenig hilfreich. Sie haben nur ein dunkles Fahrzeug gesehen. Keine Farbenbezeichnung, kein Nummernschild, keine Automarke."

Es ist, als würde ein eisiger Hauch durchs Haus ziehen.

„Ich wollte nicht, dass Sie es aus der Zeitung erfahren. Bruce wurde nach dem Unfall mit einem schweren Schädel-Hirn-Trauma und Knochenbrüchen ins Krankenhaus gebracht und ist heute Morgen verstorben."

Ich weiß nicht, was ich sagen soll, darf nicht zulassen, dass noch mehr Dunkelheit und Kälte meine Seele schluckt. Mich fröstelt. Ich stehe vor dem Fenster und schaue auf den weitläufigen Rasen. Bruce sang immer, wenn er das Gras mähte. Jedes Mal, wenn er mich sah, winkte er mir überschwänglich zu.

Ich erinnere mich sehr gut daran, wie unsere erste Begegnung war. Jules hatte mich gewarnt, dass Bruce mürrisch auf mich reagieren könnte. „Bruce mag keine Veränderungen, Tessa", sagte Jules. „Eine neue Frau im Haus wird ihn verwirren, weil seine geistige Behinderung seine Anpassungsfähigkeit blockiert. Bleib ein wenig im Hintergrund, bis er sich an dich gewöhnt hat."

Zum Erstaunen aller reagierte Bruce weder störrisch noch gab es Anzeichen einer Ablehnung. Als er mich sah, grinste er breit, schüttelte mir begeistert die Hand und fragte mich dreimal, wie ich denn genannt wurde. Dann mähte er singend den Rasen und lockerte die Rosenbeete.

Ich drehe mich um und setze mich auf die Couch. „War es denn überhaupt ein Unfall?"

Pierre Beauchamp steht da, gefangen in einer Haltung irgendwo zwischen Staunen, Schrecken und Angst. „Glauben Sie etwa nicht?"

Hilflos hebe ich die Hände. „Ich weiß nicht, was ich glauben soll, Monsieur Beauchamp", antworte ich und weise auf den Sessel. „Bitte, setzen Sie sich doch. Wie lief es denn mit Bruce nach dem Vorfall hier?"

„Sehr gut, nachdem wir ihm gesagt hatten, dass er hier nicht mehr arbeiten muss. Wir haben das unter den Betreuern im Haus ausführlich diskutiert. Es ging darum, ob wir Bruce' Wahnvorstellung auf diese Weise nicht Anerkennung zollen würden. Aber er war erleichtert und nahm in kurzer Zeit wieder an allen Aktivitäten teil, weshalb es eine gute Entscheidung war. Es kommt häufiger vor, dass unsere Bewohner an einem vertrauten Arbeitsplatz plötzlich völlig verwirrt reagieren und restlos überfordert sind. Sie erholen sich aber normalerweise wieder, sobald sie medikamentös neu eingestellt sind und den Arbeitsplatz wechseln."

Ich richte meinen Blick auf den Boden, will glauben, dass Bruce in meinem Garten eine Wahnvorstellung hatte. Dass er von jemandem überfahren wurde, der vermutlich zu viel getrunken und deshalb Fahrerflucht begangen hatte. Dass er nur glaubte, in meinem Haus eine Frau mit Puppe und Hunden zu sehen. Dass Menschen wie Bruce seltsame Dinge tun oder sehen, wenn die Medikamente nicht mehr ausreichend wirken.

Ich spüre, dass Beauchamp mich mustert.

„Ich finde es entsetzlich", sage ich und blicke auf, „und ich weiß es zu schätzen, dass Sie es mir persönlich gesagt haben. Wissen Sie schon, wann die Beerdigung stattfindet? Ich würde gern hingehen."

„Die Familie organisiert die Beisetzung. Ich werde sie bitten, Ihnen eine Anzeige zukommen zu lassen. Sie würden es sicher begrüßen, wenn Sie kämen. Aber wir würden es auch verstehen, wenn Sie der Beerdigung fernbleiben wollen, nachdem, was mit Ihrem Mann passiert ist." Pierre Beauchamp hält einen Moment inne. „Bruce' Körper ist von der Rechtsmedizin noch nicht freigegeben."

„Ich habe alle Zeit der Welt."

# Kapitel 44

*Amelie*

Sie steht vor dem Rathaus und beobachtet das Brautpaar, das selig lächelnd die Stufen herabschreitet. Es ist ein sehr junges Paar, traditionell gekleidet: er in einem dunklen Anzug, sie in einem Traum aus Tüll und Seide, mit Schleppe und Schleier. Auch die männlichen Hochzeitsgäste tragen dunkle Anzüge und die Damen lange Abendkleider.

„Das sieht man heute selten", sagt eine Frau neben ihr.

Jemand klopft ihr auf die Schulter, sie dreht sich um.

*Oh nein. Karola.*

„Gefällt es dir oder willst du es in Wahrheit gar nicht sehen?" Ihr Mund lächelt, ihre Augen weniger.

„Etwas dazwischen", antwortet Amelie.

Karola packt ihren Arm. „Wir werden uns jetzt einen Kaffee genehmigen! Um die Ecke ist ein hübsches Café." Sie zeigt nach rechts. „Die Terrasse ist besetzt, aber drinnen sind noch Plätze frei. Dann können wir uns mal in aller Ruhe unterhalten."

Amelie wüsste nicht, worüber und will ablehnen, aber Karolas Aufforderung klang weniger nach Einladung, vielmehr nach einem Befehl. Oder einer Drohung?

Ihr wird leicht übel. *Kein Wunder!*

Karola bestellt einen doppelten Espresso und Apfeltorte, Amelie ein Glas Tee.

„Hast du dir heute einen Urlaubstag genommen?", erkundigt sich Karola.

„Ich arbeite im Moment nicht. Ein bisschen zu viel Stress in letzter Zeit. Ich muss erst zu mir selbst kommen."

„Das verstehe ich."

*Wieder dieses süffisante, widerliche, allwissende Lächeln.* Sie hat sich in Karolas Nähe stets unwohl gefühlt. Die Kellnerin zeigt ihr ein Tablett mit verschiedenen Teesorten. Amelie nimmt Minze.

„Minze? Sei vorsichtiger bei deinem empfindlichen Magen", warnt Karola.

„Herrgott, Karola!"

„Wie geht es dir denn? Kommst du einigermaßen klar?" Karola beugt sich über den Tisch und kann ihre Ungeduld kaum in Zaum halten. „Ich weiß doch, was du durchmachst. Jules hat mir alles erzählt."

*Oh, mein Gott!* Amelie taucht den Teebeutel hektisch ins heiße Wasser.

„Pass auf, gleich verbrennst du dir die Finger, obwohl du sie dir ja bereits verbr..." Karola hält inne. „Lassen wir das. Ich glaube, Jules hat dich mehr geliebt, als er bereit war, zuzugeben. Ich dachte zuerst, er und du, ihr spielt ein unfaires Spiel in Bezug auf Tessa. Hm ..., wie lang hättest du das denn noch durchgehalten?"

Amelie sieht Karola misstrauisch. *Sei auf der Hut! Sei auf das Schlimmste vorbereitet!* „Was ist der Zweck dieses Gesprächs?"

Karola lacht auf. „Ah ..., wir kommen sofort zur Sache. Verstehe. In welchem Monat bist du?"

„Wie kannst du es ..." Amelie nimmt ihre Tasche und steht auf.

„Setz dich! Sofort!" Karolas Stimme kling kalt, bedrohlich. „Wir haben ernsthaft etwas zu besprechen. Oder glaubst du, es wäre eine gute Idee, Tessa wissen zu lassen, dass ihre beste Freundin ein Kind von ihrem verstorbenen Mann erwartet?"

„Wovon redest du?", fragt sie wütend.

„Spiel nicht die Unschuld vom Lande. Du bist nicht Teil der Heiligen Dreifaltigkeit! Jules hat mich, nachdem er dich im Motel zurückgelassen hat, angerufen. Er sagte, dass du ein Kind willst und dass er nicht überrascht wäre, wenn du bereits schwanger bist." Sie spricht jetzt etwas leiser. „Ich kann es in deinem Gesicht lesen, in deinen Augen sehen, oder an der Art, wie du dich bewegst. Versuch nicht, es zu leugnen!"

Keuchend ringt Amelie nach Luft.

„Und weil du immer behauptest, Jean und du hättet keinen Sex mehr, muss dieses Kind von Jules sein. Oder gibt es noch weitere Motel-Liebhaber?"

Eisige Stille. Amelie ist wie versteinert, hält sich krampfhaft an der Stuhllehne fest. Sie spürt, wie alle Farbe aus ihrem Gesicht weicht.

Karola winkt die Kellnerin herbei und bestellt sich einen zweiten doppelten Espresso und einen Cognac. „Ich hatte absolut keine Ahnung, dass er sich an diesem Nachmittag mit diesem Anruf von mir verabschieden wollte", sagt sie leise.

Amelie starrt auf den Apfelkuchen, der noch immer unberührt in der Mitte des Tisches steht und blendet alles andere aus. Karolas Anwesenheit, ihre Worte. Nur so erträgt sie diese Demütigung.

„Neuerdings habe ich einen enormen Appetit auf Süßes. Muss wohl das Bedürfnis nach Trost sein. Ich finde es entsetzlich, dass Jules tot ist. Es ist umso grauenvoller, dass er sich selbst dafür entschieden hat. Er hat mir jahrelang immer alles erzählt. Und ich ihm. Na ja, fast alles. Keinen Frauenkram. Das bespreche ich mit Tessa oder mit meiner Tochter." Sie nippt an ihrem Espresso. „Ich glaube, er war krank. Sehr krank." Sie kniff ihre Augen ein wenig zusammen.

Amelie ist noch immer wie gelähmt. Ihr Körper nimmt keine Befehle mehr von ihrem Gehirn entgegen, selbst der Raum kommt ihr erstarrt vor, Karola lauernd mittendrin.

„Ich glaube, dass du mehr darüber weißt, Amelie. Soll ich dir hier vor all den Leuten eine runterhauen oder kommst du von allein wieder zu dir?"

Amelie räuspert sich. „Schon gut. Ich brauchte einen Moment." Sie nippt an ihrem Tee und erntet einen hämischen Blick.

„Also?"

„An diesem Tag bekam Jules das Ergebnis einer Computertomografie. Es stand sehr schlimm um ihn, Karo."

„Und gerade dann hast du ihn gehen lassen?"

Amelie schluckte. „Ich wusste nicht, wie ich reagieren sollte. Ich habe ihm an diesem Nachmittag gesagt, dass ich ein Kind von ihm will, aber zu diesem Zeitpunkt war ich noch nicht schwanger. Später am Nachmittag muss es dann wohl passiert sein.".

Karola schiebt den Apfelkuchen noch weiter von sich weg. „Was ist das für ein Gefühl? Sex mit jemanden zu haben, der fast tot ist? Hast du den Kick gebraucht?" Pure Boshaftigkeit liegt in ihrer Stimme. „Ich wusste schon immer, dass du eine Schlampe bist."

Karola hat sich ein Glas Wein bestellt und leert es in einem Zug. „Tessa interessiert es nicht, dass Jules krank war, aber ich will alles wissen. Ich verstehe nicht, warum er mir nicht gesagt hat, wie ernst die Situation war. Ich wusste alles über ihn und so etwas Wichtiges sagt er mir nicht? Kannst du dir vorstellen, wie sich das anfühlt? Wie in die Ecke gestellt, abgelehnt, weg damit!", zischt sie. „Nein! Da stimmt was nicht."

Amelie schiebt ihr Glas hin und her. „Vielleicht wollte er sich nicht verabschieden. Vielleicht konnte er es einfach nicht. *Bis morgen, Amelie*, hat er beim Abschied gesagt. Als würden wir uns am nächsten Tag wiedersehen."

„Hat er sonst noch etwas gesagt?"

„Was meinst du?"

Karola seufzt. „So wird das nichts. Egal. Was passiert jetzt? Bleibst du bei deinem Freund? Kommt er damit klar?"

„Ich werde Jean verlassen und bin bereits auf der Suche nach einem Haus in Saint Gratien."

„Vielleicht könntest du eine Zeit lang bei Tessa einziehen. Ich denke, das wäre eine gute Idee. Ja ..., mach das. Ich könnte dich finanziell unterstützen."

Sofort schlägt Amelies Herz schneller, fast hätte sie ihr Teeglas umgestoßen. „Und warum solltest du mich finanziell unterstützen?"

„Weil ich dich für eine Sache brauche. Nennen wir es Leistung und Gegenleistung. Ich biete dir fünftausend Euro."

„Bist du noch ganz richtig im Kopf?"

„Darauf kannst du wetten! Gib mir deine Handynummer, ich gebe dir meine. Dieses Gespräch bleibt unter uns. Kapiert!"

Amelie sieht Karola entgeistert an, blickt in die eisige Kälte ihrer Augen, und erstarrt. Kein Laut kommt mehr über ihre Lippen.

Sie steht auf, nimmt ihre Tasche und verlässt das Café. Entsetzen und ein Hauch Minze liegen in der Luft.

Draußen atmet sie die frische Luft tief ein und aus.

*Weil ich dich für eine Sache brauche*, hallt es in ihren Ohren nach. *Ich biete dir fünftausend Euro. Ich bin eine Verräterin. Ich ziehe die falschen Leute an. Ich verdiene es, bestraft zu werden.*

Sie schaut zurück. Karola hat das Bistro noch nicht verlassen und sitzt noch immer am Fenster, isst genüsslich ihre Apfeltorte mit einer doppelten Portion Sahne.

*Als ob sie nicht schon fett genug wäre.*
Amelie übergibt sich mehrmals hinter ihrem Peugeot.

# Kapitel 45

*Tessa*

Amelie begrüßt mich, als hätte sie mich seit Ewigkeiten nicht gesehen, sie umarmt mich immer wieder und wiederholt, wie sehr sie es bedauert, dass sie mich im Stich gelassen und mich schrecklich enttäuscht hat.

Ich löse mich sanft aus ihrer Umarmung. „Ich fühle mich absolut nicht von dir enttäuscht. Im Gegenteil. Du hast mir eine Ruhepause gegönnt und genau das erwarte ich von einer Freundin. Außerdem hast du mich doch regelmäßig angerufen."

*Keine Antwort. Kein Lächeln. Zweiter Versuch.* „Ich könnte höchstens meiner Mutter einen Vorwurf machen. Seit Jules' Einäscherung habe ich nichts mehr von ihr gehört."

„Hättest du das denn gewollt?"

Ich lache laut auf. „Nein, natürlich nicht. Meine Mutter hat seit Jahren kein Interesse mehr an mir, von der mütterlichen Fürsorge ganz zu schweigen. Sie hat es mir übel genommen, dass ich Jules nicht in der Erde begraben habe und sie demzufolge nicht hinter seinem Sarg herdackeln konnte. Aber ich glaube, sie wird es überstehen und das Versäumnis nachholen. In der vergangenen Woche standen eine ganze Reihe von Nachrufen in der Zeitung."

Amelie hängt ihre Jacke an die Garderobe. „Liest du die etwa?"

„Ich überfliege sie nur. Keine Sorge, die Marotten meiner Mutter werde ich mir nicht zu eigen machen." Bevor ich die Tür zum Wohnzimmer öffne, drehe ich mich um. „Du siehst nicht gut aus, Amelie. Bedrückt dich etwas?"

Sie ergreift meine Hand. „Es ist so viel geschehen, aber das hat nichts mit dir zu tun. Es ist, weil ..." Sie fängt an zu weinen.

Ich ziehe sie ins Wohnzimmer und führe sie zur roten Couch. „Komm, setz dich zu mir. Was ist denn los? Du zitterst ja am ganzen Körper."

„Ich hätte es dir schon früher sagen sollen", schluchzt sie. „Ich bin schwanger."

Ich verstehe nicht, warum mich diese Neuigkeit derart berührt. Ist es Eifersucht? Bin ich verärgert, weil Amelie es mir erst jetzt sagt? Oder verurteile ich womöglich das Verhalten meiner Freundin, weil sich die Spießerin in mir aufbäumt? Ich möchte Amelie keineswegs spüren lassen, dass ihre Offenbarung mich emotional berührt. Nur fällt mir ad hoc keine Frage ein, die nicht auf meine tiefe Abneigung hinweist.

„Das Kind ist nicht von Jean", unterbricht sie die Stille zwischen uns. „Es wurde während eines One-Night-Stands gezeugt. Ich weiß nicht einmal, wer der Vater ist. Es interessiert mich auch nicht. Was zählt, ist, dass ich jetzt Mutter werde. Es ist das Beste, was mir passieren konnte."

Ich muss mich beherrschen, um nicht aus der Haut zu fahren.

„Sag doch etwas", drängt Amelie. „Ich plappere einfach drauf los und frage nicht mal, ob es dir gut geht. Sorry. Bist du jetzt wütend auf mich?"

„Ich verstehe nur nicht, warum du es so weit hast kommen lassen. Hast du etwa die Pille abgesetzt? Ich dachte, du wolltest keine Kinder."

Amelie zuckt mit den Schultern. „Die biologische Uhr tickt. Ehrlich gesagt, weiß ich selbst nicht, warum ich das zugelassen habe. Aber ich bereue es nicht."

„Na dann." Ich umarme Amelie. „Du kannst dich auf mich verlassen."

Amelie gibt mir einen Kuss auf die Wange. „Danke, das bedeutet mir viel und macht es leichter, dich um etwas zu bitten." Sie schluckt ein paar Mal. „Kann ich eine Weile bei dir wohnen? Ich glaube, Jean wird mich vor die Tür setzen, wenn er von dem Kind erfährt."

„Weiß er es denn noch nicht?"

„Nein, du bist die Erste. Ich werde dich auch nicht stören und selbstverständlich Miete zahlen. Sobald ich etwas gefunden habe, verschwinde ich. Ich habe mich schon in Saint Gratien nach einem Haus umgesehen."

Mir gefällt das alles nicht. „Zuerst werde ich überfallen, kurz darauf stirbt Jules, dann höre ich, dass unser Gärtner nach diesem seltsamen Vorfall überfahren wurde – und nun das. Ich muss das erst einmal verdauen."

Wir gehen in die Küche.

„Vielleicht wäre es gerade deshalb gut, wenn ich eine Weile hier wohnen würde. Ich kann ein bisschen auf dich achten und dafür sorgen, dass du dich nicht verlierst."

Ich fülle den Wasserkessel. *Verdammt!* Im Grunde muss ich nicht darüber nachdenken. Amelies Bitte fühlt sich an wie ein Angriff auf meine Privatsphäre. Ich drehe mich um und sehe sie direkt an. „Du wirst hier nicht einziehen, Amelie. Es tut mir leid, aber das geht nicht. Ich brauche meine Ruhe und möchte allein sein."

Der Ausdruck in Amelies Augen lässt mich erschaudern.

# Kapitel 46

Meine vertraute Umgebung kommt mir plötzlich so anders vor. Als sei ich eine Fremde in meiner Welt. Als hätte ich Amelie die ganze Zeit aus der falschen Perspektive betrachtet. Alles erscheint härter, schärfer, wie der Stahl in meinem Messerblock.

Die Stille zwischen uns scheint Ewigkeiten zu dauern. Ich überlege, was ich noch sagen kann, um der Spannung ein wenig die Luft zu nehmen, doch alles ist gesagt.

Amelie trommelt mit den Fingern auf den Tisch. Sie hat ihre Lippen zusammengepresst, schweigt. Ich habe keine Lust auf ihre Allüren und muss mich nicht vor ihr verantworten. *Absolut indiskutabel!*

Ich atme tief durch. „Ich denke, ich kann von dir Verständnis erwarten. Du bist meine beste Freundin. Ich respektiere deine Entscheidung, ein Kind zu bekommen. Ich erwarte von dir, dass auch du meine Wünsche respektierst. Ich habe einiges erlebt, das ich erst einmal verarbeiten muss."

Amelies Hand ruht jetzt still auf dem Tisch. „Ach, was hast du denn so alles hinter dich gebracht, außer den Verlust eines ungeliebten Mannes? *Du* hast wohl vergessen, dass jeder deiner Wünsche erfüllt wurde: ein netter Kerl, ein schönes Haus, Geld im Überfluss? Du hättest nicht arbeiten müssen, selbst dafür konntest du dich entscheiden."

„Du weißt sehr wohl, wie es in meiner Ehe aussah", antworte ich scharf. „Kümmere dich besser um dein eigenes Leben, Amelie. Sag Jean, wie die Dinge stehen, hör auf mit deinem hinterhältigen Verhalten. Er hat das Recht, von deiner Schwangerschaft zu erfahren. Ich werde dir helfen, wo ich kann, aber ich werde dich nicht hier wohnen lassen. Ich will in meinem eigenen Haus vollkommen frei sein."

„Ach, dann hast du dir wohl schon einen neuen Typ geangelt?"

„Du musst nicht grob werden. Ich will Privatsphäre, und ich denke, ich habe ein Recht darauf. Noch einmal: Ich werde dir, so gut ich kann, zur Seite stehen und dir helfen. Ich gönne dir dieses Baby. Du kannst auf meine Unterstützung zählen."

„Auch wenn du nicht weißt, wer der Vater ist?"

„Das ist mir egal?"

Stille.

Ich frage mich, wie ich dieses Gespräch beenden kann.

„Da kommt jemand." Amelie steht auf und geht zum Fenster. „Es ist Sebastien. Dann werde ich jetzt gehen."

Sie weicht mir aus, als ich versuche, sie zu berühren. „Es ist besser, wir sehen uns eine Weile nicht. Ich will keinen Streit."

Bevor ich etwas erwidern kann, schlägt die Haustür zu und ein Motor heult auf.

Sebastien kommt ins Wohnzimmer. „Amelie hatte es aber eilig. Ist zwischen euch etwas vorgefallen?" Er kommt mit ausgebreiteten Armen auf mich zu. „Hallo, mein Mädchen, ich wollte kurz nach dir sehen. Kommst du klar?"

*Mein Mädchen?*

Er drängt mich fest an sich, küsst mich auf Stirn und Wange. Er meint es vermutlich gut, aber ich mag diese Berührung nicht. Ich reiße mich von ihm los und sehe ihn an. Da ist etwas in seinen Augen, das mich einen Schritt zurückweichen lässt.

Sebastien reagiert völlig befremdend. „Ist was?"

„Ich fühle mich nicht wohl. Möchtest du etwas trinken?"

„Hast du einen Cognac? Den brauche ich jetzt!"

Ich entscheide mich, ihn nicht nach dem Warum zu fragen.

„Karola und ich hatten vorhin einen fürchterlichen Streit. Es ging mal wieder um dich."

„Wieder um mich?"

„Ja, um dich. Karola hält es plötzlich für keine gute Idee mehr, dir eine Stelle in der Firma anzubieten. Zuerst hat sie darauf bestanden, dass ich etwas unternehme, und jetzt behauptet sie plötzlich, dass du ihrer Meinung nach für eine vertrauliche Position nicht geeignet bist. Ich verstehe überhaupt nicht, was in sie gefahren ist. Habt ihr euch über irgendwas gestritten?"

„Nein. Du musst mir keinen Job anbieten, Sebastien. Ich habe dieses Haus und erhalte eine großzügige Zuwendung. Ich komme klar."

„Ein passender Job wäre aber genau das Richtige für dich. Jules würde mir da gewiss zustimmen."

„Herrgott! Warum glaubt jeder in dieser Familie, zu wissen, was richtig und gut für mich ist? Warum sollte außerdem Jules wollen, dass ich in der Firma arbeite?"

„Weil er immer nur das Beste für dich wollte, auch wenn er es dir vielleicht nicht immer gesagt hat."

Ich will etwas erwidern.

„Nein, Tessa. Er war mein Bruder und du gehörst zur Familie. Ich will, dass du dich gut fühlst. Du bedeutest mir viel." Er sieht mich nicht an, als er die Worte ausspricht.

Ich möchte ihn loswerden, da ich mich nicht daran erinnern kann, mich jemals in seiner Nähe so unwohl gefühlt zu haben.

Sebastien zieht ein Blatt aus der Innentasche seiner Jacke. „Ich hab den Code des Tresors dabei. Du kannst ihn später ändern."

Er kommt mir wieder zu nah. Ich nehme einen vagen Schweißgeruch wahr und gehe einen Schritt zur Seite, als er den Picasso von der Wand nimmt.

Ich folge den Bewegungen seiner Hand, während er die runde Scheibe dreht. „Der Safe ist ein älteres Baujahr. Wenn ich du wäre, würde ich ihn ersetzen. So, perfekt." Er zieht die Tür auf und macht eine einladende Geste. „Sieh selbst, was drin ist."

Im Safe liegen verschiedenen Diplome von Jules, ein Notizbuch und daneben ein kleines Fotoalbum. Ich nehme es und versuche, meinen Würgeimpuls niederzukämpfen. Es fällt mir unendlich schwer. Mein Herzschlag beschleunigt sich und mein Atem wird hektischer. Aber ich werde dem hier nicht ausweichen – auch das habe ich in meiner Ehe gelernt – und schlage das Album auf.

Ich erkenne ein paar Hochzeitsfotos, auf denen Jules der Bräutigam ist. Rasch nehme ich ein paar von diesen Aufnahmen heraus, lege sie in den Safe und reiche meinem Schwager das Album. Das Notizbuch werde ich mir ein anderes Mal ansehen. „Mach bitte damit, was du für richtig hältst."

„Ich wusste nicht, dass er seine alten Hochzeitsfotos aufgehoben hat", murmelt er sichtlich betroffen. Seine Stimme hat etwas von einem Strudel, der alles mit sich hinabzieht. In die Tiefe. Himmel und Hölle. Es kann alles sein. Es fällt mir schwer, das eine von dem anderen zu unterscheiden.

Er glaubt tatsächlich, dass mich der Anblick des Brautpaares aus der Fassung gebracht hat. Welch ein Irrtum.

# Kapitel 47

Ich bin zu der Stelle gefahren, an der Bruce überfahren wurde. Es ist auf einer kleinen, wenig befahrenen Straße passiert – ein paar Felder auf der linken Seite, Wald auf der rechten. Ich kenne die Gegend gut.

Dort, wo die Straße unvermittelt eine Linkskurve macht und sich dann in einer geraden Linie erstreckt, flach und stumpf, bis sie hundert Meter weiter im Dunkel der Nacht verschwindet, parke ich meinen Wagen. Der Vollmond am teilweise bewölkten Himmel spendet ein diffuses Licht, das mir genügt, um mich zurechtzufinden. Ich mache gleichmäßige Schritte und zähle sie im Kopf. Nach fünfzig Metern bleibe ich stehen und wende mich dem Feld zu, und mit meinem rasiermesserscharfen Verstand – *ha, das hätte Jules gefallen, denn mein Verstand ist alles andere als messerscharf* – lasse ich den Blick darüber hinwegwandern. Dann drehe ich mich zu den Lichtern in der Ferne um und weiß, dass ich an der richtigen Stelle bin. Hier muss es passiert sein. Genau hier. Die Menschen in dem Ort wissen nichts von Bruce, ahnen nichts von der Hässlichkeit, die ihm geschehen ist.

Ich drücke einen Kuss auf die mitgebrachten Rosen und lege sie an der Unfallstelle auf den Asphalt. Es ist ein seltsames Gefühl von Unausweichlichkeit: der plötzliche Tod von Bruce. Eben noch war er gemütlich mit seinem Fahrrad auf dem Weg ins Wohnheim und Sekunden später erfasst ihn der eisige Tod.

Das Geräusch eines Autos nähert sich. Scheinwerferlicht aus der Richtung, wo ich meinen Wagen abgestellt habe, taucht auf. Als der Wagen um die Kurve biegt, drücke ich mich fest an einen Baumstamm, schiebe die Hände in die Taschen und senke das Gesicht, um möglichst wenig reflektierende Flächen zu präsentieren.

Der Wagen fährt vorbei, bremst und bleibt nur fünfzig Meter weiter stehen.

Mein Herzschlag setzt aus.

Der Motor erstirbt, eine Autotür klickt – Schritte.

Wer immer das ist, er ist ganz nah. Langsam, lautlos, drehe ich mich nach hinten ins Dunkel. Ich rutsche am Baumstamm hinunter, bis ich sitze, und ziehe die Kapuze meiner Jacke über das Gesicht. Absolut regungslos, mit hämmerndem Herzschlag, lausche ich auf die Schritte und schließe die Augen. Lichtfunken, ein Nachglanz des Scheinwerferlichts, tanzen hinter meinen Lidern.

Ich zwinge mich, in die Richtung zu sehen, an der ich meinen letzten Gruß hinterlassen habe.

Jemand hebt die Rosen auf, sieht sich um und legt sie an den Straßenrand. Wenig später braust der Wagen davon. Es gibt keinen Grund, weshalb hier, mitten im Nirgendwo, jemand anhalten und meine Rosen aufheben sollte. Das hier ist Niemandsland.

Jules liebte den Vollmond. Dann konnte er stundenlang im Garten sitzen. Auch ich habe mich nach meiner Rückkehr in den Garten gesetzt und lausche nun der unendlichen Stille der Nacht. Irgendwo ruft eine Eule, in den Bäumen oben auf der Anhöhe. Selbst wenn ich mich konzentriere, höre ich kein Motorengeräusch – kein Auto, kein Flugzeug. Nichts.

Einst haben wir uns auf dem Rasen im Licht des Mondes geliebt. Wir waren erst seit ein paar Wochen verheiratet und mussten uns ständig berühren. Später sagte Jules, das alles sei nur ein Ausgleich für das, was wir vermissen würden. Mich haben seine Worte sehr getroffen. Heute weiß ich, dass er recht hatte.

Der Garten ist wunderschön. So soll er auch bleiben. Seit Bruce nach dem schrecklichen Unfall tot ist, muss ich mich um einen neuen Gärtner kümmern. Am Ende war es überhaupt kein Unfall.

Weil ich es nicht verstehe ...

Mir wird erst jetzt bewusst, wie sehr ich Bruce gemocht habe. Es war so selbstverständlich, dass er regelmäßig zu mir kam, gefüllte süße Küchlein aß und während der Gartenarbeit sang. Er kannte alle Songs von Chris de Burgh und den Beatles auswendig, obwohl er den Text nicht verstand. Aber das spielte keine Rolle. Was hingegen eine Rolle spielte, waren seine Ausstrahlung, seine immerwährende gute Laune, sein Geschick im Umgang mit den Gartengeräten und allem, was grünte. Warum hat jemand einen so liebenswerten, sympathischen Mann überfahren? Er hatte niemandem etwas getan.

Als ich nach einer Weile die Kissen der Gartenmöbel in die Scheune bringe, höre ich hinter mir ein Geräusch. Ich bleibe stehen, drehe mich um.

Die Küchentür steht offen. *Nicht schon wieder!* Ich hatte sie geschlossen. Meine Hände beginnen zu zittern.

Nur wenige Schritte von mir entfernt, liegt mein Handy auf dem Terrassentisch. Ich könnte Sebastien oder Karola anrufen. Ich sollte sofort im Haus nachsehen, traue mich aber nicht. Falls tatsächlich jemand drinnen ist, könnte diese Person in Panik geraten, mich angreifen, sobald sie mich sieht.

Ich starre auf das Küchenfenster. Etwas raschelt im Gebüsch neben mir. Der Schreck fährt mir erneut in die Glieder, lässt mich den Atem anhalten. Ich lausche, alles ist wieder still. Mit zitternden Knien gehe ich zur Terrasse, nehme mein Handy und betrete die Küche. Leise ziehe ich die Tür hinter mich zu.

Im Haus ist es still. Ich warte ein paar Minuten, horche angestrengt. Nichts. Ich überprüfe, ob die Haustür verschlossen ist, und gehe nach oben. Erst in meinem Bett spüre ich den Angstschweiß auf meinem Körper. In der Ferne schreit die Eule ein zweites Mal. Ich versuche, an schöne Dinge zu denken, nicht an Tod, Verstümmelung, Verwesung, und auch nicht an neues Leben. Mein Kopf sinkt tiefer ins Kissen. Nach einer Weile verflüchtigen sich meine Gedanken. Der Schlaf pirscht sich an und zieht mich ins Dunkel.

In der Ferne dringen die Sirenenklänge von Polizeifahrzeugen ins Schlafzimmer. Sie kommen näher.

Ich öffne die Augen. Der lange Vorhang vor dem geöffneten Fenster bewegt sich träge. Draußen ist es fast hell.

Ich stehe auf, gehe zum Fenster und schaue in den Garten. Zwei Amseln fliegen auf und verschwinden zwischen den Blättern des großen Apfelbaums. Draußen erklingt nur das Zwitschern der Vögel, die ich nicht sehen kann. Auf der Straße vor dem Haus rotieren die blauen Lichter von Polizeifahrzeugen. Einige Meter weiter ist etwas im Gange.

In Windeseile ziehe ich eine Hose und eine Hemdbluse an und gehe hinaus. Mehrere Polizeifahrzeuge und ein Krankenwagen blockieren die Straße. An der Absperrung hält mich ein Polizist auf. Mir geht das nächtliche Geräusch nicht aus dem Kopf.

„Was ist denn passiert?", frage ich und zeige auf den Van, an dem Männer in weißen Overalls Spuren sichern.

„Darüber darf ich Ihnen keine Auskunft geben", antwortet der Beamte. „Wohnen Sie hier?"

Ich zeige auf mein Haus.

„Haben Sie etwas Ungewöhnliches gehört? Ist Ihnen vielleicht etwas aufgefallen?"

„Die Sirenen. Ich bin von den Sirenen aufgewacht." Ich starre auf den Van, lese die Aufschrift: *Hundeservice.* Mir wird übel, ich beginne zu zittern.

„Vielleicht ist es besser, wenn Sie wieder ins Haus gehen."

Ein schwarzer Bestattungswagen fährt vorbei. „Wurde jemand getötet? Ist eine tote Person im Wagen?"

„Gehen Sie bitte wieder in Ihr Haus", drängt der Polizist. „Jemand wird später zu Ihnen kommen, um Ihnen einige Fragen zu stellen."

# Kapitel 48

*Amelie*

Karola hat angerufen und sich für die schroffe Art und Weise während des letzten Treffens entschuldigt, ihr gut zugeredet und dann freundlich um ein zweites Gespräch gebeten. Sie haben sich im Restaurant *La Bastille* zum Mittagessen verabredet.

Karola steigt gerade aus ihrem Wagen, als Amelie mit dem Taxi vorfährt. Gemeinsam betreten sie das Lokal.

„Dort können wir uns in Ruhe unterhalten." Karola zeigt auf einen Tisch am Fenster.

Amelie weiß nicht, ob dieses Treffen eine gute Idee ist, aber zumindest kann sie Jean einige Stunden aus dem Weg gehen. Er ist ständig um sie, da er wegen Überforderung krankgeschrieben ist. Sie hofft, dass sein Boss ihn bald wieder an den Arbeitsplatz beordert.

Amelies Leben ist bisher ohne große Höhen und Tiefen ausgekommen. Sie muss lernen, hart mit sich zu sein, wenn sie diesen Stress bestehen will. Sie sieht sich um und entdeckt neben dem Kamin die furchteinflößende Nachahmung einer Guillotine. *Notfalls kann ich Karola hier enthaupten lassen. Aber ich werde mich schon noch an den Anblick dieser Spinne gewöhnen.*

„Wie hat Jean auf deine außergewöhnliche Mitteilung reagiert?", erkundigt sich Karola.

„Er hat beschlossen, dass *er* der Vater meines Kindes sein wird. Nun hetzt er den ganzen Tag mit nahrhaften Snacks und gesunden Getränken hinter mir her. Ich bin auf der Suche nach einem halbwegs erschwinglichen Haus. Tessa hat übrigens abgelehnt, mich eine Weile aufzunehmen, weil sie großen Wert auf ihre Privatsphäre legt. Ich wusste nicht, dass sie so egoistisch sein kann." Amelie fragt sich, warum sie sich hier treffen. Karola wird sie bestimmt nicht zu einem netten Plausch einschließlich Drink eingeladen haben.

„Hast du über mein Angebot nachgedacht? Ich habe dir fünftausend Euro angeboten." Sie sieht sie abwartend an.

„Das war also kein Scherz? Warum bietest du mir überhaupt Geld an? Welche Gegenleistung erwartest du dafür?"

Karola lehnt sich ein wenig vor. „Ich habe es dir bereits bei unserem letzten Gespräch gesagt. Ich möchte, dass du für eine Weile zu Tessa ziehst."

„Und ich sagte dir bereits, dass sie das abgelehnt hat. Ich kann nicht einfach, so mir nichts, dir nichts, mit einem Koffer vor ihrer Haustür aufzutauchen."

„Genau das wollte ich dir vorschlagen."

Amelie versteht nicht, warum Karola ihr deswegen fünftausend Euro anbietet. Dennoch zögert sie, die Sache zu hinterfragen. Irgendwo in ihrem Kopf sagt ihr eine hinterhältige kleine Stimme, dass sie als Einzige weiß, dass in Tessas Haus Geld versteckt ist und dass es ihr gehört. *Ich werde es mir holen, koste es, was es wolle! Es gehört mir!*

Aber was führt Karola im Schilde? Will die Schlange einen Teil des Erbes an sich bringen und sucht deshalb jemanden, der es für sie stiehlt? Vielleicht geht es aber auch um wertvolle Kunstgegenstände, die in Familienbesitz sind.

*Natürlich! Der Picasso. Er ist ein Vermögen wert!*

Hat Tessa sich womöglich geweigert, ihn Sebastien zurückzugeben? Das kann sie sich kaum vorstellen. Das Gemälde gehört der Familie Mallont.

Plötzlich raubt ein anderer Gedanke ihr fast den Atem. Ob Karola weiß, dass besagtes Geld im Keller versteckt ist? Sie stand Jules sehr nahe, vielleicht hat er es ihr doch erzählt. Vielleicht erwartet Karola, dass sie das Geld sucht und es ihr aushändigt? Niemals!

*Es gehört dir!*, hat Jules gesagt, und dass sie niemandem davon erzählen dürfe.

„Du stellst sie vor vollendete Tatsachen", sagt Karola bestimmt. „Tränenüberströmt mit Köfferchen läutest du an ihrer Haustür und appellierst an eure langjährige Freundschaft. Sie wird einlenken, denn ich werde mich eine Zeit lang ihr gegenüber so richtig mies benehmen. Du leihst Tessa dein Ohr, einen tröstenden Arm und eine Schulter zum Anlehnen." Sie nimmt ein Post-it aus ihrer Tasche und kritzelt ihren Namen und eine Handynummer auf den Zettel. „Ich möchte nicht, dass du mich unter meiner regulären Handynummer anrufst, deshalb habe ich mir ein zusätzliches Handy gekauft. Gib diese Nummer nicht in dein Handy ein, hebe das Post-it auf. Besser wäre es, wenn du die Nummer auswendig lernst."

Amalie fingert an der Tischdecke. „Ich weiß nicht …"

„Soll Tessa erfahren, wer der Vater deines Kindes ist?", zischt Karola.

Amelie setzt sich aufrecht. „Drohst du mir etwa?"

„Betrachte es als Warnung."

# Sechster Brief

*Liebste Tessa,*

*du bist mir sehr nah, ich kann dich berühren. Ich schnuppere deinen wunderbaren Duft, spüre deinen Atem. Jedes Mal, wenn ich dich ansehe, entdecke ich etwas Neues, das mir gefällt, das mich glücklich macht.*

*Aber du bist so unnahbar, so weit weg. Manchmal denke ich, dass du in meiner Gegenwart abtauchst, dass du meine Hände nicht spüren möchtest, dass dir meine Umarmung zuwider ist.*

*Das schmerzt mich sehr. Es macht mich ohnmächtig, mutlos und manchmal auch wütend.*

*Was stimmt nicht mit mir, Tessa? Was gefällt dir nicht an mir?*

*Du hast nicht das Recht, mich zurückzuweisen. Nicht mich.*

*Jeden, aber nicht mich.*

*Wage es nicht noch einmal!*

*So lange schon habe ich verzweifelt gesucht, habe zu lange gewartet, wusste anfangs nicht, wo ich dich suchen sollte.*

*Ich weiß, es braucht Zeit, dir meine Liebe zu offenbaren. Aber wenn man jemanden liebt ...*

*Es fühlt sich richtig an, so warm und echt, ich muss wissen, ob du es auch fühlst.*

*Vielleicht habe ich unrecht.*

*Sag mir bitte, wenn ich übertreibe.*

*Mein Herz ist schon einmal gebrochen worden, diesmal will ich ganz sicher gehen.*

*Du bist so einmalig. Wenn wir uns lieben, wird es keine Diskussion geben, dann ist alles vollkommen klar.*

*Du bist mehr als eine Berührung oder ein Wort.*

*Ich weiß, dass du die Richtige für mich bist, sobald ich aufwache und bis tief in die Nacht hinein.*

*Ich will nirgendwo anders sein, als bei dir und dich zärtlich halten.*

*Ja, ich habe darauf gewartet, dass eine Frau wie du in mein Leben tritt.*

Ich habe auf eine Frau wie dich gewartet, eine Liebe, die überleben wird.

Ich habe auf jemanden gewartet, mit dem ich mich lebendig fühle. Ja, ich habe darauf gewartet, dass eine Frau wie du in mein Leben tritt.

Ich habe – auf dich gewartet ...

Verzeih mir deshalb, dass ich nun diesen Ton gegen dich ergreife. Komme mir bitte ein wenig entgegen, gib mir ein Zeichen, eine kleine Geste, die mir zeigt, dass du offen bist für mehr als das, was im Moment zwischen uns ist. Gib mir ein Funken Hoffnung.

Die Tage, an denen ich dich nicht sehe oder nicht mit dir rede, sind unnütze Tage. Ich möchte nun wagen, offen und ehrlich zu sein, weil ich schon so lange auf diesen Moment gewartet habe. Aber ich darf das nicht forcieren, sonst bist du schockiert, und ich bin entwurzelt, weil ich dich verloren habe, bevor du mein geworden bist.

Ich will dich, Tessa. Nur dich. Für immer.

Komm zu mir und lass mich dich lieben, wie du nie zuvor geliebt wurdest. Und liebe mich, wie du noch nie jemanden geliebt hast.

Manchmal zieht mein Blick dich aus, meine Lippen nehmen Besitz von dir, meine Hände berühren deine intimsten Stellen.

Dann kann ich mich kaum noch beherrschen.

Ich möchte Dichter oder Komponist sein. Ein Schriftsteller, ein Maler. Ich möchte dich auf jede erdenkliche Art und Weise einfangen und die Welt mit deiner Schönheit überraschen. Weil du so schön bist. Du bist so schön. So süß.

So lecker!

Siehst du meine Liebe denn nicht?

Schau besser hin!

Verdammt noch mal.

Und glotze nicht immer nur nach den Sternen!

# Kapitel 49

*Tessa*

Ich gehe hinaus, um die Zeitung hereinzuholen. Die fette Überschrift und der Artikel prangen auf der Titelseite:

*HUNDESITTERIN TOT AUFGEFUNDEN*

*Ein Zeitungsbote fand in den frühen Morgenstunden in einem Van die Leiche der Hundesitterin Hannah C. Beim Vorbeifahren hatte der Bote bemerkt, dass die Tür auf der Fahrerseite leicht geöffnet war. Da er das seltsam fand, fuhr er zurück, um genauer nachzusehen. Er entdeckte „eine Frau, die aus nächster Nähe erschossen worden war", so der Polizeisprecher.*

Ich konnte der Polizistin, die alle Bewohner der umliegenden Häuser befragte, keine Auskunft geben, da ich keinen Hund besitze. Die Häuser meiner nächsten Nachbarn liegen fast einen Kilometer entfernt. Das ältere Ehepaar auf der linken Seite lebt sechs Monate im Jahr in Griechenland, der Mann und die Frau auf der rechten Seite sind beide Piloten. Ich wüsste nicht, dass die Leute Hunde hatten. Ich treffe sie höchsten mal im Supermarkt. Was hat also der Hundeservice hier verloren?

Als ich wieder hineingehe, geht gerade die Sonne auf. Zunächst ist sie nur ein schimmernder Streifen hinter den Bäumen, doch bald erhebt sie sich, gewaltig und glühend. Es ist stets ein Wunder, finde ich. Jeder Sonnenaufgang macht mir klar, dass ich mich auf einem wunderschönen Planeten befinde, der nimmermüde die Sonne umkreist. Es ist doch irgendwie erstaunlich, dass es die Erde, die Sonne, die Sterne gibt. Wenn das möglich ist, dann ist es auch möglich, dass eine Hundesitterin sich in einem Viertel aufhält, in dem es keine Hunde gibt. So einfach ist das.

Vor mir liegt ein schöner, klarer Morgen. Ich blicke auf die Uhr: sieben Uhr. Zu spät, um wieder ins Bett zu kriechen. Ich entscheide mich für Tee.

Jules und seine Ex-Frau hatten einen Hund. Ist das von Bedeutung? Vielleicht hätte ich das erwähnen sollen. Es ist nur so ein Gefühl. Keine Ahnung, woher es plötzlich kommt.

Nach dem Frühstück rufe ich Karola an, die neuerdings wenig Zeit hat, und kurz angebunden ist.

„Ich möchte dich nur etwas fragen, Karo."

Stille. Ich zähle in Gedanken langsam bis zehn.

„Dann frag schon!"

„Jules und seine erste Frau hatten doch einen Hund, nicht wahr?"

Wieder Stille.

„Bist du noch da?"

„Ja, sie hatten einen Hund. Aber das Tier ist schon seit Jahren tot. Warum fragst du?" Karolas Stimme klingt barsch.

Ich schlucke den Kloß in meinem Hals hinunter. So unfreundlich war Karola noch nie zu mir. „Haben sie damals schon mal einen Hundesitter in Anspruch genommen?"

„Ich glaube schon."

„Weißt du noch, wie die Firma hieß?"

„Keine Ahnung. Worum geht es hier?"

Ich zögere, räuspere mich. *Ich weiß nicht genau, worum es hier geht.* Bruce' Worte kreisen endlos mit einer irrsinnigen Geschwindigkeit in meinem Kopf und ziehen galaktische Bahnen. *Eine Frau mit den Hunden war im Haus.*

Karola hat wohl genug von der Stille und von diesem Gespräch. „Wenn es dir nichts ausmacht, gehe ich wieder an die Arbeit. Ich schaue in den nächsten Tagen vorbei. Okay?"

„Eine letzte Frage! Hat Bruce schon für Jules gearbeitet, als sie den Hund hatten?"

„Das könnte durchaus der Fall sein. Aber was soll das alles?"

„Ach, unwichtig. Vergiss es!"

Ich recherchiere im Internet. Ein Hundeservice hat in der Regel einen Schlüssel zu den Häusern seiner Kunden. Wenn der Hund tot ist, wird der Schlüssel zurückgegeben. *Oder auch nicht.*

Ich dachte, ich hätte mich geirrt, als ich annahm, dass ich den Schlüssel des Haustürschlosses am Tag der Trauerfeier zweimal umgedreht hatte. Auch wollte ich glauben, dass Bruce an Wahnvorstellungen litt. Dass ich nach all dem Stress in der Nacht nach Jules' Tod niemanden unten gehört habe.

Aber warum schleicht diese Hundesitterin plötzlich in meinem Garten und in meinem Haus herum? Und warum wird sie in der Nähe meines Hauses ermordet?

*Hör auf! Mach dich nicht verrückt*, warnt mich meine innere Stimme.

# Kapitel 50

„Bist du allein?", will Karola wissen, als sie am frühen Abend vor meiner Tür steht.

„Du bist hier vollkommen sicher. Getötet wird nur *vor* meiner Haustür", antworte ich und bitte sie herein.

Karola berührt im Vorbeigehen flüchtig meinen Arm.

*War ich jetzt geschmacklos?*

„Spielst du jetzt den kriminellen Mastermind?", fragt sie und setzt sich an den Küchentisch.

Ich werde wütend. „Wenn du gekommen bist, um deine Launen an mir auszulassen, kannst du sofort wieder gehen."

„Schon gut. War nicht so gemeint." Sie legt mir jovial ihre Hand auf den Arm. „Die Stresssituation bringt alles Schlechte in mir zum Vorschein, meine Reizbarkeit, mein hitziges Temperament. Sorry, Tessa. Themawechsel. Träumst du immer noch von diesem Mann?"

Ich gebe mein Bestes, um nicht unter ihrer Berührung und unerwarteten Frage zusammenzuzucken. Nervös zupfe ich an meinen Fingern.

„Also ja. Es geht mich zwar nichts an, aber ich finde es etwas unappetitlich. Sebastien denkt genauso darüber." Ihr Blick huscht hin und her.

„Warum hast du Sebastien davon erzählt? Sieh mich bitte an. Das macht mich ganz kirre."

Karola gehorcht. „Warum? Nur weil ich dachte, ich müsste kein Geheimnis daraus machen. Ich sagte es ihm, als er nach Hause kam, nachdem *er* neulich *hier* war. Er war nicht besonders erfreut."

Meine Schultern nehmen einen Tiefstand ein. „Was meinst du damit?"

Karola verzieht ihr Gesicht zu einer hässlichen Grimasse. „Ich glaube, ich sollte seine Worte besser nicht wiederholen. Geh mal davon aus, dass er sich unschön und unfreundlich über dich geäußert hat."

Ich kann das Zittern meiner Hände kaum noch bezwingen. „Macht ihr diese Sache nicht größer, als sie ist? Ich glaub's einfach nicht. Es ist alles in Ordnung. Ich hätte dir das nicht anvertrauen und du hättest keine Fragen stellen sollen, als ich dir sagte, dass ich Träume habe. Du willst immer alles wissen, bis ins kleinste Detail. Diesbezüglich solltest du dich mal ein wenig zurücknehmen."

Karola hebt die Hand, will etwas sagen.

„Nein! Lass mich in Ruhe, Karola! Das ist gewiss nicht zu viel verlangt."

Karola schaut zur Seite. „Du bekommst deinen Willen, ich werde mich zurücknehmen. Alles ist in Ordnung, Nichts ist falsch, also muss Sebastien auch nicht so eifersüchtig sein."

„Eifersüchtig? Was meinst du damit?"

Karola sieht mir in die Augen. „Damit meine ich, dass mein Mann schon lange Gefühle für dich hegt, Gefühle, die er nicht haben sollte, auch wenn er das in allen Tonlagen leugnet. Ich bin nicht blöd, ich habe das alles seit Langem kommen sehen. Er hat mit mir gesprochen, unsere Beziehung existiert nur noch, weil wir beide in der Firma arbeiten und an sie gebunden sind. Du kannst mir glauben, dass Sebastien seine Entscheidung, mich in einer Gütergemeinschaft zu heiraten, heute zutiefst bedauert."

„Gefühle für mich?", wiederhole ich. „Das wollte ich nicht. Wusste Jules davon?"

Sie schenkt mir ein hämisches Grinsen. „Aber sicher. Es hat ihn köstlich amüsiert. Jules war aber überzeugt, dass du für eine Affäre viel zu loyal und zu anständig seist. Und ganz sicher nicht mit deinem Schwager." Sie mustert mich von Kopf bis Fuß. „Ich verstehe, dass mein Mann ein hübsches Gesicht und eine Wespentaille attraktiver findet als einen Ackergaul wie mich."

Karola redet ununterbrochen weiter, es nimmt kein Ende. Ich habe sie so satt. Die ständigen Wiederholungen. Ich bin müde. Vor allem aber bin ich emotional erschöpft. Ich würde sie am liebsten hinauswerfen. Mir fehlen jedoch die Worte.

„Aber ich bin nicht gekommen, um über die Brüder Mallont zu sprechen, und schon gar nicht über ihre Fraueneskapaden. Lass uns über dich reden. Geht es dir gut? Du kamst mir bei unserem Telefonat etwas verwirrt vor."

*Wie geschickt sie doch ist.* Ich greife nach dem vor mir stehenden Glas Wasser, trinke es in einem Zug leer und knalle es auf den Tisch. „Ha, verwirrt ... Ich bin immer noch schockiert, das ist doch nicht so seltsam, oder? Nach allem, was passiert ist, wird zu guter Letzt auch noch eine Frau weniger als hundert Meter von meinem Haus entfernt erschossen. Jemand von einem Hundeservicedienst. Und ich frage mich, ob diese Frau früher auch Jules' Hund ausgeführt hat. Und du sagst, ich bin verwirrt!", fauche ich sie an.

Karola zieht ihre Mundwinkel nach unten. „Tut mir leid, aber ich denke, du benimmst dich ziemlich hysterisch. Gleich wirst du mir sagen, dass die getötete Frau womöglich etwas mit Jules' Tod zu tun hat."

„Nicht mit seinem Tod. Vielleicht gehörte sie ja zu Jules' Love-Stab?"

Ich sehe Karolas Verärgerung.

„Ach, lass uns davon aufhören." Ich stehe auf. „Ich nehme noch ein Glas Wasser. Möchtest du auch etwas trinken?"

„Macht es dir denn gar nicht aus, wenn ich dir sage, dass Sebastien Gefühle für dich hegt?"

„Ich kann damit nichts anfangen und ich will auch nichts damit anfangen!"

„Natürlich nicht, du träumst ja jetzt von deiner alten Liebe. Auch eine Möglichkeit zum Auftanken des Wohlfühlens. Jules wird es nicht mehr stören. Hast du ihn überhaupt wirklich geliebt?"

Mir fällt auf, dass mich eine äußerst gefährliche innere Ruhe erfasst. Der Sturm naht. „Ich bin neun überflüssige Jahre bei ihm geblieben, weil ich mir nicht eingestehen wollte, dass ich die falsche Wahl getroffen hatte. Ich akzeptierte sein Verhalten, ich machte mir klar, dass es mich nicht berührte. Wir hatten einen atemberaubenden Start in die Ehe, ich verlor mich in ihm und fühlte mich ein Jahr lang glücklich. Irgendwo tief in mir war für lange Zeit die Hoffnung, dass es zwischen uns wieder so sein könnte, wie es anfangs gewesen war. Vielleicht war das Liebe, aber ich bin jetzt geneigt, zu glauben, dass es mit Feigheit und der Unfähigkeit, sich zu verabschieden, zu tun hatte." Ich schraube die Wasserflasche auf und fülle mein Glas. „Ich sagte bereits, vergiss meine Träume! Das ist privat, sie gehören mir und ich hätte es für mich behalten sollen. Und was Sebastien betrifft, mach dir da mal keine Sorgen. Ich werde ihn nicht ermutigen, auch wenn ich nicht glaube, dass das deine größte Sorge ist, nachdem was du mir über deine Beziehung erzählt hast." Ich trinke das Glas erneut in einem Zug leer. „Aber wenn deine Körperfülle dein größtes Problem ist, solltest du vielleicht ein wenig mehr Aufwand betreiben, um sie auf mehrere Kleidergrößen zu reduzieren!"

Die Atmosphäre zwischen uns ist feindselig. Ich hoffe, dass meine Schwägerin endlich verschwindet. Offensichtlich brauchen wir beide etwas Abstand. Karola ist im Moment wahrlich nicht die richtige Person, mit der ich über ungute Gefühle und Angst sprechen will, aber ich möchte mich nicht mit ihr streiten. Meine letzte Bemerkung tut mir leid. Ich hätte das nicht sagen sollen.

Ich wische mir eine Haarlocke auf dem Gesicht, stehe auf und öffne das Küchenfenster. „Lass uns mit dem Gezänke aufhören, Karo. Wir sind eine Familie, ich schätze dich sehr, du bist mir lieb. Wir haben uns immer umeinander gekümmert und respektiert, nicht wahr?"

Karola steht auch auf und schiebt den Stuhl nach hinten. „Soll ich die Tatsache respektieren, dass du mir von deinen erotischen Fantasien über einen früheren Liebhaber vorschwärmst, während mein Schwager kaum kalt war? Diese Art von Familie kann mir gestohlen bleiben!"

Im nächsten Moment ist sie verschwunden.

Ich frage mich, ob ich mich besser fühlen würde, wenn ich versöhnlicher gewesen wäre. Ich versuche, mich wieder zu fangen, schließe das Fenster, esse und trinke etwas und wasche mir anschließend unter der Dusche den kalten Schweiß vom Körper.

Nur schlafen darf ich noch nicht. Ich habe Angst.

# Kapitel 51

*Chaos im Kopf.* Ich stehe mit geschlossenen Augen unter der Dusche, lasse mir das Wasser in den Nacken prasseln und denke über die nahe Vergangenheit nach. Eine schnell geschnittene Filmmontage läuft in meinem Kopf ab, mit Aufnahmen der Bereiche, die ich abgesucht haben: der Überfall. *Schnitt*; Jules' Beisetzung. *Schnitt*; eine Person auf einer wenig befahrene Landstraße, die meine Rosen an den Straßenrand legt. *Schnitt;* die Tote im Van. *Schnitt;* eine wutentbrannte Karola, von deren prüfenden Blicken ich mich nicht habe irritieren lassen.

Ich will es nicht zugeben, aber ich muss mir eingestehen: Ich habe Angst. Auch die Bilder, die weiter vor meinem inneren Auge flimmern, tragen nicht gerade dazu bei, mein Denken zu rationalisieren. Ich sehe Jules, der direkt auf einen fahrenden Zug zuläuft und auseinanderplatzt, sehe Bruce, der von seinem Fahrrad geworfen und auf den Asphalt geschleudert wird, sehe eine Frau in einem Van mit einem blutigen Loch im Kopf. Diese Ereignisse drängen sich mir auf und lassen sich nicht beiseiteschieben. Die Bilder machen mir Angst und zwingen mich, mich ständig umzudrehen, wohin ich auch gehe.

Jules muss einen guten Grund gehabt haben, aus dem Leben auszusteigen. Möglicherweise war er krank. Jedenfalls war er nicht der Typ Mann, der passiv auf seinen Tod gewartet hätte. Er hasste Abhängigkeit und konnte schwache Menschen nicht ausstehen. Schwache Menschen, die ihm nahe standen, hat er beschützt – Menschen, wie mich.

Er hat mir jahrelang nicht gesagt, was ihn beschäftigt, und ich habe keine Fragen gestellt. Das war unsere Vereinbarung, das Ergebnis war Schweigen. Ich werde auch jetzt nicht fragen, warum er sich umgebracht hat.

Es stört mich jedoch, dass ich nicht genau *weiß*, was mit Bruce geschehen ist. Außerdem drängt es mich, herauszufinden, was es mit dieser erschossenen Hundesitterin auf sich hat.

Ich steige aus der Dusche und wische mit dem Handtuch über den beschlagenen Spiegel. Mein Gesicht ist wieder voller, die Haut rosiger. Gleichzeitig ist wieder diese angstvolle Anspannung um meine Augen.

Die Unruhe ist an jenem Tag in mein Leben getreten, an dem ich überfallen wurde. Seit dem Überfall auf mich ist nichts mehr wie früher. Niemand ist mehr er selbst, mir kommt es vor, als ob sich jeder, mit dem ich zu tun habe, hinter einer Maske versteckt. Oder zeigen sie erst jetzt ihr wahres Gesicht?

Sogar Amelie, mit der ich stets sehr vertraut war, hat sich verändert, und das nicht nur wegen der Schwangerschaft. Es war schon vorher nicht mehr so wie früher.

Ist das alles die Folge des Schocks, den Jules' Selbstmord bei uns hinterlassen hat? Habe ich zu schnell seine Entscheidung akzeptiert, ohne nach dem Grund zu forschen? Soll ich vielleicht doch noch mal mit Amelie oder mit Karola darüber sprechen?

Ich mag die beiden und sorge mich um sie, will sie nicht verlieren.

Aber beruht das auf Gegenseitigkeit? Vor allem diese Frage macht mir Angst.

# Zwischen den Zeilen

Ich erwache, fest in eine Zwangsjacke geschnürt, mit rasendem Herzklopfen und schwerer Zunge, in einer weißen Gummizelle. Ich habe Durst, hätte gerne etwas Kaltes getrunken. Und möchte Alice bei mir haben.

Ich liege steif auf dem Metallbett auf einer dunkelgrauen Matratze, starre zur Decke und bemühe mich um eine erste Bestandsaufnahme meines Zustands und meiner Umgebung. Ich wackle mit den Zehen, lecke mir über die ausgetrockneten Lippen und zähle jeden Pulsschlag mit, bis ich merke, wie er langsamer wird. Von den Medikamenten, die sie mir verabreicht haben, fühle ich mich wie lebendig begraben oder zumindest wie in eine dicke, zähflüssige Substanz getaucht. Hoch über mir brennt eine einzige weiße Leuchte. Das grelle Licht tut mir in den Augen weh. Obendrein sollte ich hungrig sein, aber ich habe nicht den geringsten Appetit. Ich zerre vergeblich an meiner Zwangsjacke und beschließe, um Hilfe zu rufen. „Seid ihr noch da?", flüstere ich.

Für einen Moment herrscht Stille. Dann höre ich die Stimmen meiner Puppenkinder, die alle auf einmal reden, die wie von fern unter meinem Kissen hervorkommen.

*„Wir sind da, ja, wir sind noch da."*

Das beruhigt mich.

*„Du darfst uns aber nicht verraten, Mama."*

Ich nicke. Die Stimmen, die mir vor Jahren in dem Kellerloch zur Seite gestanden haben, haben mich zwar in diese missliche Lage gebracht, aber sie sind mir treu geblieben. Ich hege kaum Zweifel, dass ich sie weiter verschweigen muss. Heute hat sich eine weitere Stimme zu uns gesellt: Hannah. Sie ist tot, hat meine Ärztin gesagt und, dass sie mich nicht mehr besuchen wird. Egal. Püppchen Hannah wird es gut bei uns haben. Ich bin eine gute Puppenmutter.

Während ich über Hannah nachdenke, spitze ich die Ohren und lege vor lauter Konzentration die Stirn in Falten. Gleich werden sie mir das Frühstück bringen und mich wieder losbinden.

Als sie mir sagte, dass Hannah nicht mehr lebt, bin ich der Ärztin an die Kehle gesprungen, mit dem Resultat, dass sie mich in eine Zwangsjacke gesteckt haben. *Nicht gut.*

Ich weiß nicht, wie lange ich in dieser unbequemen Position in der bedrückenden Enge über meine Puppen und meine Lage gegrübelt habe, als sich in der Tür ein Guckfenster öffnet. Um etwas zu sehen, muss ich die Bauchmuskeln anspannen und den Oberkörper heben, was in meiner Fesselung nach wenigen Sekunden zu anstrengend wird. Dennoch sehe ich, wie ein Auge zu mir hereinspäht.

Ich bringe ein schwaches „Hallo" heraus. Das Fenster wird wieder zugeschlagen. Es dauert eine gefühlte Ewigkeit, bevor sich das runde Fenster erneut öffnet. Ich versuche es noch einmal mit lautem „Hey". Sekunden später bewegt sich ein Schlüssel im Schloss. Die Tür geht auf und die Pflegerin Anni schiebt ihren massigen Körper in die Zelle. „Wie geht es unserer Puppenmutter heute Morgen? Haben wir uns wieder beruhigt, Eva?"

Schweigen.

„Wohl ein bisschen lange geschlafen. Hunger?"

„Ich muss was trinken", nuschle ich.

Anni-Monster in Weiß nickt. „Das kommt von den Pillen, die sie dir gegeben haben. Man bekommt eine schwere Zunge davon."

Ich weiß einfach nicht, was ich antworten soll. Außerdem höre ich in diesem Moment das schwache Echo von Hannahs Stimme, die mich mahnt, vorsichtig zu sein. Sie ist nicht annähernd so laut wie meine anderen Püppchen. Es ist, als flüstere sie mir über eine breite Schlucht hinweg zu.

„Erinnerst du dich, was passiert ist und wo du bist, Eva?"

„Klar. Ich bin dort, wo ich immer bin – in der Irrenzelle."

Die Monsterpflegerin befreit mich aus der Zwangsjacke. „Das ist nicht schwer zu erraten. Aber erinnerst du dich auch, warum wir dich in diese Jacke gesteckt haben?"

Ich nicke.

„Mannomann, du wolltest Frau Doktor abmurksen. Eva, Eva, Eva, du warst so was von wütend. Ein richtig böses Mädchen."

*Warst du das, Mama?,* fragt Hannah in meinem Kopf.

Ich zucke die Schultern. „Kann mich nicht erinnern. Wie ist Hannah denn gestorben?"

„Sie wurde ermordet."

Ich fletsche die Zähne.

„Vorsicht, Eva. Sonst bleibst du da, wo du jetzt bist."

Ich nicke noch einmal.

„Brav. So, und jetzt bring ich dir dein Frühstück und dann kannst du wieder in deine Zelle zurück. Du bekommst übrigens morgen Besuch. Also benimm dich!"

*Ermordet ... So so.*

# Kapitel 52

*Tessa*

Als ich aufwache, versuche ich, mich zu erinnern, ob ich wieder geträumt habe. Mein Kopf ist leer.

Ich stehe auf, werfe mir den Bademantel über und öffne die erste Tür des Kleiderschranks, der eine ganze Wand einnimmt. Es ist einer der Schränke von Jules. Der Anblick seiner Anzüge, die farblich sortiert dicht nebeneinander hängen, löst in mir eine Emotion aus, mit der ich nicht gerechnet habe. Ich berühre einen der Colberts. *Wie konntest du mir das nur antun!* Dann durchsuche ich alle Anzüge mit fest aufeinandergepressten Lippen, finde ein paar Quittungen aus einem Herrenmodegeschäft, ein Taschenmesser und einen leeren Umschlag vom Finanzamt.

Keine Post-its, die seine Geheimnisse verraten könnten.

Ich hocke auf den Knien und nehme seine Schuhe vom Schrankboden auf, schaue sie mir genau an, klettere auf einen Stuhl und prüfe, ob etwas zwischen den Hemden und der Unterwäsche versteckt liegt. Nichts. Im zweiten Schrank hängen seine Hemden. Ich sehe sie mir nacheinander an, greife in die Brusttaschen, hebe selbst die Manschetten hoch. Im nächsten Schrank liegen Schals und Winterpullover in den Regalen. Ich nehme sie alle heraus, schüttle sie kräftig. Wieder nichts. Dann schaue ich mir seine Krawatten an der Innenseite der Tür an. Ich finde keinen einzigen Hinweis.

In den anderen beiden Schränken befindet sich meine Sommerkleidung. Die Winterkleidung ist auf dem Dachboden verstaut. Das ganze Haus nach einem Hinweis zu durchforsten, ähnelt fast einem Fulltime-Job. Vielleicht sollte ich, wenn überhaupt, woanders nach einem Hinweis suchen. Ich weiß nicht, woher mein plötzlicher Drang kommt, etwas über Jules' geheime Beziehung herauszufinden?

Ich bin durstig und meine Kopfschmerzen sind im Anmarsch. Es sollte mir egal sein, mit wem Jules eine Beziehung hatte, und Karola sollte ebenfalls besser darüber schweigen. Denkbar wäre, dass meine Schwägerin mit der Konkubine im Hause Mallont in Kontakt steht. Zuzutrauen wäre es ihr. Ich werde jedenfalls nicht mehr darüber grübeln und mich bemühen, fortan ein normales Leben zu führen. Karola wird mich schon wieder besuchen, wenn sie sich abgekühlt hat.

Die Kopfschmerzen werden schlimmer, ich werfe ein Schmerzmittel ein.

Ich habe den Tisch im Garten gedeckt und schiebe den großen Sonnenschirm ein wenig näher heran. Das Frühstück ist köstlich: Kaffee, frische Brötchen, Aufschnitt, ein gekochtes Ei, Marmelade. Ich genieße die Ruhe, trinke den lauwarmen Kaffee und zünde mir eine Zigarette an. Die Erste seit Jules' Tod. Ich ahne, dass seine Entscheidung eine Ursache haben musste, die alles andere als erfreulich war. Vielleicht war es am Ende Mord? Aber dann hätte ihn jemand dazu gezwungen und der Lokführer hätte eine weitere Person auf den Gleisen gesehen. Laut Tilda Bruns gab es keine Zeugen. Ich muss noch einmal mit ihr sprechen.

Als ich den Tisch abräumen möchte, höre ich Schritte auf dem Kies und zucke zusammen. Sebastien kommt auf mich zu.

Er streckt seine Arme nach mir aus, lässt sie aber gleich wieder sinken. „Ich wollte nur sehen, ob es dir gut geht", sagt er. In seiner Stimme ist ein leises Vibrieren.

*Wie kommt er dazu, einfach mein Haus zu betreten?* Ich will meinen Unmut zum Ausdruck bringen.

Sebastien greift nach meiner Hand. „Ich glaube, dass Karo neulich sehr unangenehm zu dir war und finde das echt peinlich. Ich entschuldige mich für ihr Benehmen."

„Nicht nötig, Sebastien. Es ist gut so." Ich ziehe meine Hand zurück.

„Bitte, vergiss alles, was sie gesagt hat. Karo kann manchmal furchtbar sein", sagt er und macht es sich an *meinem* Tisch auf *meiner* Terrasse gemütlich. „Karo hat gesagt, dass dich der Mord beschäftigt. Mach dir keine Gedanken um diese tote Frau. Dafür gibt es keinen Grund."

Ich sehe ihm in die Augen. „Hat die Tote auch Jules' Hund ausgeführt? War sie seine Hundesitterin?"

Er zögert nur den Hauch einer Sekunde, zuckt kurz zusammen und wendet den Blick ab. „Keine Ahnung, das ist schon so lange her. So, ich muss wieder! In einer Stunde habe ich ein Meeting. Ich wollte nur sehen, ob es dir gut geht."

„Alles prima. Bevor ich es vergesse, du kannst die Schlüssel zu meinem Haus wegwerfen, weil heute alle Schlösser ausgetauscht werden."

Seine Lippen verengen sich zu einem dünnen Strich und Wut flammt in seinen Augen auf.

# Kapitel 53

*Amelie*

„Warst du schon bei einer Frauenärztin?", will Karola wissen.

Diesmal sitzen sie auf der Terrasse eines kleinen Cafés im Stadtteil Saint. Germain. Es ist ein frischer Tag, nur wenige Stühle sind besetzt. Dennoch spricht Karola in gedämpftem Ton.

„Ich habe nächste Woche einen Termin." Sie beobachtet eine hochschwangere Frau, die zwei Tische weiter sitzt und zu ihr herüberlächelt.

„Sprich nicht so laut", drängt Karola.

„Was haben wir denn zu verbergen?"

„Es ist an der Zeit, wir müssen handeln", antwortet Karola. „Wenn du möchtest, kann ich dir eine Anzahlung geben."

„Woher kommt die plötzliche Eile?" Amelie kann ein Grinsen kaum unterdrücken.

„Das erkläre ich dir später. Stell du nur sicher, dass du bei Tessa unterkommst. Sie wird alle Schlösser in ihrem Haus austauschen."

„Ja und?"

„Ich hatte schon immer einen Schlüssel und ich will wieder einen haben."

„Dann frag sie doch einfach."

„Wir reden im Moment nicht miteinander. Ich sagte dir doch, dass ich für eine Weile auf Distanz gehe. Wenn du dort einziehst, wird sie dir einen Schlüssel geben. Und der ist schnell nachgemacht."

„Dann soll ich also Tessas Vertrauen schamlos ausnutzen?"

„Heuchlerin. Es ist schließlich nicht das erste Mal, nur dass du jetzt fünftausend Euro dafür bekommst! Das ist eine fürstliche Belohnung."

*Drei Tonnen im Kellerraum. Das ist fürstlich.* „Ich will wissen, was genau du vorhast, Karo."

Als sie sich das das letzte Mal unterhalten hatten, war sie völlig verunsichert gewesen. *Das wird mir nicht mehr passieren. Selbst wenn Karola ihr Geheimnis an Tessa preisgibt, wird die Welt davon nicht untergehen.* So oder so wird sie Jules' Kind bekommen. Dieser Gedanke tröstet sie zwar, lindert aber nicht ihren Verlustschmerz. Sie vermisst Jules und hat immerzu das Gefühl, dass er plötzlich vor ihr stehen wird.

„Du hast nicht das Recht, hier Fragen zu stellen", nörgelt Karola mit abweisender Miene.

Amelie erwidert ruhig deren kalten Blick. „Wenn ich nicht weiß, warum ich mich bei Tessa einnisten soll, werden sich unsere Wege hier und jetzt trennen. Dann kannst du mit deinen fünftausend Euro deine Toilette tapezieren!"

„Deine Freundin soll also erfahren, wer der Vater deines Kindes ist?"

„Möglicherweise werde ich es ihr selbst sagen." Sie sieht, dass ihre Taktik richtig war. Karola scheint verwirrt. „Sag mir also, warum meine Anwesenheit in Tessas Haus so wichtig für dich ist."

„Ich sage es dir, wenn du dort eingezogen bist. Ich schwöre es." Karola rührt, ohne aufzublicken, mit dem Löffel in ihrem Kaffee.

# Kapitel 54

*Tessa*

Es ist eine schlichte Zeremonie. Ich sitze hinten im Auditorium und zähle vierzehn Personen auf den Stühlen vor mir. Es gibt zwei Redner, aber ich höre ihnen nicht zu. Jemand betritt die Kapelle. Die Person sitzt irgendwo links von mir, aber ich sehe nicht hin, sondern schließe meine Augen.

Meine Gedanken sind bei einer weiteren Einäscherungszeremonie, die ebenfalls in diesem Raum stattfand: die Einäscherung meines Vaters. Ich sehe seinen Sarg auf der Empore und ein Meer von Blumen, höre Jules' Stimme neben mir, der die Gäste zählt und auf 37 kommt. Ich erinnere mich, dass ich später herausfand, dass meine Mutter zehn Blumenarrangements bestellt hatte.

Tränen fließen über meine Wangen und ich bemühe mich nicht, sie abzuwischen. Irgendwo in der Ferne ist Musik, laute Musik. Überlaut. Warum habe ich jetzt die Töne von Chris de Burghs *Lady in red* im Kopf? Seltsam.

Während der Einäscherung meines Vaters wurde ein Ave Maria gesungen. Ich hörte, dass unmittelbar hinter mir jemand mitsang. Meine Mutter wollte nicht, dass ich zusah, wie der Sarg hinuntergelassen wurde, obwohl ich darauf bestanden hatte. Ich fand es schrecklich, den Sarg im Auditorium zurückzulassen, und hatte das Gefühl, meinen Vater im Stich zu lassen. Aber meine Mutter blieb beharrlich. In den Augen meiner Mutter war die Einäscherung, auf die mein Vater bestanden hatte, ein Verbrechen. Ihr zufolge sollte ein Körper der Erde anvertraut werden.

Es gab nichts, worüber wir uns in dieser Zeit einigen konnten, obwohl wir vorher fast immer einer Meinung waren. Der Tod meines Vaters war der Beginn einer bis heute andauernden Zerrüttung. Karola sagte vor Kurzem, dass mein Vater wahrscheinlich immer das Bindeglied zwischen meiner Mutter und mir gewesen sei, ohne dass es jemand bemerkt hätte. Und dass die Neigung meiner Mutter, all diese Beerdigungen und Einäscherungen zu besuchen, mit einer stagnierenden Trauer zu tun habe. Sie hat mir geraten, mit meiner Mutter mal darüber zu sprechen.

Vielleicht hat Karola recht. Vielleicht sollte ich meinen Widerstand gegen die Begräbnislust meiner Mutter einfach beiseitelegen. Aber jetzt ist nicht die richtige Zeit dafür. Nicht jetzt, wo ich so viel verarbeiten muss.

Wir stehen auf, aber ich kann nicht genau sehen, was vorn vor sich geht. Stevie Wonders *I just want to say I love you*, wird gespielt, allerdings mit einem anderen Text gesungen „We just want to say we love you". Als es fast vorbei ist, lädt ein Mann im schwarzen Anzug die Leute in der ersten Reihe ein, ihm zu folgen, danach die zweite Reihe.

Ich sehe zur Empore. Der Sarg ist fort.

„Machs gut, Bruce", sage ich leise. „Mein lieber Bruce mit deiner wunderbaren Stimme. Da oben wirst du sie alle glücklich machen mit deinem Gesang. Und schau dich bitte nach meinem Papa um. Bei ihm bist du in Sicherheit."

Ich schniefe, putze mir die Nase und trockne meine Tränen mit einem Taschentuch. Als jemand eine Hand auf meinen Arm legt, schrecke ich auf.

„Alles gut, mein Schatz. Keine Angst, ich bin es", sagt meine Mutter.

# Kapitel 55

Gemeinsam verlassen wir die Kapelle.

„Willst du der Familie nicht dein Beileid aussprechen?", fragt meine Mutter. „Woher kanntest du den Verstorbenen überhaupt?"

„Bruce war mein Gärtner", antworte ich und erhöhe das Tempo. „Ich kenne seine Familie nicht und möchte fort von hier."

Meine Mutter packt meinen Arm. „Nicht so schnell, Tessa, ich kann nicht mit dir mithalten. Nimm bitte Rücksicht auf mein Alter. In der Nähe gibt es ein schönes Café. Lass uns eine Tasse Kaffee trinken und etwas essen. Ich lade dich ein."

Ich schüttle den Kopf, aber meine Mutter duldet meine Ablehnung nicht. „Ich bringe dich später wieder zu deinem Wagen. Sei jetzt bitte nicht so schwierig." Während unserer Fahrt zum Grand Café schweigen wir.

„Ich bin so froh, dich wiederzusehen, Tessa. Ich hätte mich schon viel früher bei dir melden sollen. Entschuldigung", sagt meine Mutter, als sie vor dem Café parkt.

Ich zucke mit den Achseln.

„Ich meine es ernst. Du machst eine schreckliche Zeit durch, und ich lasse nichts von mir hören." Sie atmet tief durch. „Ich gehe jetzt einmal in der Woche zu einem Trauertherapeuten und bitte sage jetzt nicht, dass es Zeit wurde."

„Sehr gut, Mama. Ja, ich denke, das ist eine gute Sache."

„Der Therapeut hat mir geraten, das Ding mit den Beerdigungen zu beenden. Jetzt bin ich also auf einer Art Bestattungsdiät."

Ich kann nichts dafür und lache laut auf. Meine Mutter besaß schon immer eine gehörige Portion Humor. Ich hatte es nur vergessen. Wir schütteln uns vor Lachen. Tränen rollen über unsere Wangen, wie früher.

Sie wirft einen Blick auf das Café. „So können wir da nicht rein."

Ich brauche zwei Tempotaschentücher, um mein Gesicht wieder halbwegs in Ordnung zu bringen. Meine Mutter vier. Ihr Make-up ist völlig zerlaufen.

„Zuerst sprach mein Therapeut von maximal drei Beerdigungen. Dann zwei. Meine derzeitige Dosis beschränkt sich auf eine Einäscherung. Das war heute meine Letzte. Jetzt gehe ich nur noch zum Therapeuten, damit der Begräbnisjunkie nicht rückfällig wird, und weil ich meinem Therapeuten ein Erfolgserlebnis gönne. Ich finde ihn sehr nett."

Ich atme tief durch und streiche über den Arm meiner Mutter. „Wirklich sehr gut, dass du dir Hilfe gesucht hast."

Sie lächelt. „Nett? So so."

„Vielleicht esse ich später eine Kleinigkeit, Mama."

Ich bestelle nur einen Kaffee, meine Mutter einen Lachssalat und einen trockenen Weißwein.

„Krematorien machen durstig", erklärt sie. „War auch ein Grund einen Therapeuten zu konsultieren, sonst wäre ich auch noch zum Alki mutiert."

Ich schüttle mich wieder vor Lachen und hole erneut meine Packung Papiertaschentücher heraus. „Bitte sage nichts mehr, was mich zum Lachen bringt", flehe ich, nachdem ich mich wieder einigermaßen beruhigt habe.

„Früher haben wir so oft gelacht, erinnerst du dich?" Sie sieht mich zärtlich an.

„Ich erinnere mich, Mama." Ich stecke die Taschentücher wieder in meine Tasche. „Karo hat immer behauptet, dass wir beide die Anwesenheit von Papa brauchen, um im Gleichgewicht zu bleiben."

„Das klingt sehr psychomäßig. Aber es könnte gut sein. Ich spreche auch mit meinem Therapeuten über uns. Macht dir das was aus?"

„Nein, warum sollte mich das stören? Wenn es dir guttut ..."

Meine Mutter nimmt meine Hand. „Weißt du, wovor ich Angst habe? Dass du den gleichen Fehler machst wie ich. Ich meine: Dass du auch die Trauer wegdrückst und zu schnell weitermachst. Das funktioniert nicht, mein Kind."

„Es gibt einen großen Unterschied zwischen deiner Trauer und der meinen, Mama", sage ich leise und streichle ihre Hand. „Du trauerst um einen Mann, den du bis in die Haarspitzen geliebt hast und mit dem du bis zu seinem Tod eine sehr enge Beziehung hattest. Das gilt nicht für mich."

„Das hatte ich befürchtet, mein Mädchen."

Wenn jemand mir heute Morgen gesagt hätte, dass ich ein paar Stunden nach Bruce' Einäscherung ein sehr persönliches Gespräch mit meiner Mutter führen würde, hätte ich diese Person für verrückt erklärt. Jetzt sitze ich ihr im Grand Café gegenüber und spreche mit ihr über meine Ehe.

Ich mag die Tatsache, dass meine Mutter nicht urteilt und nicht verurteilt. Es ist schön, ihr im Detail zu erklären, was zwischen mir und Jules vor sich ging und wie ich mich dabei gefühlt habe. Es tut gut zu sagen, dass sein Tod mich zwar getroffen hat, ich aber nicht betroffen bin. Dass mich sein Selbstmord nicht die ganze Zeit beschäftigt. Dass ich mich zwar verlassen und betrogen fühle, aber gleichzeitig auch befreit. Es ist eine enorme Erleichterung, dass ich das alles mit meiner Mutter besprechen kann. Mit der Frau, die sich vor nicht allzu langer Zeit so benahm, dass ich mich gefragt habe, ob ich tatsächlich ihr Kind bin.

Der Gedanke, der gerade in mir aufkommt, lässt für einen Moment meinen Atem stocken.

„Was ist?", möchte meine Mutter wissen.

Ich muss einige Male schlucken, bevor ich antworten kann. „Ich habe vorhin im Krematorium über die Einäscherung von Papa nachgedacht. Ich hatte wieder seinen Sarg und all die Blumenarrangements vor Augen und ich hörte jemanden *Lady in red* singen. Seltsam nicht war. Dabei wurde doch nur ein Ave Maria gesungen."

„Du irrst dich, Tessa. Zu Beginn wurde auch *Lady in red* gespielt, weil dein Vater mich kennengelernt hat, als ich ein rotes Kleid trug."

„Hm ... Jedenfalls war er mir in dem Moment so nah. Weißt du, was ich gerade dachte? Vielleicht hat er das von da oben arrangiert, dass wir jetzt hier zusammen sitzen und miteinander reden."

„Damals hätte ich mehr berücksichtigen sollen, was wichtig für dich gewesen wäre, Kind. Das tut mir leid. Und was den Gedanken deines Vaters betrifft, so glaube ich daran. Ich habe regelmäßig das Gefühl, dass er in der Nähe ist, und ich liebe diese Empfindung."

„Danke, dass du dich entschuldigt hast", sage ich sanft.

Wir sprechen nicht mehr über Jules, weil schon ausführlich darüber gesprochen wurde. Meine Mutter erzählt mir, was sie mit ihrem Trauertherapeuten bespricht und dass sie stets besser versteht, dass sie nach dem Tod meines Vaters vor ihrer Trauer geflohen ist. „Es ist ein Genesungsprozess", erklärt sie. „Die Dinge laufen manchmal gut, manchmal weniger gut und manchmal schlecht. So verhält es sich nun mal mit diesem Prozess, sagt mein Therapeut."

Ich nicke.

„Bist du offen für eine neue Beziehung, Tessa?", wechselt sie unvermittelt das Thema.

„Davon träume ich nur, Mama."

# Kapitel 56

Alle Schlösser wurden bereits vor einer Weile ausgetauscht und die Ersatzschlüssel sind im Safe. Ich fühle mich von einer großen Last befreit.

Es wird Zeit, wieder mit allen in Kontakt zu treten. Deshalb habe ich allen eine WhatsApp geschickt: *Reden wir immer noch miteinander?*

*Habe drei Arbeiten geschrieben und bin verliebt. Wir sehen uns bald,* kommt kurz darauf von Lianne.

Amelie ist die Zweite, die mir antwortet. *Ich ruf dich an.* Ihre Nachricht kommt gerade rein, als auch Jean sich meldet. *Komme morgen kurz bei dir vorbei.*

Ich lese die Nachricht noch einmal. Habe ich einen Termin mit Jean vereinbart und ihn vergessen? Ich schaue in meinen Timer. Kein Termin eingetragen. Warum möchte er mich dann sehen?

Von Sebastien und Karola habe ich noch nichts gehört. Ich weiß nicht, was ich davon halten soll. Zum Glück können sie nicht mehr unerwartet in meinem Haus vor mir stehen. Dennoch prüfe ich neuerdings nicht nur abends, sondern auch tagsüber die Schlösser aller Türen.

Jean umarmt mich, es gibt kein Entkommen. Er drückt mich fest an sich.

Es ist wieder ein warmer Tag, aber mir ist kalt. „Gehen wir doch nach draußen? Auf der Terrasse ist es so schön. Möchtest du vielleicht ein Bier?"

„Kein Alkohol", sagt Jean. „Seit ich weiß, dass meine Frau von einem anderen Mann schwanger ist, sage ich bereits nach nur einem Glas die falschen Dinge."

„Du weißt es also."

„Ja. Und ich weiß auch, dass ich das Kind mit ihr großziehen möchte."

Ich habe gerade die Tür zum Kühlschrank geöffnet, als er sie wieder schließt und sich mit einer Hand daran abstützt. „Es ist mir egal, wer dieses Kind gezeugt hat, es bekommt meinen Namen, und wir werden eine Familie. Du bist die Einzige, die die Wahrheit kennt, und ich zähle darauf, dass unser Geheimnis bei dir sicher ist."

„Entspricht das auch Amelies Wunsch?"

„Sie wird es wollen, wenn sie sich an den Gedanken gewöhnt hat. Dafür wird sie einige Zeit brauchen. Deshalb bin ich zu dir gekommen. Ich möchte dich fragen, ob sie eine Zeit bei dir wohnen kann. Sie braucht Ruhe – und nicht nur sie. Ich auch, genau wie unsere Beziehung." Er zieht die Kühlschranktür wieder auf. „Ah, du hast Bitter Lemon. Perfekt, das gefällt mir. Möchtest du auch eine Flasche?"

Ich nehme zwei Gläser. „Okay, wenn du den Hausherrn spielen möchtest."

„Einen Besseren wirst du nicht finden", erwidert Jean und lacht. „Bist du immer so zickig?"

Mir wird wieder kalt.

„Du hast meine Frage noch nicht beantwortet", sagt Jean, als wir auf der Terrasse sitzen. „Kann Amelie ein paar Monate hier wohnen?"

Ich trinke mein Glas leer. „Sie hat mich bereits darum gebeten, und ich habe abgelehnt. Ich möchte es immer noch nicht. Ich brauche im Moment das Haus für mich allein."

„Du willst doch damit nicht andeuten, dass es da jemanden in deinem Leben gibt?"

„Nein, ich will mich in meinem eigenen Haus frei fühlen, ich will nicht auf jemanden Rücksicht nehmen müssen, der hier herumläuft. Es tut mir leid, dass ihr im Moment keine leichte Zeit zusammen habt. Aber wenn eine Abkühlphase eine Lösung für euch ist, kann Amelie vielleicht eine Weile bei ihrem Vater leben. Er hat ein großes Haus, also Platz genug."

Jean wird wütend, „Was für eine lächerliche Idee! Du weißt sehr wohl, dass Amelie seit Jahren weder mit ihrem Vater noch mit dem Rest ihrer Familie in Kontakt steht. Dir ist auch bekannt, dass keine dieser christlichen Cliquen ihr helfen würde, selbst wenn sie in der Gosse läge. Du enttäuschst mich, Tessa."

Ich knalle mein Glas auf den Tisch. „Das ist dann schade, Jean."

„Noch einmal: Ich bin enttäuscht von dir. Du bist eine üble Freundin. Ich glaube, du bist eifersüchtig, weil Amelie ein Baby bekommt und du diese Gelegenheit verpasst, weil du mit einem toten Mann gesattelt bist."

Eine tiefe Stille legt sich zwischen uns.

„Und anscheinend brauchst du keinen Alkohol, um die falschen Dinge zu sagen."

„Ich glaube, es ist besser, wenn ich jetzt gehe, sonst vergesse ich mich", erwidert Jean.


Ich muss in meinem grünen Loveseat eingenickt sein. Irgendwo ist ein Läuten zu hören. Als das Handy erneut klingelt, greife ich danach. Die Nummer ist unterdrückt.

Ich weiß nicht, warum ich den Anruf trotzdem annehme. Ich möchte etwas sagen, möchte den Anrufer fragen, wer er ist, aber das eisige Schweigen am anderen Ende der Leitung schnürt mir die Kehle zu. Schließlich drücke ich mit zitternder Hand die rote Hörertaste. Weil mir plötzlich kalt ist, laufe ich nach oben, um eine Wolljacke zu holen.

Im Schlafzimmer ist das Fenster offen. Ich starre es sekundenlang an und frage mich, was das bedeutet, falls es überhaupt etwas zu bedeuten hat. Das Zimmer erhellt ein blasser Streifen Mondlicht. Ich nehme meine Jacke von der Stuhllehne und schlüpfe hinein. Im nächsten Moment zucke ich zusammen. Jemand läutet Sturm an der Haustür.

Ist Jean zurückgekommen? Wenn das der Fall ist, werde ich ihn nicht reinlassen. Ich bin vorerst fertig mit ihm. Leise gehe ich die Treppe hinunter und schleiche zur Haustür. Ich weiß nicht, warum ich mich in meinem eigenen Haus so benehme.

Die Art, wie vehement jemand die Türklingel drückt, wirkt wie ein Hilfeschrei, weshalb ich schließlich öffne.

Es ist Amelie. Sie hat zwei große Wochenendtaschen dabei und weint. „Es ist nur für kurze Zeit", schluchzt sie. „Ich werde mich sofort nach einem Haus umsehen. Ich halte das nicht mehr aus mit Jean. Dieses Nörgeln, dieser Besitzanspruch, ich werde noch verrückt!"

„Komm erst einmal herein", sage ich leise und nehme ihr die Taschen ab. Ich entspanne mich erst, als ich die Haustür hinter Amelie geschlossen habe.

Die Erkenntnis, dass ich wieder einmal etwas Dummes getan habe, lässt mich an meinem Urteilsvermögen zweifeln.

Amelie möchte ihr Gesicht mit kaltem Wasser waschen. Wir gehen in die Küche. Ich befeuchte ein Handtuch und kühle Amelies Wangen. Sie beginnt sofort wieder zu schluchzen.

*Herrje.* Ich koche uns einen Tee und wir setzen wir uns an den Küchentisch. Ich reiche Amelie Butterkekse. „Ich habe den Schrank davon voll. Jules hat immer mehrere Packungen gekauft."

„Ich vermisse Jules", sagt Amelie mit vibrierender Stimme. „Ich fand ihn so humorvoll."

Ich weiß nicht, was ich darauf antworten soll. *Jules und humorvoll?*

„Wir tranken manchmal einen Kaffee zusammen, wenn ich ihn mal zufällig in der Stadt traf", fährt Amelie fort. Sie hat ihre Stimme wieder im Griff. „Dann sagte er, dass ich in meiner Mittagspause absichtlich über die Champs flanieren würde, weil ich hoffte, ihn dort zu treffen. Er mochte es, wenn ich mich daraufhin rechtfertigte. Er sagte, ich würde immer in seine Fallen tapsen. Er konnte ein echter Quälgeist sein."

Ich möchte zu gerne wissen, von wem hier die Rede ist, halte mich aber so eben zurück. „Musst du nicht arbeiten?"

„Ich habe mich krank gemeldet. Sobald ich morgens aufwache, fühle ich mich bleischwer. Das soll nach dem dritten Monat vorbei sein." Amelie nimmt einen Keks. „Isst du keine Kekse?"

Ich schüttle den Kopf. „Du kannst sie alle essen. Es sind Jules' Kekse."

# Zwischen den Zeilen

*Zelle 13*

Ich habe die Hände der Puppen gefesselt, damit sie Alice nichts tun können.

Nun liege ich erschöpft neben ihr und bewundere sie. Ich frage mich, ob ihr Schlaf nur vorgetäuscht war, ein erbärmlicher Versuch, meinen weiteren Forderungen zu entgehen.

Egal, ich habe genug.

Alice täuscht eine Stärke und Unabhängigkeit vor, die mich zugleich erheitert. Das hat sie von mir. Sie wird da draußen alle psychisch unterjochen, davon bin ich überzeugt.

Ich habe in der vergangenen Nacht eine andere Puppe zerstört. Sie hat mir nicht gehorcht. Das Hochgefühl hat sich noch nicht ganz verflüchtigt. Das Verlangen kehrt zurück.

Ich fahre mit der Hand über Alice' Hals und spüre das Gefühl von Trauer. Morgen ist sie fort. Ich habe bereits Ersatz gefunden: Hannah wird meine neue Puppe sein.

Alice nickt. Sie ist mit meiner Wahl einverstanden.

Klapp, klapp.

„Alice, da draußen ist das Kind. Es ist ein Niemand, merk dir das. Es wird dir bedingungslos gehorchen." Meine starken Finger umfassen Alice' zarten Hals. Aber ich kämpfe gegen das Verlangen an und ziehe die Hand zurück. Arbeit wartet auf mich, Arbeit für eine höhere Sache als mein persönliches Vergnügen. „Die Neue braucht ein Kleid."

Klapp, klapp.

# Kapitel 57

*Tessa*

Ich werde meine beste Freundin nicht im Stich lassen, wenn sie wirklich Hilfe braucht. Sie würde mir im umgekehrten Fall ebenfalls helfen. Dafür sind Freunde schließlich da.

Amelie ist schwanger, ein wichtiger Grund, ihr eine vorübergehende Unterkunft zu bieten. Vielleicht bewirkt meine Hilfe, dass die Beziehung von Amelie und Jean wieder an Normalität gewinnt. Sie werden das Baby gemeinsam aufziehen und den schlechten Start ihrer Elternschaft vergessen.

Ich präge mir den Gedanken immer wieder ein, denn nur so kann ich meiner Verärgerung und meinem Widerstand nicht nachgeben. Ich neige dazu, Amelie mindestens zehnmal pro Tag zu sagen, dass sie so schnell wie möglich ein anderes Haus finden soll.

Amelie spricht immer wieder von Jules und von meiner Beziehung zu ihm. Sie interessiert sich vor allem für die intimen Details und ich frage mich allmählich, ob diese banale Neugierde eine hormonelle Ursache hat. Ich habe häufiger gehört, dass schwangere Frauen unter Verhaltensveränderungen leiden können. Ich habe den Eindruck, dass Amelie nicht weiß, dass sie mit ihren Fragen eine Grenze überschreitet. Oder ist es meine Naivität, die mir mal wieder einen Streich spielt?

Amelie möchte mir ihren nackten Körper zeigen.

„Ich kann mir schon vorstellen, wie dein Bauch und deine Brüste aussehen, Amelie. Übertreibst du es nicht ein wenig?"

„Was für eine Frage", braust Amelie auf. „Bist du vielleicht eifersüchtig?"

„Ich bitte dich", versuche ich sie, zu besänftigen. „Ich bin nicht eifersüchtig und gönne dir dein Kind von ganzem Herzen. Aber es gibt eine Grenze, die ich nicht überschreiten möchte. Das solltest du akzeptieren."

„Du bist prüde. Das hätte ich nicht von meiner besten Freundin erwartet. Du stellst mir auch kaum Fragen. Willst du nicht wissen, wer der Vater ist?"

Ich bin irritiert. „Was meinst du damit? Du weißt doch selbst nicht, wer der Vater ist."

„Vergiss es."

*Er wirft mitten in der Nacht wieder Steinchen ans Fenster, er steht erneut an der Tür und ich lasse ihn rein. Er sagt, er könne es kaum erwarten und fängt an, mich im Flur zu entkleiden.*

„Bitte nicht", protestiere ich. „Amelie ist im Haus, sie kann uns hören."

„Sie darf uns hören", sagt Boris. „Amelie weiß, wie es funktioniert, nicht wahr? Wir tun nichts Falsches, wie sie es getan hat."

„Woher weißt du das?", will ich wissen, aber er legt seine Lippen auf meinen Mund. *Seine Hände wandern über meinen Körper, ich spüre, wie erregt ich bin.*

*Ich muss aufwachen. Sofort. Aber ich kann nicht. Nicht aus diesem Traum.*

„Manche Träume, wie manche Dinge im Leben, müssen ihren Lauf nehmen, Liebling", sagt er. „Selbst wenn du aufwachst, käme der Traum zurück."

*Ein Seufzen.*

„Wir treiben es hier auf der Treppe", keucht er. „Nicht schreien!"

*Jemand zieht an meinem Arm.*

„Du hattest wirklich einen unheimlichen Traum. Du hast geseufzt!", sagt Amelie vorwurfsvoll.

Ich lächle. *Nur ein Seufzen in der Dunkelheit liebkost den Traum.*

# Siebter Brief

*Liebste Tessa,*
*die einleitenden Worte dieses Briefes bereiten mir viel Mühe. Ich*
*mag dich im Moment nicht.*
*Du bist eine Verräterin.*
*Als ich hörte, dass du erotische Fantasien über einen Liebhaber*
*hast, wollte ich das zuerst nicht glauben. Du hast nie den Eindruck*
*erweckt, ein heißer Feger zu sein. Ich habe aus deinem Mund noch*
*nie eine sexistische Anspielung vernommen, noch nie hast du in*
*meinem Beisein ein Wort über sinnliche Erotik verloren. Denk bitte*
*nicht, dass ich dich dafür verurteile, das Gegenteil ist der Fall.*
*Gerade deine Unnahbarkeit macht dich so attraktiv, so*
*begehrenswert.*
*Ich dachte, Sex wäre für dich ein brachliegendes Land, und ich*
*liebte es, darüber zu fantasieren, wie ich dieses verdörrte Land*
*fruchtbar machen könnte. Natürlich weiß ich auch, dass du keine*
*Jungfrau mehr bist, ich weiß auch, dass du zuvor eine starke Liebe*
*erfahren hast. Aber diese Zeit ist vorbei. Jetzt sind es meine*
*Gefühle, die für dich von Bedeutung sein werden. Bei dem*
*Gedanken, dich aufgeben zu müssen, bricht mir der Schweiß aus.*
*Ich kann es nicht, selbst wenn ich es wollte. Ich bin verrückt nach*
*dir, habe es dir aber nie gezeigt, deshalb hast du mir wohl nur*
*deine kalte Schulter präsentiert. Dein schöner Körper schwelgt in*
*einem Zustand der Stille, deine Augen spiegeln Einsamkeit und*
*Enttäuschung wider. Das werde ich ändern.*
*Noch leckst du die Wunden der Enttäuschung. Aber eines Tages*
*... Dieser Gedanke allein bewahrt das Lächeln auf meinem Gesicht.*
*Ich habe niemanden wissen lassen, was du in mir geweckt hast.*
*Ich kann mich beherrschen. Was kürzlich in deinem Leben passiert*
*ist, hat meine Chancen verändert. Ich träume fast jede Nacht von*
*dir. Wenn ich mich befriedige, stelle ich mir vor, dass es deine*
*Hände sind, und manchmal wage ich dabei auch zu glauben, dass*
*es dein Mund ist. Aber jetzt willst du noch einen.*

*Diese andere Person darf nicht in deine Nähe kommen. Ich werde niemandem erlauben, mir das, was für mich bestimmt ist, zu nehmen.*

*Es gibt Grenzen, Tessa!*

*Ich habe einen Plan und werde dich auf subtile Weise darin einbeziehen. Schon bald werde ich mich dir zu erkennen geben.*

*Liebe mich, meine schöne Tessa. Liebe mich, begehre mich, sehne dich nach mir. Lass die Chance auf meine erhabene Liebe nicht verstreichen.*

*Verdammt! Mach endlich deine Augen auf!*

***Ich** bin hier.*

***Ich** existiere.*

***Ich** werde dir niemals erlauben, jemand anderen zu wählen.*

***Ich** werde mit meinen Lippen deine schönste, intimste Stelle berühren.*

*Spüre mich, wie ich dich!*

*Sonst werde ich dich töten.*

*Ich werde dir ein Zeichen geben, wie ernst ich es meine.*

# Kapitel 58

*Tessa*

Wer hätte gedacht, dass ich das Haus meiner Mutter mal als möglichen Fluchtweg betrachten könnte?

Da Amelie das Gästezimmer konfisziert hat und ihre Toilettenartikel auf der Ablage über dem Waschbecken im Badezimmer sind, gehört mir mein Haus nicht mehr allein. Das sollte mein Gefühl von Einsamkeit abschwächen, aber stattdessen habe ich mich noch nie so allein und einsam gefühlt. Mir fällt erst jetzt auf, wie vertraut mir mein Zuhause ist, wie es mich schützt. Jetzt ist alles anders. Deshalb möchte ich fort von hier.

„Natürlich darfst du ein paar Tage bei mir bleiben", sagt meine Mutter. „Aber was ist denn nur los?"

Ich bereue bereits den Anruf.

„Ich frage mal wieder zu viel. Wann möchtest du denn kommen, Tessa."

„Sofort? Ich ..."

„Du musst es mir nicht erklären. Ich werde das Gästezimmer für dich herrichten. Es ist doch Schlimmes geschehen, nicht wahr?"

„Amelie wohnt vorübergehend hier. Jetzt fühle ich mich wie ein Gast in meinem eigenen Haus."

Meine Mutter seufzt hörbar. „Es ist wirklich kein Fehler, mal über deine Interessen nachzudenken, Kind. Nicht in dem Maße, wie ich es bisher getan habe. Okay, keine Predigt, komm schnell zu mir."

Einen Moment lang herrscht Stille.

„Vertraust du Amelie in deinem Haus?"

„Lass uns später darüber reden", erwidere ich und beende das Gespräch. Zwei Sätze geistern in meinem Kopf herum.

*Es ist wirklich kein Fehler, über deine Interessen nachzudenken.*

Eine ähnliche Bemerkung hat Lianne auch gemacht, nachdem ich bei dem Übergriff verletzt wurde. Die Krankenschwester hatte mir geraten, zuerst an mich selbst zu denken, und Lianne sagte daraufhin: *Das tut sie nie.*

Sehen die andern mich so? Halten sie mich für jemanden, der immer nachgibt und alles schluckt? Habe ich nicht Jean und Amelie deutlich ihre Grenzen aufgezeigt?

Die Frage meiner Mutter hat mich sehr verunsichert und beunruhigt mich, zumal ich im Moment keine befriedigende Antwort darauf habe.

*Vertraust du Amelie in deinem Haus?*

Auch diese Frage schwirrt ununterbrochen in meinem Kopf herum.

Amelie ist es scheinbar unangenehm, dass ich für ein paar Tage zu meiner Mutter ziehe. „Seit wann habt ihr denn wieder einen so engen Kontakt?", erkundigt sie sich. „Ich erinnere mich nicht, dass du nach dem Tod deines Vaters auch nur *ein* einziges, angenehmes Gespräch mit ihr hattest."

„Wir hatten eine Aussprache und haben den Konflikt bereinigt." Ich ärgere mich über das Grinsen auf Amelies Gesicht. „Glaubst du mir nicht?"

Amelie hebt ihre Hände in die Luft. „Darum geht es nicht. Ich kann es mir nur nicht vorstellen. Aber verlass dich nicht auf mein Urteilsvermögen, ich bin schwanger, und ich bin nicht im Reinen mit meinen Hormonen. Also, nimm meine Handlungen und Reaktionen nicht allzu ernst."

„Ich hoffe, dass du bald wieder du selbst wirst, Amelie."

Sie berührt ihren Bauch mit beiden Händen. „Dieses Baby wird alles verändern, Tessa."

Ich übergebe ihr den Ersatzschlüssel der Haustür. „Ich habe alle Schlösser austauschen lassen, nur du hast jetzt einen Zweitschlüssel. Ich vertraue darauf, dass du ihn nicht verlierst oder an andere weitergibst." Ich nehme meine Tasche und gehe zur Haustür. „Wenn du mich brauchst, rufst du mich an. Einverstanden?"

„Ich werde dir deine Ruhe lassen", verspricht Amelie. „Ich denke, das brauchst du wirklich. Ich fasse es nicht! Bist du sicher, dass du zu deiner Mutter gehen möchtest?"

Ich drehe mich um, sehe das Lauern in ihren Augen. „Wo sollte ich sonst hingehen?"

„Schau mich nicht so an. Ich rede dummes Zeug. Bitte bleibe nicht zu lange fort."

# Kapitel 59

*Amelie*

Nachdem Tessa das Haus verlassen hat, legt sich Amelie in Jules' Bett. Der Kissenbezug, den sie mitgenommen hat, ist in ihrer Tasche. Manchmal nimmt sie ihn heraus und drückt einen Kuss darauf. Vielleicht wird sie die nächsten Nächte darauf schlafen.

Als Jean ihr erzählt hat, dass er wieder bei Tessa gewesen ist, war sie wütend. Aber als ihr klar wurde, weswegen er Tessa aufgesucht hatte, beruhigte sie sich wieder. Das war die Gelegenheit, ihren Plan umzusetzen, der schließlich ohne ihr Zutun aufging. Danach war es ziemlich einfach gewesen, Tessa auf die Nerven zu gehen und sie zur Flucht zu bewegen. Sie kann sich jetzt in seinem Haus frei bewegen. Manchmal ist er ihr so nahe, dass sie glaubt, ihn zu spüren, seinen Duft einzuatmen. Sie kann niemandem davon erzählen; aber sie will auch nicht darüber reden. Wenn sie davon spricht, ist er fort. So einfach ist das. Er bleibt nur, wenn sie ihn nicht verrät. Er ist wie ein Hauch, der um ihre nackten Knöchel streicht.

Sie hätte sich nie vorstellen können, mit jemandem in Kontakt zu stehen, der nicht mehr lebt. Aber jetzt, da dies der Fall ist, kann sie nichts Seltsames daran finden. Sie spürt ihn, er ist da. Er lässt sie nicht im Stich. Und sie wäre nicht überrascht, wenn er ihr sagen würde, wo das Geld ist.

Sie muss Jules' Kleidung berühren. Die Schrankwand wirkt kühl und abweisend. „Benimm dich nicht so seltsam."

Sie öffnet die linke Tür und stellt fest, dass dieser Teil des Schrankes leer ist. Sie öffnet die Tür daneben. Auch dieser Teil des Kleiderschranks ist leer.

Hinter der dritten und vierten Tür hängen Tessas Kleider, ihre Blazer, ihre Hosen, ihre Röcke. Fein säuberlich sortiert.

„Schnepfe!" *Vielleicht hat sie alles auf dem Dachboden verstaut.*

Aber auch auf dem Speicher findet sie kein Kleidungsstück von Jules.

Sie setzt sich auf die oberste Stufe der Treppe, die Ellbogen auf den Knien, den Kopf in den Händen.

Sie hat alles von Jules entfernt! Hatte nicht mal den Anstand, ein paar Monate zu warten. *Nur weg damit! Weg mit der Erinnerung,* wird sie gedacht haben.

Sie schafft es nicht, aufzustehen. Sie fühlt sich erbärmlich, über die Maßen traurig. Nichts ist mehr übrig. Kein Mann, mit dem sie eine Zukunft hat, kein Freund, dem sie alles erzählen kann. Tessa ist zwar immer noch da, jedoch meilenweit von ihr entfernt. Sie beide hatten ein bedingungsloses Vertrauensverhältnis, das sie, Amelie, verletzt hat. *Ich kann das nie wieder gutmachen. Ich habe nicht das Recht, boshaft über sie zu denken, und doch tue ich es. Wie konnte es nur so weit kommen?*

Sie hört ein Geräusch, es kommt aus der Küche. Sie geht die Treppe hinunter. Die Hintertür steht offen. Durch den Spalt weht mit der frischen Nachtluft noch etwas anderes herein: dumpfer Verwesungsgeruch.

*Irgendwo auf der Weide verfault scheinbar eine tote Ratte oder eine tote Katze*, denkt sie und schließ die Tür.

Jean hat wieder eine WhatsApp geschickt.

*Ich vermisse dich. Pass gut auf dich auf.*

Werde ich diesen Mann jemals los?

# Kapitel 60

Gegen elf Uhr wacht sie auf. Sie hat fast zwölf Stunden geschlafen.

Amelie dreht sich wieder um und drückt das Kissen gegen ihr Gesicht. Wenn sie ihre Augen schließt und an ihn denkt, kann sie Jules' Lippen auf ihrem Kopf spüren. Sein Mund berührt ihre Stirn, ihre Nasenspitze, ihre Lippen.

Der Kuss hält lange an, sie zieht ihn noch enger an sich, während seine Lippen fordernder werden. In ihrem Unterleib entsteht eine köstliche Spannung, die von Minute zu Minute stärker wird. Seine sanfte Berührung bringt jede ihrer Nervenzellen zum Erwachen und verstärkt ihre Begierde nach ihm. Sie hält die Augen geschlossen und glaubt, dass nicht ihre Finger, sondern seine Zunge die Stelle zwischen ihren Beinen berührt. Sie fühlt die Kraft des Orgasmus, der sie wie eine heiße Welle überrollt und jede Faser ihres Körpers erreicht.

Das Geräusch kommt völlig unerwartet und zerstört ihre Erregung.

Amelie erschaudert.

Jemand geht über den Kies – klingelt an der Haustür.

Sie lehnt sich in die Kissen zurück, schließ die Augen. *Jules ist weg.*

Wieder ein Läuten, dieses Mal aufdringlicher.

Sie schwingt ihre Beine über die Bettkante, zieht ihren Bademantel an und geht barfuß hinunter.

„Ich komme", ruft sie und öffnet die Tür.

Er mustert sie von Kopf bis Fuß. Den Blick möchte sie in seinen Augen nicht sehen. Nicht hier, nicht vor ihm.

„Ich komme wegen Tessa", sagt Sebastien. „Ich muss mit ihr reden."

Amelie zieht sich schnell an, während Sebastien zwei Tassen Kaffee zubereitet. Sie möchte ihn so schnell wie möglich loswerden, aber er hat es offenbar nicht eilig.

„Tessa übernachtet ein paar Tage bei ihrer Mutter", sagt sie, als sie die Küche betritt.

Sebastien hebt die Augenbrauen. „Seltsam. Sie hat doch kaum Kontakt zu ihrer Mutter."

„Sie haben sich wohl ausgesprochen und wieder versöhnt. Du kannst sie anrufen, oder soll ich eine Nachricht von dir weiterleiten?"

„Ich werde sie anrufen. Aber was machst du hier? Wohnst du neuerdings hier?"

„Vorübergehend. Ich bin auf der Suche nach einem Haus, weil ich Jean verlassen werde."

„Aha. Ich verstehe."

*Endlich. Er geht!*

„Wenn meine Frau sich bei dir erkundigt, ob ich hier war, dann hast du mich nicht gesehen. Okay?"

„Wieso?"

„Weil mir sonst ein Grund einfällt, weswegen Tessa dich umgehend vor die Tür setzt!" Seine Augen sind kalt, sein Mund drückt Missbilligung aus. Er beugt sich ein wenig nach unten. „Ich verachte Frauen, die mit dem Mann ihrer besten Freundin ficken. *Widerlich!*"

Es schlägt die Haustür mit einem lauten Knall hinter sich zu.

Amelie sitzt reglos in dem violetten Loveseat. Sie zittert. Sie hat nicht damit gerechnet, dass außer Karola jemand von ihrer Beziehung zu Jules wusste. Hatte Jules seinem Bruder davon erzählt? Und wem sonst noch?

Sebastien wollte mit Tessa sprechen. Worüber?

Karola darf nicht wissen, dass ihr Mann hier war. Warum nicht?

Was für eine bescheuerte Familie!

Ob Karola und Sebastien von dem Geld wissen? Oder sind sie beide unabhängig voneinander hinter dem Geld her?

Amelie ist sich bewusst, dass sie schnell handeln muss und kein Risiko eingehen kann. *Vielleicht gehen sie zum Äußersten und greifen zu Gewalt.*

Sebastien ist kalt und böse. Sie kann es spüren. Heute hat er seine Maske fallen lassen.

*Jules ... Ich darf mich nicht zu oft an uns erinnern.* Das kann sie später immer noch. Erinnern ... vielleicht bringt *das* einen ja um.

Sie hat keine Ahnung, wo sie im Keller suchen soll. Jules hat von einer Luke gesprochen. Irgendwo muss sie sein.

Sie wird den gesamten Keller durchsuchen müssen, bis sie etwas findet. Und es muss schnell gehen.

# Kapitel 61

*Tessa*

Der Zug rast über die Schienen und verschwindet vor meinen Augen. Die Schranken des Bahnübergangs werden wieder angehoben. Das rote Blinklicht erlischt.

Bis heute habe ich dem Lokführer nicht eine Zeile geschrieben, dessen Zug Jules erfasst hat. Warum nicht?

Ich fahre weiter und lasse den Bahnübergang hinter mich. Ich werde diesen Brief noch heute Abend schreiben. Oder vielleicht ist ein Brief übertrieben, vielleicht reicht eine schöne Karte mit einigen freundlichen Worten. Worte, die ihn trösten und die bewirken, dass er sich weniger schuldig fühlt. Ich habe schon viel zu lange mit dieser Geste gewartet.

Meine Mutter hat den Gartentisch gedeckt. „Es gibt ein Rosmarin-Knoblauchhühnchen aus dem Ofen mit Reis und Salat. Du magst das doch so gern", sagt sie und schenkt mir ihr mütterliches Lächeln.

Ich muss schlucken und habe Tränen in den Augen. „Ach, Mama."

„Komm mal her, mein Mädchen."

Sie hält mich in ihren Armen, wie früher.

„Das war köstlich, Mama." Ich wische mir den Mund mit der Serviette ab. „Das war auch Papas Lieblingsessen." Meine Augen werden wieder feucht.

Ich ernte einen besorgten Blick. „Du bist deinem Vater in mehrfacher Hinsicht sehr ähnlich. Was ist los, Tessa? Du bist heute so nah am Wasser gebaut."

„Alles, was mich in meinem Leben berührt hat, stürzt plötzlich auf mich ein, Mama."

Seit Bruce' Einäscherung ist mein Vater wieder überall präsent. Dieses Gefühl wird durch die Tatsache verstärkt, dass ich wieder für eine Weile in meinem Elternhaus bleiben werde.

Als mein Vater starb, hat Jules mich nicht getröstet. Ich war einsam, fühlte mich von allen verlassen. Und ich habe mich geschämt, weil Jules es nicht tat, und habe deshalb mit niemandem darüber gesprochen. Mir wird erst jetzt klar, wie kalt mein Leben danach wurde. Ich fühlte mich beiseitegeschoben und wurde immer wütender. Auf meinen Mann, aber vor allem auf mich selbst. Wie konnte ich das alles nur zulassen und mich in meine Arbeit stürzen, anstatt Fragen zu stellen oder Zuneigung und Aufmerksamkeit einzufordern? *Verlorene Jahre. Stillstand. Rückschritt.*

„Ich habe eine Karte für den Lokführer gekauft, Mama."

„Das ist ein guter Weg, einen Schlussstrich zu ziehen", sagt meine Mutter. „Es wird Zeit, Jules hinter dir zu lassen."

Es ist ein schwüler Abend, wir sitzen noch im Garten und trinken kalten Rosé. Ich sehe meine Mutter an, lächle. „Du bist wieder ganz meine alte Mom, und mir bleibt nur das Lästern über deine einstigen Marotten."

„Es ist schon so eine Sache, mit den Emotionen", sagt meine Mutter und streichelt mein Gesicht. „Und dann lässt du dich auch noch aus deinem Haus vertreiben. Nicht, dass es mir etwas ausmacht, dass du hier bist, im Gegenteil. Aber setze Amelie Grenzen. Oder möchtest du nicht mehr in das Haus, in dem du mit Jules gelebt hast?"

Ich trinke mein Glas leer. „Ich werde es verkaufen, aber das eilt nicht. Ich kann es dir nicht genau erklären, aber ich glaube, dass mit dem Haus etwas nicht stimmt. Dass nach den Jahren, die ich mit Jules dort verbracht habe, etwas faul ist. Dass ich plötzlich glaube, dass es nicht Tessa ist, die hier neben dir sitzt und mit dir eine Flasche Rosé trinkt."

Meine Mutter sieht mich erschrocken an. „Hast du eine Identitätskrise?"

Ich zucke mit den Schultern. „Ich denke schon. Ich will zurück, weil ich herausfinden muss, was mit mir oder dem Haus nicht stimmt. Ich höre ständig Geräusche, habe Angst, fühle mich seit dem Übergriff bedroht. Außerdem werde ich das Gefühl nicht los, dass ich beobachtet werde. Und du hast recht. Ich muss Amelie klarmachen, dass sie nicht lange bleiben kann."

Mein Smartphone leuchtet auf. „Eine WhatsApp von Sebastien." Ich seufze.

„Ist das denn so schlimm?", fragt meine Mutter.

„Das ist eine andere Geschichte."

Ich öffne die Nachricht. *Ich muss dringend mit dir sprechen. Bitte ruf mich an! Es ist sehr wichtig.*

Ich schrecke hoch, starre in die Dunkelheit, habe noch klar die Bilder meines Albtraums vor mir: Bruce, auf seinem Fahrrad, der von einem Auto überfahren wird, von einer toten Frau am Lenkrad ihres Vans, fauligen Wurzeln, die sich um mich schlingen und unter die Erde ziehen wollen.

Mein Körper ist mit Schweiß bedeckt, mein Herz hämmert – schließlich erfasst mich Erleichterung. Ich liege im Gästezimmer im Haus meiner Mutter. Von Jules' Tod habe ich nicht geträumt …, aber auch nicht von Boris. Dabei hätte ich gern von Boris geträumt. Ich habe von etwas Bösem mit Speichelflocken in den Mundwinkeln geträumt.

Ich finde keinen Schlaf. Mein Mund ist ganz trocken, ich muss dringend etwas trinken. Ich stehe auf und werfe einen Blick aus dem Fenster. Es ist noch dunkel. Ich gehe den Flur entlang und will gerade den Fuß auf die erste Stufe setzen, um die Treppe hinabzugehen und mir in der Küche ein Glas Wasser zu holen, als ich abrupt innehalte. Plötzlich bin ich mir sicher, dass es zwischen Jules, Bruce und dieser jungen Frau eine Verbindung geben muss. Und dass ich die Antwort darauf nur in meinem Haus finden werde. Dort muss es etwas geben, das mir dieses ungute Gefühl vermittelt hat.

Ich gehe in die Küche, trinke eine halbe Flasche Wasser und treffe eine Entscheidung. Eine Stunde später ist meine Tasche gepackt. Die Uhr im Wohnzimmer schlägt siebenmal.

Ich hole die Zeitung ins Haus, lege sie auf den gedeckten Frühstückstisch und klebe ein Post-it drauf: *Danke, Mom. Wir reden morgen weiter. Wünsche dir einen wunderbaren Tag. Kuss.*

So schnell ich kann und so leise wie möglich verlasse ich das Haus. In meinem Wagen leuchtet mein Smartphone auf. Eine

WhatsApp von Lianne. *Papa ist verschwunden und Mami weigert sich, mit mir darüber zu reden. Kannst du bitte schnell kommen?*

Ich lese noch einmal die Nachricht von Sebastien. *Ich muss dringend mit dir sprechen. Bitte ruf mich an!*

Es ist noch zu früh, um Amelie aus dem Haus zu werfen und im Garten zu frühstücken. Ich steige aus und gehe wieder ins Haus. *Verdammt.* Ich frage mich, wo diese Geschichte angefangen hat und wo sie mich noch hinführen wird.

Denn sie ist noch nicht vorbei. Sebastien ist verschwunden.

# Achter Brief

*Liebste Tessa,*

*es ist Zeit, die Stille zu brechen. Es geschehen Dinge, die nicht gut für dich oder mich sind. Du bist weiter denn je von mir entfernt und ich vermisse dich mehr, als ich in Worten ausdrücken kann.*

*Du entgleitest mir, das darf nicht sein.*

*Ich muss dir etwas gestehen, Tessa.*

*Es gab eine andere Frau in meinem Leben, die ich sehr liebte. Sie kam in dem Moment, als ich sie sehr gebraucht habe, und hat in mir beispiellose Gefühle hervorgerufen. Sie hat meinen Horizont erweitert.*

*Ich war dieser Liebe vollkommen verfallen.*

*Aber dann hat sie unsere Beziehung beendet; weil ihre Gefühle für mich nicht tief genug waren, hat sie gesagt. Sie sagte nicht adieu, aber sie wollte andere Beziehungen neben mir, andere Körper spüren, andere Leidenschaften erleben. Das musste ich zulassen, sonst hätte ich sie verloren und nicht überlebt.*

*Es schmerzte sehr, ich glaube, du kannst das verstehen. Schließlich hast du Boris einst verloren. Aber es hat auch etwas Gutes gebracht, denn diese Form des Verlustes bewirkte, dass ich mehr für dich zu empfinden begann als nur Freundschaft. Ich spürte mit einem Mal, dass ich für deine Schönheit und dein Wesen, für dich als Mensch, empfänglich wurde. Bald war ich von meinem wachsenden Wunsch nach deiner Aufmerksamkeit und Zuneigung erfüllt.*

*Aber du hast es nicht gesehen.*

*Kannst du es jetzt sehen?*

*Manchmal fürchte ich, es ist zu spät für uns, dass ich zu viele Gelegenheiten verpasst habe. Es ist ein strangulierender Gedanke, der mich irrsinnig wütend macht und mich auf Gedanken bringt, die ich mir nicht erlauben will.*

*Doch es gibt Hoffnung, ohne Hoffnung gibt es nur den Tod. Das gilt für mich, wie auch für dich. Ohne Hoffnung stirbt der Mensch.*

Jules ist ein gutes Beispiel. So ein Idiot. Er hätte nicht sterben müssen.

Sieh mich an, Tessa!

Komm, komm, komm. KOMM!

Sonst muss ich dich holen.

# Kapitel 62

*Tessa*

„Das klingt nach einem üblen Ehekrach", stellt meine Mutter fest, als ich erneut die Nachrichten von Sebastien und Lianne lese.

Ob es klug ist, sich auf die Probleme von Karola und Sebastien einzulassen? Vielleicht ist Lianne ja zu schnell in Panik geraten. Doch ich will meine Schwägerin nicht im Stich lassen. „Ich werde zu Karola fahren."

Aber ich werde dort nichts von meinen Gedanken nach außen dringen lassen. Ich werde einfach dasitzen, Karola ansehen und ihr zuhören, und hoffen, dass sie mir die Wahrheit sagt. Andernfalls bleibt mir nur noch die Eskalation.

„Denk lieber an dich, Tessa. Die beiden sollen ihre Probleme ohne dich lösen. Wir müssen uns stattdessen ernsthaft unterhalten. Ich muss dir etwas sagen. Ich wollte es eigentlich nicht, aber nach unserem gestrigen Gespräch ..."

„Mama, das klingt spannend, aber lass uns das bitte auf morgen verschieben, ja? Ich schaue erst einmal, was da los ist!"

„Also gut. Pass bitte auf dich auf und ruf mich an, wenn's brenzlich wird."

An der Haustür halte ich inne und gehe zurück. Ich habe meine Handtasche in der Küche liegen lassen.

Meine Mutter steht gedankenverloren am Küchenfenster. „Ich glaube, du bist in großer Gefahr, Kind", flüstert sie.

Ich nehme meine Tasche und verlasse leise die Küche.

*Du bist in großer Gefahr ...* Mir läuft es kalt über den Rücken.

Lianne hat mich wohl kommen sehen. Sie öffnet die Haustür, bevor ich klingeln kann. Sie zieht mich hinein.

Ich sehe sofort, dass sie geweint hat.

„Mama duscht gerade. Sie geht gleich in die Firma, als wäre nichts geschehen. Verstehst du das?"

Ich lotse sie ins Wohnzimmer. „Vielleicht brauchen deine Eltern mal eine Auszeit. Du hast gesagt, dass sie oft Streit hatten. Vielleicht ist es für beide besser, wenn sie sich eine Weile nicht sehen."

„Sie streiten sich seit Monaten. Ich kann mich nicht erinnern, wann sie sich einfach nur mal unterhalten haben. Es macht mich krank."

„Was ist der Grund? Geld?"

„Ja, und eine gewisse Hannah."

„Woher weißt du das, Lianne?"

Lianne errötet.

Ich nehme ihren Arm und zwinge sie, mich anzusehen. „Du lauschst doch nicht heimlich an den Türen?"

Lianne schaut zur Seite.

„Herrje, Lianne, das machen siebenjährige Mädchen, aber keine siebzehnjährigen Frauen."

Sie reißt sich verärgert los. „Dann sollen sie dafür sorgen, dass ich schlafen kann, anstatt nachts durch das ganze Haus zu brüllen. Ich glaube aber nicht, dass diese Hannah momentan eine Rolle spielt. Ich habe ihren Namen seit Wochen nicht mehr gehört."

*Nein, sie liegt mit einem Zettel am Fuß und einem Loch im Kopf in einer Kühlzelle.* „Haben sie sich gestern Abend wieder gestritten?"

„Gestern Abend waren sie nicht zu Hause und gestern Nachmittag auch nicht. Ich lag schon im Bett, als ich das Auto meiner Mutter hörte. Ich ging runter und fragte sie, wo Papa sei. Sie sagte, dass es sie nicht interessieren würde."

„Also doch eine Auszeit", versichere ich. „Es gibt keinen Grund zur Panik."

Lianne nimmt ihr Handy und scrollt die Nachrichten. „Er hat mir gestern Nachmittag diese WhatsApp geschickt. Lies das und sag mir dann noch einmal, dass es keinen Grund zur Panik gibt!"

Ich nehme das Handy. *Liebling, bitte glaube nichts von dem, was deine Mutter über mich behaupten wird. Sei bitte vorsichtig. Ich liebe dich. Pass gut auf dich auf. Papa.*

„Ich weiß nicht, was ich davon halten soll", sagt Lianne und sieht mich völlig verängstigt an. „Ich wollte ihn fragen, was er damit meint, aber ich kann ihn nicht erreichen. Er ist fort. Was sollen wir jetzt tun?"

Ich gebe ihr das Handy zurück. „Wir warten auf deine Mutter."

# Zwischen den Zeilen

*Zelle 13*

Alice hat es sich auf meinem Kopfkissen gemütlich gemacht. Ich habe meine Nase in ihr Ohr gesteckt. Die Puppe hat mich all die Jahre treu begleitet und war eine geduldige Zuhörerin. Und ich habe ihr zugehört, jedes Mal, wenn mir die Irren in dieser Anstalt zu viel wurden.

Heute kann ich meine innere Stimme nicht hören und weiß nicht weiter.

Alice hat mich geführt und mir gesagt, worüber ich besser schweigen soll. Aber sie ist müde.

Wir sind müde.

*Ich brauche deine Hilfe, Alice.*

Klapp. Klapp.

Es ist so viel passiert, dass es wirklich schwer für mich ist, meine Gedankengänge zu ordnen, um zu wissen, wohin was gehört. Manchmal bin ich mir auch nicht sicher, ob die Ereignisse, an die ich mich deutlich erinnern kann, tatsächlich stattgefunden haben.

Flashbacks wirbeln durch mein Hirn, manchmal scharf konturiert, im nächsten Moment unklar. Darin liegt mein Hauptproblem. Ich kann mir einfach nie sicher sein.

Nur du, Alice, weißt immer, wo es lang geht.

Lange Zeit dachte ich, alles hätte gewissermaßen mit dem Kind begonnen und sich mit dem Tod dieser Hannah geändert, doch jetzt bin ich mir dessen nicht mehr so sicher. Fest steht nur, dass sie gestorben ...

*Ja, Alice, ich weiß, sie sind alle nicht einfach nur so gestorben ...*

Klapp, klapp.

Ich habe einfach eine Zeit lang mehr Glück als Verstand gehabt. Hannah hat mich nach jahrelanger Suche hier gefunden. Aber dann machte sie einen Fehler nach dem anderen. Sie hat erfahren, wer dafür verantwortlich war, dass ich hier hause. Hat sich auf die Suche nach dem Kind gemacht, Alice. Ein blöder Fehler.

Klapp, klapp.

Ist verrückt, total irre. *Pech für sie.* Hannah wusste auch, was auf den Gleisen geschehen ist. Hannah war einfach nur ein bisschen zu neugierig. *Ihr Pech!* Ich muss ständig kichern, wenn ich an sie denke. *Hannah mit dem Loch im Kopf! Hannah mit dem Loch im Kopf!*

„Hannah mit dem Loch im Kopf!"

Ich soll einmal am Tag eine Pille einnehmen, die meine Stimme zum Schweigen bringt, sagen sie. Einmal am Tag soll ich brav eine ovale, blaue Pille schlucken, von der ich einen derart trockenen Mund bekomme, dass ich danach keuche, als hätte ich eine Packung Zigaretten geraucht. Sie soll auch die gelegentlichen, niederträchtigen, selbstmörderischen Depressionen bekämpfen, in die ich jederzeit verfallen könnte. *Bla bla bla!*

In Wahrheit schlucke ich diese Pillen seit Monaten nicht mehr. Schluss damit! Ich fühle mich jetzt viel besser, spüre, wie Alice, diese überschwängliche Freude.

Sie klappert ständig mit den Augen. Ich auch.


Ich habe Alice Batterie ausgewechselt, und wir flüstern wieder hinter vorgehaltener Hand, wie Kinder, die Geheimnisse austauschen.

Alice braucht Gesellschaft, eine Puppe in ihrem Alter, hat sie vor einigen Tagen behauptet. Sie haben für mich einige Puppen auf dem Trödelmarkt zusammengetragen. Schmutzig, aber Alice gefallen sie. Ich habe sie gesäubert. Jetzt sitzen sie auf dem Boden, mit dem Rücken zur Wand, und halten ihre Köpfe schräg, wie Alice. Klapp. Klapp. Sie ist zufrieden.

Ich beuge mich vor und betrachte die Puppen in allen Einzelheiten. Sie sind bekleidet; sie tragen die Sachen vom Trödelmarkt. Nichts ist offen oder zerrissen. Sie lassen die Schultern hängen, aber sie sind am Leben. Sie atmen. Sie flüstern, denn ihre Batterien sind nicht leer.

Ich wische mir zwanghaft die Hände ab. Mein Blick wandert rastlos von Alice zu den anderen und zurück. Sehr gut. Ihre Gesichter sind nach der Reinigung wunderschön. Ihre Augen sehen allerdings aus wie schwarze Löcher. An ihrer Kleidung ist kein Blut zu sehen.

Alice klappert mit den Augen, gibt mir Morsezeichen: *Zeit lassen – sehen, wie es sich entwickelt – oder wollen wir sie töten?*

Ich bemühe mich, lautlos zu atmen, kein Geräusch von mir zu geben. Denke an das Kind, das Hannah ausfindig gemacht hat.

*Du schaffst es sonst nicht.*

„Was schaffe ich sonst nicht, Alice?"

*Stille.*

# Kapitel 63

*Amelie*

Die Luke befand sich unmittelbar in Höhe der unteren Kellerstufe an der hinteren Wand. Amelie hatte sie bei ihrer ersten Durchsuchung übersehen. Sie hat das Tor zum Garten und die Küchentür noch einmal überprüft. Beide sind verschlossen. Die Haustür ist abgeschlossen, der Riegel vorgeschoben.

Dennoch lauscht sie aufmerksam in die Stille, um jedes Geräusch zu erfassen, das auf ungebetene Gäste hindeuten könnte. Sie hat leichte Bauchschmerzen, aber das liegt vermutlich an der Anspannung. Ihr wird übel, wenn sie zu lange in der Hocke sitzt. Sie muss die Sache schnellstens hinter sich bringen.

In der Luke ist ein kleines rundes Loch, in das ihr Zeigefinger passt. Aber sie schafft es nicht, die Verriegelung zu entsperren. Es ist zu schwer. Sie startet einen zweiten Versuch. Schweiß perlt auf ihrer Stirn. Sie wischt ihn weg. *Ich brauche ein Werkzeug.* Einen Kleiderbügel vielleicht? In der Garderobe entdeckt sie einen billigen Drahtbügel aus der Reinigung. *Perfekt!*

Endlich – die Luke hebt sich. Es gelingt ihr, eine der Kanten zu greifen und die Luke zur Seite zu schieben. Das dunkle Loch dahinter starrt sie an. Ihr Herz klopft vor Anstrengung und Freude. *Beruhige dich!*

Sie geht in die Küche, trinkt rasch ein Glas Wasser, isst ein paar Jules-Kekse, lächelt. *Drei Tonnen im Keller. An die Arbeit.*

Sie hockt auf den Knien, steckt ihren Kopf in das Loch und leuchtet den Raum dahinter aus.

Sie zuckt zusammen, als sie ein Ziehen im Unterleib verspürt, wartet. Die leichten Krämpfe lassen nach. „Alles in Ordnung", flüstert sie und reibt sich den Bauch. „Deine Zeit kommt noch. Bleib jetzt bloß, wo du bist. Es ist nur die Anspannung, Baby."

Dann fegt sie mit dem Drahtbügel die Spinnweben beiseite. Der Raum ist nicht sehr groß, es riecht modrig. Amelie atmet tief ein und aus, als sie die Taschen sieht.

Ohne einen Moment zu zögern, steht sie auf, geht in das Gartenhaus und nimmt einen Rechen vom Haken an der Wand.

Insgesamt zählt sie fünf Taschen. Sie zieht die erste Plastiktasche mit dem Rechen zu sich heran. Sie ist mit breitem Klebeband fest verklebt. Mit dem Drahtbügel ritzt sie die Tasche auf. Die Geldscheine lächeln ihr entgegen.

Sie könnte das Geld jetzt an sich nehmen, aber wohin damit? Zuerst braucht sie einen Ort, an dem das Geld sicher ist, wo niemand es finden wird. Keine Bank! Und Karola darf hiervon niemals etwas erfahren.

Zehn Minuten später hat sie die Luke wieder geschlossen, der Kleiderbügel liegt in der Mülltonne. Sie setzt sich an den Küchentisch, googelt nach einem Safe.

Es gibt viele Angebote. Sie entscheidet sich für ein *Sistec*-Modell, das Jules gewiss gekauft hätte. Ihr Blick fällt auf die Abbildung eines einbruchsicheren Tresors mit Schlüssel und elektronischem Schloss. Sie liest die Merkmale: *numerisches Zahlenschloss, feuerfest, Verankerungsausrüstung und zwei Notschlüsseln. Achtzig mal sechzig mal fünfzig Zentimeter. Vierzig Kilogramm.*

Im Gartenhaus hat sie einen Schubkarren entdeckt, mit dem sie den Safe transportieren könnte.

*Setze Prioritäten!* Zuerst die Frauenärztin, danach will sie zur Firma *Sistec* fahren.

# Kapitel 64

*Tessa*

Karola verzieht ihr Gesicht zu einer Grimasse. „Hatten wir nicht eine Verabredung, Tessa?"

Dass meine Schwägerin bei meinem Anblick jubeln könnte, hatte ich nicht erwartet, aber ihre Feindseligkeit trifft mich trotzdem. „Lass uns bitte unsere Meinungsverschiedenheit beiseitelegen. Ich bin hier, weil Lianne in Panik war."

„Dazu braucht es nicht viel!", spottet Karola.

„Deine Tochter macht sich Sorgen, Karo, weil sie nicht weiß, wo Sebastien ist."

Karolas Haltung wird mich nicht aus der Fassung bringen und ich werde auf keinen Fall den Schiedsrichter mimen. Es geht mich nichts an, was zwischen Sebastien und Karola vorgefallen ist. Faktisch interessiert es mich auch nicht. Mir geht es um Lianne.

„Sebastien ist in Süd-Frankreich." Karolas Stimme klingt nun ein wenig freundlicher. Sie geht auf Lianne zu. „Die Dinge laufen nicht gut zwischen mir und Papa. Du solltest dich schon mal mit dem Gedanken anfreunden, dass wir uns trennen werden."

Lianne antwortet nicht.

„Wir haben uns auseinandergelebt", fährt Karola fort. „Das kann passieren, wenn man schon so lange zusammen ist. Aber wir werden keinen Scheidungskrieg veranstalten."

„Weiß Papa das schon?", fragt Lianne.

„Dein Vater spielt schon seit Längerem mit dem Gedanken, sich zu trennen." Karola setzt sich auf die Küchenbank und macht eine einladende Geste. „Eine Trennung ist wie verlieren, und ich verliere nicht gern. Komm, setz dich bitte zu mir."

Lianne zögert. Ich gebe ihr einen Schubs.

„Nur, wenn du neben mir sitzt", sagt sie.

„Oh, Tessa wird mal wieder favorisiert."

Ich sehe unliebsame Gefühle hinter Karolas aufgesetztem Lächeln.

„Nicht wieder. Immer!", erwidert Lianne bockig.

„Und sie kommt auch sofort, wenn Madame auch nur einen Mucks von sich gibt", faucht Karola.

Ich hebe meine Hand. „Sei nicht kindisch, Karo. Wäre es nicht besser, deine Tochter zu beruhigen?"

„Nimmst du jetzt hier das Zepter in die Hand? Such dir einen Job, um deinen Ehrgeiz zu befriedigen."

„Ich mache mir Sorgen um Sebastien, besonders nach seiner letzten Nachricht", sage ich ruhig, ohne auf Karolas Anfeindung einzugehen.

„Er schickt dir WhatsApps ..." Meine Schwägerin schäumt vor Wut. „Wie interessant. Sebastien und Tessa. Was hat er denn von sich gegeben, das dich so beunruhigt hat?"

Ich ignoriere ihre Frage. „Woher weißt du, dass er in Südfrankreich ist?"

Karola nimmt ihr Handy vom Küchentisch und scrollt mit dem Finger über das Display. Dann zeigt sie Lianne und mir den Wortlaut.

*Ich bin in Cannes. Muss auftanken. Wenn ich zurück bin, reden wir.*

„Du bist ein richtiges Miststück, Mama", schreit Lianne und springt auf. „Papa hatte die Nase voll! Er hat die Flucht ergriffen. Das mache ich auch. Ich will hier keine Sekunde länger bleiben!" Sie rennt zur Tür.

„Mit Tessa wird das nichts. Sie hat schon einen Mitbewohner!", ruft ihr Karola hinterher.

Ich hebe den Blick. „Woher weißt du das?"

# Kapitel 65

Ich fahre nach Hause, um nach Amelie zu sehen. Als ich mich dem Haus nähere, sehe ich meinen Nachbarn, der die schwarze Mülltonne auf den Bürgersteig stellt. Er hebt seine Hand und winkt mir zu. Ich halte einen Moment an und öffne das Fenster.

„Das ist lange her, Tessa", begrüßt er mich. „Wie geht es Ihnen?"

„Ganz gut, Marcel. Wieder im Lande?"

„Seit mehreren Wochen. Meine Frau und ich hatten ein wenig Heimweh. Es ist um diese Zeit einfach zu heiß in Griechenland. Außerdem stehen einige Familienfeste an."

Ich stelle den Motor ab.

„Haben Sie Näheres über den Mord in der Nähe Ihres Hauses gehört?", erkundigt sich Marcel. Er mustert mich auf eine Weise, die ich nicht deuten kann.

„Nein. Die Kriminalpolizei war zwar bei mir und hat mir Fragen gestellt, aber ich konnte nichts sagen. Ich habe geschlafen und bin erst durch die Polizeisirenen aufgewacht. Es war eine junge Frau von einem Hundeservice."

Mein Nachbar stützt sich mit den Händen auf die Fensteröffnung. „Ich weiß, wir kannten sie. Sie war die Tochter unserer früheren Haushaltshilfe. Hannah Clement. Eine hübsche Frau, hatte schönes langes rotes Haar. Schrecklich für ihre Mutter, dass sie tot ist."

„Hannah Clement", wiederhole ich. „Hat sie auch Hunde aus der Nachbarschaft ausgeführt?"

„Meines Erachtens schon länger nicht mehr. Früher hat sie den Hund Ihres Mannes Gassi geführt. Der Tod Ihres Mannes muss schwer für Sie gewesen sein. War er krank?"

Ich öffne den Mund, bringe aber kein Wort über meine Lippen.

„Was ist denn los, Tessa?"

Ich schlucke, räuspere mich. „Mein Mann hat sich umgebracht, Marcel. Einfach so. Hat sich vor einen Zug geworfen", sage ich monoton.

Marcel hält sich die Hand vor den Mund. „Wie schrecklich, das tut mir leid, ich wusste es nicht, obwohl wir Nachbarn sind. Aber das hängt man ja auch nicht an die große Glocke."

„Das habe ich mir auch gedacht."

„Mir fällt da etwas ein. Hannah war vor Kurzem bei uns und hat sich nach Ihnen erkundigt. Sie wollte alles über Sie wissen, weil sie erfahren hatte, dass Ihr Mann gestorben war. Ich fand das zwar seltsam, aber ich dachte, sie fragt, weil Jules und sie sich gekannt haben. Meine Frau weiß bestimmt mehr darüber. Sie hat mit Hannah gesprochen." Er zeigt auf das Haus. „Möchten Sie nicht auf einen Kaffee hereinkommen."

„Ein anderes Mal, Marcel. Vielleicht morgen. Ich rufe Sie an."

„Tun Sie das. Wir würden uns freuen."

*Sebastien und Karo streiten über Geld und über eine Hannah,* hatte Lianne gesagt. Zufall? Ich werde Marcel und seine Frau morgen besuchen und mich erkundigen, was es mit Hannah auf sich hat.

Amelies Auto steht nicht vor der Einfahrt. Als ich ins Haus gehe, spüre ich einen Luftzug. Irgendwo muss ein Fenster oder eine Tür auf sein.

Die Post liegt ordentlich sortiert auf dem Tisch in der Diele. Ich stecke die Umschläge in meine Tasche und gehe ins Wohnzimmer.

Dies ist mein Haus, mein Zuhause, aber es fühlt sich nicht so an. Nicht mehr. Der Gedanke überrascht mich. Ich sehe mich um – es trifft mich mit voller Wucht.

Ich rieche Jules.

240

# Kapitel 66

*Amelie*

Es ist ihr zweiter Besuch bei der Frauenärztin. *Meine Nervosität ist lächerlich. Sie wird mir nur ein paar Fragen stellen, mich untersuchen und den Mutterpass ergänzen. Das reicht.* Sie will keine guten Ratschläge, keine Predigt in Sachen Risikoschwangerschaft und kein Gezeter.

Ihre Schwangerschaft wird ein einsames Abenteuer sein. Aber danach wird sie nie wieder allein sein, denn das neue Leben ist ein Teil von ihr. Und von Jules. Sie hofft inständig, dass es ein Junge sein wird, der Jules ähnlich sieht.

*Ob Tessa das verkraftet?* Wird Tessa auch weiterhin ihre Freundin sein, wenn sie erfährt, wer der Vater dieses Babys ist? Sie möchte, trotz allem, ihre Freundschaft mit Tessa nicht verlieren.

Amelie mag ihre Frauenärztin. Die große, schlanke Frau geht umsichtig mit ihr um, notiert alles und erkundigt sich behutsam nach dem Vater des Kindes.

„Family affair"; erwidert Amelie und grinst.

„Also keine einfache Situation." Die Ärztin gibt sich verständnisvoll.

„Ich bin so glücklich über diese Schwangerschaft." Ihre Stimme bricht.

Die Ärztin reicht ihr ein Glas Wasser. „Trinken Sie einen Schluck. Möchten Sie mir sagen, woher ihre Traurigkeit kommt. Natürlich ist alles, was Sie sagen, vertraulich."

Es dauert Minuten, bis Amelie nicht mehr schluchzt und der Frauenärztin von Jules' Tod berichten kann.

Die Ärztin kommt um ihren Schreibtisch und legt ihr beruhigend eine Hand auf den Arm. „Komm Sie, lassen Sie uns sehen, wie es dem Baby geht."

Amelie legt sich auf die Untersuchungsliege, und die Ärztin startet das Ultraschallgerät.

„Sie können das Geschehen auf dem Bildschirm mitverfolgen. Ich suche jetzt das Herz. Das kann eine Weile dauern und erfordert Konzentration. Also machen Sie sich keine Sorgen, wenn ich nichts sage."

Amelie schaut auf den Bildschirm. Die Stille zieht sich. Es wird ihr zu viel. Sie hält es nicht mehr aus. „Können Sie schon etwas sehen? Es ist doch nur *ein* Baby, nicht wahr?"

Die Ärztin schaut sie mit ernster Miene an. „Es tut mir sehr leid, ich habe keine guten Nachrichten für Sie. Ich höre keinen Herzschlag."

Amelies ganze Welt stürzt ein. „*Was* sagen Sie da?" Sie versucht aufzustehen, es gelingt ihr nicht.

„Das Herz schlägt nicht mehr. Es tut mir wirklich leid."

Sie schreit, flucht, schluchzt laut auf – tobt. „Das darf nicht wahr sein", flüstert sie schließlich kraftlos. „Nein!" Amelie fragt sich, wer schreit.

Die Ärztin reicht ihr ein zweites Glas Wasser. Amelie ist müde, so unendlich müde. Sie trinkt. Als sie die Praxis betrat, fühlte sie sich stark und voller Energie, und auf eine wunderbare Weise unverletzlich. Jetzt ist ihr Körper schwer wie der Koloss, den sie tragen muss. Es ist kein Leben mehr in ihr, sie trägt den Tod in sich.

„Was geschieht jetzt?"

„Der Körper wir die Frucht auf natürliche Weise abstoßen. Die Schmerzen entsprechen einem starken Menstruationsschmerz. Ich kann auch eine Kürettage vornehmen, dann brauchen Sie nicht auf die Blutung zu warten. Manche Frauen möchten den natürlichen Abgang der Frucht, andere wiederum nicht. Sie müssen es nicht sofort entscheiden. Denken Sie eine Weile darüber nach. Und sprechen Sie mit jemandem über ihren Schmerz. Er ist zu groß, um ihn allein zu tragen."

Amelie möchte ihr mit der Faust ins Gesicht schlagen. Sie fragt sich, warum die Ärztin das Baby eine Frucht nennt. Eine tote Frucht, die sie in sich trägt. Weiß diese Frau denn nicht, was sie mit diesem Wort anrichtet? Dass dieses Wort unangebracht und beleidigend ist? Ein Apfel ist eine Frucht. *Hier geht es um mein Baby. Und das ist keine Frucht!*

Sie schlägt nicht zu.

Sie ist wie gelähmt, zu verwirrt, *um besiegt zu werden.*

„Ich gehe", sagt sie.

Im nächsten Moment schaut sie in den blauen Himmel, lächelt.

*Blödsinn!*

# Kapitel 67

*Denke nicht an den Tod, nicht an den Tod denken, denke nicht an den Tod!* Amelie hat einen Krampf in den Schultern, in der Brust, in den Armen, den Beinen. Nicht in ihrem Bauch. Der Bauch bleibt entspannt, ruhig, als ob er sagen wollte: *Keine Sorge, hier ist alles in Ordnung.*

Sie streicht sanft darüber. „Du bist immer noch da", sagt sie. „Bleib bei mir. Wir gehen zu keinem Gynäkologen mehr. Wir lassen dich bestimmt nicht entfernen. Nicht gegen meinen Willen. Niemals."

Überall sieht sie Frauen hinter einem Kinderwagen. Einige dieser Frauen haben überdies Kinder auf einem Roller oder Dreirad im Schlepptau. Amelie will nicht hinsehen, tut es aber dennoch, als unterläge sie einem Zwang. Sie hat jetzt schreckliche Magenkrämpfe, aber in ihrem Bauch ist alles friedlich.

Die Ärztin kann sich irren. *Sie irrt sich!* Glaub es! Glaub es! Glaub es! Glaub es!

*Und jetzt kaufe ich einen Safe.*

Die Idee kommt ihr in den Sinn, als sie vor einer roten Ampel steht. Sie klemmt ihre Hände um das Lenkrad. *Was für eine großartige Idee!*

Karola nimmt sofort den Hörer auf.

„Hey, hier ist Amelie." Sie hat die Worte, die sie Karola sagen will, mehrmals in Gedanken geübt. „Du hast mir immer noch nicht gesagt, was du von mir erwartest. Aber vielleicht willst du wissen, was ich in einer großen Kiste in einem Schrank gefunden habe."

„Was? Sag schon!"

„Einen Safe mit Zahlenschloss."

Sie hört Karola tief ein- und ausatmen.

„Sollte ich nach diesem Safe suchen?"

„Ist er verankert?" Karolas Stimme zittert vor Aufregung.

*Bingo.* „Das glaube ich nicht, aber vielleicht solltest du dir es selbst ansehen."

„Ich komme sofort!"

Die beiden Schlüssel zum Tresor verstaut Amelie in ihrer Tasche. Dann legt sie Zeitungspapier in den Safe und stellt Jules' Geburtsdatum als Zahlenkombination ein. *Karola soll ruhig eine Weile rätseln.*

Wenn Karola herausfindet, dass im Safe nichts Wertvolles liegt, wird sie bereits in einem neuen, wunderschönen Haus wohnen. Sie hat es sich verdient. Niemand wird ihr das Geld nehmen.

In ihrem Bauch rumpelt es ein wenig. Sie lächelt. *Das Baby strampelt.*

# Zwischen den Zeilen

*Zelle 13*

Für den Abschied von Alice habe ich mir Zeit genommen, kein Termin beim Irrendoc, alles richtig machen, wie es sich für eine Trennung gehört.

Früher ... ich erinnere mich, habe ich es mit den Kindern in dem Keller auch so gemacht, bevor ich sie tötete. In ihrer Panik, in ihrer Todesangst haben sie immer das Bläschen entleert, der Urin hat ihre Höschen getränkt, und das war dann der Moment des Abschieds.

Ich hole das rote Kleidchen unter meiner Matratze hervor, das meine Pflegerin Anni genäht hat.

Anni ... Merkwürdigerweise ist Anni die Einzige auf dieser Station, die mich tatsächlich ein bisschen mag, obwohl ich ein Monster bin. Sie hat auch für Alice einen schönen Puppenkörper gekauft, als wir uns ein bisschen besser kannten. „Eine Puppe ohne Körper? Das geht doch nicht, Eva", hat sie gesagt. Das muss vor etwas dreiunddreißig Jahren gewesen sein, denke ich.

„Sie erlauben mir keine Spielchen mehr, Alice. Ich bin zu krank. Für heute ist leider Schluss!"

Alice' Mund öffnet sich in stummer Trauer, sie blickt zur Seite.

Meine Nägel bohren sich in den Puppenkörper und hinterlassen Spuren.

Klapp, klapp.

*„Sind wir uns nicht mehr so sicher, Eva? Haben wir Zweifel?"*, tuschelt Alice plötzlich in meinem Kopf. *„Ich neige zu der Annahme, dass du nicht ganzen Herzens bei der Sache bist, dass es dir an Begeisterung fehlt. Wir müssen uns trennen."*

„Okay. Wir hatten in unserem verschissenen Leben Zeit genug, uns auf diesen Augenblick vorzubereiten."

*„Erinnere dich. Das Kind wird mir einen neuen Puppenkörper geben, einen sauberen, hübscheren. Einen Jüngeren. Also, los! Mach schon!"*

„Ja, ich weiß", flüstere ich. Nichts habe ich in La Santé so gut gelernt wie zu gehorchen. Ich ziehe Alice aus, falte das Hemdchen sorgfältig zusammen und lege es auf den Boden – zwei Meter von mir entfernt. Ich stehe dort und starre auf den Puppenkörper: ein alter Leinensack, hier und da ein Loch, aus dem Strohstück herausspringen. Nur Alice Gesicht ist immer noch wunderschön.

Tränen sammeln sich in meinen Augen. Ich seufze, diesmal fast mitfühlend, und lege meinen Kopf auf ihre Brust. Ich bin in einer Weise aufgeregt, wie ich es nie vorher erlebt habe. Mein Atem geht keuchend.

Ich fasse mit der einen Hand den Puppenleib, mit der anderen den Kopf und reiße mit voller Wucht beide Teile auseinander. Dann nehme ich zuerst das weiße Hemdchen und stopfe Alice' Kopf damit aus, dann das rote Kleidchen. Weiß und rot. Perfekt. Zum Schluss umwickle ich den Puppenkopf mit der Kordel, die ich all die Jahre aufbewahrt habe.

Auch Alice fühlt sich befreit. Ich kann es spüren und blinzle.

Klapp. Klapp.

Ich schließe die Augen, stöhne, bis die Energie meinen Körper verlässt, und öffne sie wieder. Erst ein Auge, dann das zweite. Ich setze mich auf den Stuhl, streichle mein Gesicht und höre, wie mein Herz das Blut durch den Körper pumpt. Ich starre auf die Wand links von meiner Liege.

Vor meinem inneren Auge bilden sich dichte Flecken kleiner, kreisförmiger Tropfen, die nach unten fließen, charakteristisch für das imaginäre Blut, das aus meiner Seele spritzt.

*„Wunderbar, deine Trauer"*, sagt Alice' Kopf. *„Wunderbar ... wunder..."*

# Kapitel 68

*Tessa*

Der Immobilienmakler bekommt regelmäßig Anfragen nach Objekten dieser Preisklasse. Er versichert mir, dass er für mein Haus schnell einen Käufer finden wird. Ich habe eine Entscheidung getroffen, ich will hier weg, alles Notwendige in die Wege leiten, um einen Schlussstrich unter meine Ehe und vor allem unter Jules zu ziehen.

Als ich die Haustür aufschließe, höre ich den Klingelton meines Smartphones. *Karola.*
Ich zögere, dann drücke ich die grüne Hörertaste.
„Wie läuft es bei dir?" Ihrem Tonfall nach hat sich die Laune meiner Schwägerin gebessert. „Ich entschuldige mich für mein idiotisches Verhalten. Es wurde mir alles zu viel. Zuerst das Drama mit Jules und dann all die Streitigkeiten mit Sebastien. Ich möchte dich nicht mit unseren Problemen belasten, aber ich bin froh, dass er fort ist. Es ist nur sehr ärgerlich, dass er noch keine Nachricht an Lianne geschickt hat. Sie ist immer noch bei ihrem Freund, aber ich habe Kontakt zu ihr. Ich hoffe, ich gehe dir nicht auf die Nerven."
Ich weiß nicht, was ich davon halten soll. „Schon gut. Aber machst du dir keine Sorgen um Sebastien? Was macht er denn in Cannes?"
„Er trifft sich dort mit einem Investor. Wir wollen an der Côte d'Azur expandieren. Zwischen uns geht alles drunter und drüber. Aber ich ziehe es vor, das nicht am Telefon zu besprechen. Gehen wir zusammen essen?"

Ich habe Amelie eine Nachricht hinterlassen, dass ich das Haus verkaufen möchte und um Rückruf gebeten. Ich werde wieder in mein Haus ziehen und alles, was mich an mein Leben mit Jules erinnert, in den Müll werfen. Ich fange von vorne an. *Allein.* Das

Wort lässt mich kurz erschaudern. Mir drängen sich die Bilder meiner Träume auf. Ich frage mich, ob die zufällige Begegnung mit Boris mich dazu gebracht hat, diese Entscheidung zu treffen. Ich könnte ihn anrufen. Die Nummer des Krankenhauses, in dem er arbeitet, habe ich vor Tagen auswendig gelernt.

*Allein* ist auch ein Wort, das mich seit Kurzem wachhält. Wenn mein Liebestraum einen Sprung macht, wie es Träume zu tun pflegen, dann bin ich plötzlich allein. Schatten rascheln, Bäume ächzen und knarren, Zweige schwingen hin und her. Ich fühle mich von den nächtlichen Schrecken verfolgt und schlafwandle durch meinen Garten. Seit wann ich eine Schlaflose bin, weiß ich nicht. Ich werde es herausfinden.

# Kapitel 69

Karola kommt mit ausgebreiteten Armen auf mich zu und umarmt mich. „Sei mir bitte nicht mehr böse, Tessa!" Sie hält meine Hände. „Danke, dass du gekommen bist. Mir wird übel bei dem Gedanken, dass ich dich auch verlieren könnte. Das geht nicht! Glaub mir, ich will dich nicht mit dem Chaos belasten, das ich aus meinem Leben gemacht habe."

„Hast du das denn? Ein Chaos aus deinem Leben gemacht?"

Karola ringt sich ein Lächeln ab. „Gewissermaßen ja."

Ich löse mich aus ihrer Umarmung. „Was konntest du denn nicht am Telefon besprechen? Muss ich mir Sorgen um Sebastien machen?"

Karola wischt eine Träne von ihrer Wange. „Das fehlt noch, dass ich hier vor dir sitze und eine Portion Tränen vergieße. Sebastien und ich sollten unsere Ehe beenden, auch wenn ich den Gedanken verabscheue, dass wir es nicht geschafft haben. Aber ich möchte, dass es auf zivilisierte Weise geschieht. Ohne weiteren Streit, insbesondere ohne einen schmutzigen Scheidungskrieg. Wir haben zusammen ein Unternehmen zu leiten, ich möchte in Frieden mit ihm gemeinsam arbeiten können. Aber seit Monaten war es nicht möglich, mit Sebastien ein normales Gespräch zu führen. Er hat sich sehr verändert. Er war so wütend, so streitsüchtig." Sie sieht aus dem Fenster. „Manchmal bedrohlich", fügt sie leise hinzu.

Ich kann kaum glauben, dass sie so von meinem Schwager spricht. Dieses Verhalten passt so gar nicht zu Sebastien.

„Sebastien arbeitet hart", hatte Jules in der Vergangenheit oft betont und, dass er der Motor der Firma war. Dass Sebastien der Beliebtere von ihnen beiden und der beste Bruder sei und sicherlich der loyalste Mensch, den er kannte. Dass er nie die Geduld verlor.

Der Sebastien, von dem Karola spricht, ist ungeduldig, schroff und unfreundlich. Er überlässt im Unternehmen die unangenehmen Aufgaben seiner Frau und nimmt deren Vereinbarungen über eine monogame Ehe nicht ernst.

„Ich habe viel zu lange gewartet, bevor ich mich dem Ganzen widersetzt habe", fährt Karola fort. „Ich ließ ihn gewähren und diskutierte alles, was mich belastete, mit Jules. In gewisser Weise hatten wir eine Beziehung, die man eine gute Ehe nennen könnte. Nur ohne Sex."

Mir gefällt nicht, was Karola da von sich gibt.

„Verstehe das bitte nicht falsch, Tessa. Du weißt doch, dass Jules nicht mein Typ war? Und ich? Schau mich an, dann kennst du die Antwort. Wir waren beste Freunde, das ist alles. Ich schätze dich, obwohl ich das nicht oft sage."

„Jetzt hast du es ja gesagt."

Was Karola sagt, klingt plausibel und vernünftig. Sie wählt ihre Worte sorgfältig aus, übertreibt nicht, ist ehrlich. Zumindest scheint es so. Aber dieses Bild von Sebastien irritiert mich. „Ich verstehe nicht, dass Sebastien einfach geht, ohne sich von seiner Tochter zu verabschieden." Etwas hält mich zurück, Sebastien letzte Nachricht an mich zu erwähnen. „Ich kann mir auch nicht vorstellen, dass er dich mit einer anderen Frau betrogen hat. Mit wem denn?"

„Sie hieß Hannah", sagt Karola.

Ich werde hellhörig.

„Es ist schon eine Weile vorbei."

„Die Frau, die in meiner Straße ermordet wurde, hieß auch Hannah. Du kanntest sie also?"

Karola lächelt. „Ja, ich kannte sie. Nicht persönlich, aber sie erschien ein paar Mal auf den Geburtstagsfeiern von Jules und seiner ersten Frau Kayla. Es war Kaylas Idee, die immer die Hälfte von Paris einlud, wenn es etwas zu feiern gab."

„Sie hatte rotes Haar, nicht wahr?"

„Woher weißt du das?", fragt Karola überrascht.

„Von meinem Nachbarn. Er kannte sie auch."

„Was führst du im Schilde, Tessa?"

„Im Schilde? Ich stelle nur Fragen über eine Frau, die vor meiner Haustür ermordet wurde."

Karola schüttelt den Kopf. „Nein, da steckt mehr dahinter."

Ich zögere. Aber warum sollte ich ihr nicht sagen, was mich beschäftigt? Trotz ihrer letzten Differenzen waren sie und Karola im Grunde immer gut miteinander ausgekommen. „Du weißt doch, dass mein Gärtner überfahren wurde? Am Tag von Jules' Trauerfeier sollte er hier das Gras mähen, aber er kam nicht dazu."

„Ja, das weiß ich. Aber …", Karola sieht mich irritiert an, „was hat Hannah mit seinem Tod zu tun?"

„Ich denke, es gibt eine Verbindung zwischen dem Unfall und Hannahs Tod. Sie haben etwas gesehen, was sie nicht sehen sollten – kurz darauf waren beide tot. Seltsam, nicht wahr?"

Karola sieht mich erschrocken an. „Mädchen, du hast aber eine blühende Fantasie. Wer Hannah die Kugel in den Kopf verpasst hat, weiß man nicht, und Bruce wurde von einem Typen überfahren, der Fahrerflucht begangen hat. Das sind die Fakten. Hak es ab!"

„Vermutlich grüble ich zu viel, weil ich allein bin." *Allein.* Wieder dieses Wort. „Was ist mit Sebastien? Solltest du ihn nicht mal anrufen?"

„Das habe ich bereits getan, aber er hat sein Handy ausgeschaltet. Ich kann ihn einfach nicht erreichen."

„Das ist doch seltsam. Ein Besprechungstermin in Cannes, eine Auszeit: gut. Aber er muss dich doch über den Verlauf des Gesprächs informieren? Hat niemand in der Firma Kontakt zu ihm? Jemand, mit dem er es gut kann?"

„Nicht, dass ich wüsste."

Ich versuche, meine Gedanken in die richtige Reihenfolge zu bringen, und beginne mit der Nacht, in der ich von Jules' Selbstmord erfuhr. „Da gab es unten ein Geräusch, das mich später glauben ließ, es sei jemand im Haus gewesen. Dann hing der Picasso vor dem Tresor schief. Ich bin immer noch davon überzeugt, dass ich am Tag der Trauerfeier die Haustür meines Hauses zweimal verschlossen und auch das Gartentor verriegelt hatte."

Karola nippt regelmäßig an ihrem Kaffee. Bis jetzt hat sie keine Miene verzogen, auch nicht, als ich den Vorfall mit Bruce zur Sprache bringe.

Ich bin froh, dass Karola keine Fragen stellt und mich nicht unterbricht. Ich bin jetzt bei Bruce's Unfall angekommen. „Ich bin immer noch nicht sicher, ob es ein Unfall war. Ich bin an einem Abend an die Unfallstelle gefahren und habe dort Rosen hinterlassen. Jemand hat sie aufgehoben und an den Straßenrand gelegt." Dann spreche ich über die Frau, die vor meinem Haus erschossen wurde, und über die Beziehung von Karola zu Sebastien, und ihr Verhalten mir gegenüber. „Ich finde es nach wie vor mehr als eigenartig, dass sich Sebastien überhaupt nicht meldet. Das ist nicht der Sebastien, den ich kenne."

Karola schiebt ihre Kaffeetasse beiseite und schaut mir höchstens einen Wimpernschlag lang in die Augen. Aber ich erkenne die Wut in ihrem Blick. Das beunruhigt mich zutiefst.

„Bist du mit deiner Geschichte fertig? Jetzt bin ich dran." Ihre Stimme klingt wie Kies in einem rostigen Eimer. Sie dreht die Schultern auf beide Seiten, dann den Kopf. „Es ist Zeit für die Wahrheit. Es gab eine Hannah in unserem Leben, und das war diese Hundesitterin. Vielleicht darf ich es nicht sagen, aber ich bin froh, dass sie tot ist!"

Ich bin schockiert, lasse es mir aber nicht anmerken. Mir brennen zu viele Fragen auf den Lippen.

„Hannah hatte vor vielen Jahren ein Verhältnis mit Sebastien, aber er hat es beendet. Sie hat ihn aber nicht in Ruhe gelassen und Sebastien viele Jahre gestalkt."

„Kann es sein, dass sie Sebastien vielleicht an dem Abend mit einer Pistole bedroht hat? Vielleicht gab es zwischen den beiden in besagter Nacht ein Handgemenge und dabei hat sich ein Schuss gelöst? Vielleicht versteckt Sebastien sich nur, weil er Hannah getötet hat?"

„Das ist gut möglich. Da kam ihm der Termin in Cannes gerade recht. Er wird sich schon melden. Davon bin ich überzeugt. Bitte, lass uns das Thema wechseln", schlägt Karola vor. „Wie lange wird Amelie bei dir wohnen?"

*Einen Mörder als Ehemann ...* Der Gedanke drängt sich mir auf. Trotzdem belasse ich es erst einmal dabei. „Amelie muss ausziehen, da ich mein Haus verkaufen werde. Der Immobilienmakler hat schon einige Interessenten.".

Meine Schwägerin verzieht ihr Gesicht. „Das geht aber schnell. Ich habe das nicht so früh erwartet. Aber ich werde dir helfen. Aufräumen, Umzugskartons packen und so weiter. Widersprich mir nicht, ich bestehe darauf."

Ich nicke. „In welchem Hotel ist Sebastien eigentlich abgestiegen?"

Karola sieht mich überrascht an. „Was soll diese Frage? Möchtest du etwa hinter ihm herreisen wie diese Stalkerin?"

„Keine schlechte Idee. Ich möchte nur mit ihm reden. Jemand sollte in der Lage sein, ihn davon zu überzeugen, dass er das Falsche tut."

Karola wirft ihr Haar zurück. Erneut flackert Wut in ihren Augen auf. „Halte dich verdammt noch mal hier raus. Verstanden!", faucht sie mich an.

Ich begreife meinen Fehler.

Karola bringt mich zur Haustür, um mich in die Nacht zu verabschieden. Es ist spät. Sie legt mir versöhnlich eine Hand auf die Schulter. Ich tue mein Bestes, nicht unter dieser Berührung zusammenzuzucken.

# Kapitel 70

*Amelie*

Jean weiß nun, dass das Herz des Babys in ihrem Bauch nicht mehr schlägt. Er war fassungslos, dann traurig, dann verzweifelt, dann wütend. Er beschuldigte sie, rücksichtslos gewesen zu sein, nicht mit sich und dem Baby sorgsam umgegangen zu sein. Sagte, dass sie auf diese Weise auch ihre Freunde verlieren würde.

Sie ging ohne ein Wort des Abschieds.

Amelie erwacht in einem zappelnden Gewirr von Bettwäsche auf dem Fußboden neben ihrem Bett. Es ist eine merkwürdige Zeit, die ihr merkwürdiges Verhalten rechtfertigt. Während sie keuchend daliegt, lässt sie die Realität auf sich einwirken. Sie weiß, dass sie keine Mutter sein wird, dass nichts mehr von Jules bleibt. Ihr totes Baby wird ihren Bauch verlassen. Manchmal erlaubt sie sich den Gedanken, dass die Frauenärztin sich geirrt hat, dass sie nicht lange genug nach den Herztönen gesucht hat. Aber dieser Gedanke hält nicht stand. Sie weiß um ihren Zustand, aber es kommt ihr vor, als geschehe es einer anderen Person.

Sie hat eine Maisonettewohnung mit großer Dachterrasse im Zentrum von Boulogne-Billancourt gefunden und sie sofort gekauft, da sie gleich spürte, dass dies *ihre* Wohnung sein würde.

Bis die Wohnung bezugsfertig ist, wird sie in eine kleine möblierte Wohnung in der Nähe ziehen. Sie muss das Haus von Tessa verlassen.

Inzwischen hat sie in der Dunkelheit die Tasche mit dem Geld in ihre Wohnung gebracht. Danach hat sie Tessa angerufen und ihrer Freundin von der neuen Wohnung erzählt. Sie hat Tessa gebeten, niemandem zu sagen, wo sie vorübergehend wohnen wird. „Kein Wort, zu niemandem, nicht einmal zu Karola oder Lianne!" Tessa hat es versprochen und ihr gesagt, dass Sebastien sich für eine Weile in Cannes aufhält.

*Sebastien in Cannes?* Auf ihre Zweifel findet Amelie keine befriedigende Antwort.

# Kapitel 71

Ein schneidender Schmerz trennt ihren Bauch in zwei Hälften. So kommt es ihr vor. Amelie zieht ihre Knie hoch und kämpft gegen den Schmerz an. Wenn die Krämpfe nachlassen, erholt sie sich ein wenig. Dann raubt ihre eine zweite Schmerzattacke den Atem. Sie stößt einen Schrei aus. Blut fließt aus ihrem Körper.

Sie taumelt durch die Wohnung und versucht, mit einem Badetuch die Blutung zu stillen. Der Schmerz ist kaum auszuhalten, sie verflucht die Teufel in der Hölle.

Wie ist es möglich, dass sie sich gerade jetzt daran erinnert, dass ihre Mutter einst vor Schmerzen durch das Haus kroch? Sie war damals sieben Jahre alt und wachte von einem Geräusch auf. Sie ging die Treppe hinunter und hörte ihre Mutter fluchen. Dann wieder dieses Geräusch. Sie linste durch das Schlüsselloch der Küchentür. Ihr Vater trat ihre Mutter einige Male in den Bauch und verursachte Geräusche, die sie nie wieder vergessen sollte.

„Schütze dich gefälligst und sei still!", rief er. „Nicht, dass ich wieder eingreifen muss!"

Ein paar Wochen später erfuhr sie zufällig, dass ihre Mutter eine Fehlgeburt hatte. Damals kannte sie die Bedeutung des Wortes nicht. Ihr Vater sprach nur über Gottes Gebote und den Zorn, den seine Familie erwarten konnte, falls sie die Gebote nicht befolgten. Oder er tötete mit Tritten ein Baby im Bauch einer Mutter.

Die Blutung und der Schmerz lassen langsam nach. Sie atmet tief ein und aus, hält sich am Waschbecken fest. Das Schlimmste hat sie überstanden. Sie schaut auf das Badetuch, das blutdurchtränkt auf den Boden liegt und ... sieht es.

Vorsichtig lässt sie den Blutpfropfen, von dem die Ärztin ihr erzählt hat, in die Innenfläche ihrer Hand rollen.

Sie öffnet den Hahn und spült das Blut sanft weg. Es sieht wie eine winzige Fruchtblase aus, sehr dünn. Sehr zerbrechlich. Und wenn man genau hinsieht, sieht man die Konturen eines kleinen Fötus.

Sie setzt sich auf den Rand der Badewanne und kann nicht aufhören, es anzusehen. Es ist so schön, viel mehr als eine Verschmelzung von Zellen. In diesem winzigen Wesen ist bereits alles vorhanden. Haarfarbe, Charakterzüge, Talente, Körperbau, Intelligenz.

Einfach alles.

Jetzt möchte sie Jules bei sich haben. Sie möchte mit ihm den Fruchtbeutel ansehen, diesen mit ihm zusammen berühren, dem kleinen Wesen einen Namen geben. Aber Jules ist fort. Sie spürt ihn nicht mehr.

# Kapitel 72

*Tessa*

Ich habe seit fast zwei Wochen nichts von Sebastien gehört und mache mir ernsthaft Sorgen um ihn. Auch wenn er Ruhe und Distanz braucht, ist es merkwürdig, dass er seiner Tochter bisher keine Nachricht hat zukommen lassen. Sie ist sein Augapfel, es kann nicht sein, dass er sie einfach im Stich gelassen hat.

Mein Handy gibt ein Signal. *Amelie.* Ich drücke die grüne Ruftaste.

„Hallo Tessa ...“

Ich höre sofort, dass etwas nicht stimmt.

„Ich ... ich hatte eine Fehlgeburt.“

Kurz darauf umarmen wir uns. Sie führt mich ins Wohnzimmer, wo wir uns aufs Sofa setzen. Schluchzend erzählt sie mir von ihrem Abgang. Dann lässt sie ihren Tränen freien Lauf. Ich lasse sie weinen. Erst als sie sich ein bisschen beruhigt hat, trockne ich behutsam die Tränen auf ihren Wangen.

Ich sehe mich um und will sie ein wenig von ihrem Schmerz ablenken. „Eine schöne Einrichtung, musst du nicht eine horrend hohe Miete zahlen?“

„Es ist ja nur vorübergehend, bis ich die Maisonettewohnung beziehen kann.“

„Dann hast du etwas, worauf du dich freuen kannst. Aber sag mir, was ist denn genau passiert? Bist du sicher, dass du eine Fehlgeburt hattest?“

„Komm“, sagt Amelie und nimmt meine Hand, „ich möchte dir was zeigen.“

Sie führt mich ins Badezimmer.

Ich bin arg betroffen, als ich es sehe, fühle aber keinen Widerstand in mir. Ich schaue mir genau an, was Amelies Baby hätte werden sollen, und der Anblick des winzigen Wesens berührt mich zutiefst. So sieht Leben aus, das gerade erst entstanden ist. So verletzlich, so schön.

„Ich kann noch keinen Abschied nehmen." Amelie ist jetzt ruhig, ihre Stimme zittert nicht mehr. Während sie mir die vergangenen Tage schildert, blicke ich immer wieder auf die kleine Fruchtblase, als ob der Fötus darin durch mein Verlangen wachsen könnte.

„Es ist kaum vorstellbar, dass diese Zartheit ein Mensch hätte werden können. Doch wenn man genau hinsieht, ist es bereits ein Mensch: einige Millimeter Mensch, ein Wunder, nicht wahr?"

„Ich möchte dieses Wesen begraben, Tessa. Ist das verrückt?"

„Nein. Es ist eine wunderbare Geste", antworte ich. „Du gibst dem Kind ein Grab."

„Irgendwo unter freiem Himmel, aber an einem Ort, den ich immer finden werde."

„Ich möchte dir gern dabei helfen. Wenn du das möchtest."

Ein Meer an Tränen überflutet erneut Amelies Gesicht.

Später besprechen wir Amelies Pläne: eine Maisonettewohnung, eine schöne Einrichtung, keine Männergeschichten. Allein bleiben und ihre Trauer aufarbeiten.

*Wieder dieses ‚allein'.*

„Hast du denn Geld für die Einrichtung?", erkundige ich mich vorsichtig.

„Ich habe gespart. Aber reden wir nicht über Geld. Sag mir, wie es dir jetzt geht."

„Um den Verkauf meines Hauses kümmert sich der Makler. Im Moment beschäftigt mich mehr das Verschwinden von Sebastien."

Meine Freundin sieht mich erschrocken an.

„Warum bist du denn so schockiert, Amelie?"

„Weil es sich so endgültig anhört. Verschwinden."

# Kapitel 73

*Amelie*

Sie hat mit dem Betriebsarzt vereinbart, dass sie in einer Woche wieder ihre Arbeit aufnimmt. Die Blutungen haben aufgehört, sie hat keine Bauchschmerzen mehr, fühlt sich aber unsäglich leer. Erst jetzt, da sie das Kind verloren hat, merkt sie, wie stark sie sich bereits mit diesem kleinen Wesen verbunden gefühlt hat und wie viel Platz es bereits in ihrem Leben eingenommen hat.

„Ich bin amputiert, aber ich kann nicht auf meinen Körper zeigen, an dem etwas fehlt. Es geht um mehr als meinen Bauch, es war überall in mir", sagt sie zu Tessa, die ihr gegenübersitzt. Sie haben sich in einem kleinen Restaurant getroffen.

„Ich möchte für dich da sein. Du bist jetzt die wichtigste Person. Aber da gibt es etwas, das mich nicht in Ruhe lässt. Vorgestern war ich bei Karo, sie hatte mich zum Essen eingeladen. Sie behauptet, dass Sebastien sie angerufen hat und dass er vorerst in Cannes bleiben wird."

„Und was stimmt an dieser Geschichte nicht?"

Tessa zupft nervös an ihre Serviette. „Nach außen hin scheint alles zu stimmen, aber ich werde dieses komische Gefühl nicht los."

„Was für ein Gefühl?"

„Dass ich vorsichtig sein muss. Es liegt auch an der Botschaft, die Lianne am Tag vor seinem Verschwinden erhielt." Tessa denkt einen Moment nach. „Ich kann mich nicht mehr an den Wortlaut erinnern, nur dass Lianne nicht glauben sollte, was ihre Mutter von sich gibt."

„Okay. Leg die Karten auf den Tisch! Glaubst du, Sebastien hat angerufen? Glaubst du, dass er in Cannes ist?"

„Nein."

„Und was willst du jetzt tun, Tessa?"

„Was kann ich denn tun?"

„Vielleicht solltest du Lianne bitten, etwas zu unternehmen." Wenn sie ehrlich ist, hat sie keine Lust, sich mit Tessas Problemen zu beschäftigen. Auch wenn Karola den Tresor nicht so schnell öffnen kann, wozu sie ja auch erst mal freien Zutritt zu dem Haus braucht, beunruhigen sie die Angelegenheit.

Sie hat keine Lust, sich hier einzubringen. Obwohl sie den Tresor geliefert hat, und weiß, dass Karola ihn nicht so leicht öffnen kann, beunruhigen sie die Dinge, die um sie herum geschehen. Gleichzeitig fragt sie sich, ob sie Tessa nicht alles gestehen soll. Sie ist ihre einzige echte Freundin, die sie hat, und sie will sie nicht verlieren. Allein der Gedanke daran stimmt sie unsäglich traurig. *Aber,* meldet die kleine Stimme in ihrem Kopf, *Tessa hättest du in dem Moment verloren, in dem Jules seine Frau verlassen hätte.* Sie verdrängt rasch den Gedanken.

Tessa sieht sie fragend an. „Sag schon! Du traust Karola doch auch nicht."

Amelie winkt den Kellner herbei. „Hör zu. Wir befinden uns in einer schwierigen Phase, und ich denke, dass wir deshalb auf Ereignisse, die uns unsicher machen, anders reagieren, als es normalerweise der Fall wäre. Meinst du nicht?"

„Gut möglich." Tessa Stimme klingt zögerlich.

„Ich bin von Karola nicht sehr angetan. Sie klebt wie eine Schmeißfliege an einem. Du siehst das vermutlich ebenfalls. Aber du bist anders als ich. Du suchst immer das Gute im Menschen." Sie nimmt die Rechnung entgegen. „Ich zahle und widersprich mir nicht. Wir sollten ab sofort mehr die angenehmen Dinge des Lebens genießen."

„In Ordnung. Aber das nächste Mal bezahle ich."

„Wir werden sehen. Und was Karo betrifft, ich glaube nicht, dass sie bösartig ist. Sie ist nicht ehrlich. Ich habe bei ihr immer das Gefühl, dass das, was sie sagt, nicht genau das ist, was sie denkt."

„Mir geht es genauso. Aber ich kann mir nicht vorstellen, dass sie in etwas Übles verwickelt ist." Tessa legt erschrocken ihre Hand vor den Mund. „Was sage ich denn da?"

Amelie legt ein paar Scheine auf die Rechnung. „Du glaubst, dass Sebastien nicht mehr lebt!"

„Und du?"

„Ich denke, Sebastien hat einen Weg gefunden, seine Frau loszuwerden. Dass dieser Weg nicht gerade den Schönheitspreis verdient, sei mal dahingestellt. Aber er sollte nicht so gedankenlos mit seiner Tochter umgehen. Er kommt bestimmt wieder zu sich und wird Lianne um Verzeihung bitten. Überlegt mal: Er kann nicht einfach so Urlaub machen. Er hat schließlich eine Firma mit einigen Hundert Mitarbeitern zu leiten. Er muss also zurückkommen."

Tessa nimmt ihre Hand. „Das hört sich alles so gut an. Dennoch ist hier etwas oberfaul."

Amelie zieht ihre Hand zurück. „Jetzt gehen wir einkaufen. Ich will mit mindestens sechs Einkaufstüten voll neuen Fummeln nach Hause kommen."

Tessa lächelt. „Du verdienst es."

# Zwischen den Zeilen

## *Zelle 13*

Seit gestern bin ich wieder in meiner Zelle. Normalerweise würde das die anderen Patienten unruhig machen. Aber heute scheint es das Gegenteil zu bewirken. Der Gang wirkt ruhig wie seit Monaten nicht. Nirgends ein Alarm, keine Krisen, kein Gekreische. Der Korridor driftet in einem traumlosen Zustand der Ruhe dahin.

Bei Tageslicht ist meine Zelle ganz anders. Ich verstehe nicht, warum ich vorgestern Nacht nicht hierbleiben wollte. Was hat mich so beunruhigt? Es ist nicht nur der Tod von Hannah, die Dunkelheit macht mir auch keine Angst; sie ist mir fremd – und eine der primitivsten menschlichen Instinkte.

Irgendwo da draußen lauert die Gefahr – das Kind ist in Gefahr. Vergangene Nacht habe ich im Traum eine dunkle Spur gesehen, die in einen Garten führte. Auch Hannah hatte mir kurz vor ihrem Tod von dieser dunklen Spur erzählt. „Ich habe mir das nicht eingebildet, Mama", hat meine Hannah gesagt.

Es ist die Atmosphäre in dieser Zelle, mit all ihren verrückten Ideen und Gerüchen, die in der Nacht aus den Fugen steigen und mich wachhalten.

Ein Teil meiner Aufzeichnungen, die mit Jules' Tod zu tun haben, habe ich in meiner Matratze versteckt. Es wird Zeit, dass das Kind sie bekommt. Ich blättere müßig darin: endlose Aufzeichnungen über die ersten fünf Jahre des Kellerkindes.

Die Jahre mit Alice. Der Tod von Jules. Der Tod von Bruce. Der Tod von Hannah.

Alles über meine Besucher.

Alles über meine Puppen, denen ich stets eine gute Mutter war.

# Kapitel 74

*Tessa*

Der Tee in dem Glas, das ich Lianne reiche, ist kalt. Der Vormittag bringt bereits die Verheißung von Hitze mit sich. Das Sonnenlicht hat schon die Terrasse erreicht. Insekten schwirren und summen im Gebüsch. Der Himmel ist so strahlend blau, dass ich blinzeln muss.

„Ich wohne wieder zu Hause", sagt Lianne und beißt in ihr Frühstücksbrötchen. „Es ist vorbei mit meinem Freund. Unser tägliches Beisammensein hat mir gezeigt, wie langweilig er ist."

Ich will ernst bleiben, muss aber lachen.

„Mama hat sich auch darüber lustig gemacht", knurrt Lianne.

„Ich mache mich nicht lustig über dich, Schätzchen", beruhige ich sie. „Sehr vernünftig, dass du sofort klar Schiff gemacht und ihm nichts vorgemacht hast."

„Ich mochte den Sex mit ihm auch nicht mehr. Ich versteh das nicht. Zuerst konnten wir es nicht oft genug tun, und später habe ich nicht mal mehr die leiseste Berührung von ihm ertragen."

„Was verstehst du daran nicht?"

„Dass ein so starkes Gefühl so schnell verschwinden kann. Hast du das schon mal erlebt?"

„Ja", antworte ich leise und merke, wie sich ein kleines, schiefes Lächeln auf mein Gesicht stiehlt. Ich hatte ganz vergessen, wie sich das anfühlt – eine glückliche Erinnerung.

Lianne schaut auf ihr Smartphone und scrollt ihre Nachrichten durch. „Er ruft mich ständig an", seufzt sie. „Soll ich mir eine andere Handynummer zulegen? Meine Mutter hat mir dazu geraten, aber ich will nicht. Ich kann mir doch nicht nach jedem Lover eine neue Rufnummer geben lassen."

Ich pruste los. „Würde ich auch nicht machen. Deine zukünftigen Freunde werden ja wohl nicht alle zum Stalker mutieren, wenn du Schluss machst."

„Genau. Außerdem kann Papa mich dann nicht mehr erreichen. Es bleibt vorerst in Cannes, sagt Mama. Vielleicht ist er genauso verrückt wie meine Mom im Moment."

Ich sehe meine Nichte an. „Verrückt? Ach was. Er will für eine Weile in Ruhe gelassen werden. Manchmal braucht man das. Dein Vater hat ein stressiges Berufsleben, eine Menge Verantwortung. Sicherlich jetzt wo Jules ..."

„Meine Eltern müssen wieder zusammen arbeiten, anstatt sich zu bekämpfen", unterbricht mich Lianne. „Wenn sie das früher getan hätten, hätte Papa keine Ferien von der Familie einlegen müssen."

Ich ziehe sie an mich zu und knuffe sie. „Kluges Mädchen."

„Willst du wirklich in Papas Firma arbeiten? Mama hat so etwas gesagt."

*Was soll ich darauf nur antworten?*

Zum Glück ruft Karola an und fragt, ob Lianne nach Hause kommen kann. Sie braucht ihre Hilfe bei einem Computerproblem.

Wir verabschieden uns an der Haustür voneinander und Lianne geht zu ihrem Fahrrad. Doch kurz bevor sie aufsteigt, dreht sie sich um und kommt zurück. „Mein Vater hat übrigens während eines Streits mit meiner Mutter mal etwas gesagt, das mir nicht aus dem Kopf geht. Er sagte, dass er jedem einen solchen Rotschopf gönnt. Was hat er denn damit gemeint?"

Ich lehne mich gegen den Türrahmen. „Rotschopf? Keine Ahnung. Wenn man sich streitet, sagt man manchmal die verrücktesten Dinge."

Lianne umarmt mich. „Eltern müssten verboten werden." Sie schwingt sich auf ihr Fahrrad und saust davon.

Ich blicke ihr betrübt hinterher. Betrübt, weil ich Lianne zum ersten Mal angelogen habe. Aber die Lüge ist in diesem Fall nicht so verwerflich wie die Wahrheit.

# Kapitel 75

Manche Tage und Ereignisse lassen den Wendepunkt einer Geschichte erkennen, hat mein Vater mal gesagt, wenn er mir aus meinen Märchenbüchern vorgelesen hatte. „Aber sobald ein Mensch dir seine Märchengeschichten auftischt, musst du dich in Acht nehmen. Manchmal musst du dem auf den Grund gehen, Tessa."

Ich habe Karola zum Essen eingeladen. Die Spannung zwischen uns hat sich gelegt, und ich kann ihr wieder zuhören, ohne dass ihre Worte ein beklemmendes Gefühl in meiner Brust verursachen. Wir sitzen auf der Terrasse und nippen genüsslich unseren Espresso.

Karola macht jetzt wieder einen ruhigen und ausgeglichenen Eindruck. Sie spricht leise und in einem eher flachen Ton. „Ich möchte mir das alles mal so gern von der Seele reden."

„Du meinst die Geschichte mit Hannah?"

Sie nickt. „Sebastien lernte Hannah während einer Party von Kayla und Jules kennen. Hannah war eine kontaktfreudige, extrovertierte Frau, mit einer traumhaften Figur und wallendem roten Haar; dieses warme Rot, wonach die Männer sich umsehen. Mir fiel erst sehr spät auf, dass Sebastien fast ausschließlich mit Hannah tanzte und dass die anderen Gäste mich anstarrten. Ich wollte an diesem Abend nicht sehen, was sich da anbahnte. Mehr als sechs Monate später erzählte mir eine Bekannte, dass sie Sebastien und *seine Schwester* im Kino getroffen hatte. Sie hätte ja so schönes rotes Haar. Da wusste ich, was los war." Sie hält inne und nippt an ihrem Espresso. „Sebastien leugnete es nicht einmal. Er machte mir sofort klar, dass er, solang unsere Tochter zu Hause lebt, bei seiner Familie bleibe, er Hannah jedoch weiterhin sehen würde. Und ich habe es geschluckt." Karola stockt. „Sie war sehr schön mit den vollen Lippen, den schrägen Mandelaugen und dem wallenden, roten Haar. Lange Zeit schaffte ich es, seine Eskapaden vor Lianne geheim zu halten. Ich wollte diese Frau nicht in unser Haus lassen und Lianne sollte sich bei ihren Eltern geborgen fühlen. Aber es wurde immer schwieriger. Dann legte er eines Tages in regelmäßigen Abständen immer wieder Geldbündel in den Safe. Sebastien wollte nicht sagen, woher das Geld kam."

Ich stehe auf, gehe in die Küche und entkorke eine Flasche Rotwein. Als ich mit zwei Gläsern und dem Wein die Terrasse betrete, hält Karola ihre Hände vors Gesicht und weint leise. Ich setze mich neben sie auf die Bank. „Komm, trink ein Glas Wein. Es hilft ein wenig", tröste ich sie und lege meinen Arm um ihre Schulter.

Ein paar Minuten lang herrscht Stille zwischen uns. Schließlich räuspert sich Karola. „Im Safe häuften sich die Geldbündel", fährt sie fort. „Aber Sebastien verschwieg mir ihre Herkunft. Eines Tages bin ich Hannah hinterhergefahren. Nachdem sie den letzten Hund zum Besitzer zurückgebracht hatte, stieg ich aus meinem Auto aus und sprach sie an."

Ich hebe erstaunt meine Augenbrauen. „Wirklich?"

Karola grinst. „Wirklich. Allerdings hat es nichts gebracht. Ich sollte sie in Ruhe lassen. Sie stieg ein und weg war sie. Zu Hause bat ich Sebastien, sich zu entscheiden. Sie oder ich. Da antwortete er, dass er in etwas verstrickt sei, worüber er nicht reden könnte, weil er Lianne und mich dann gefährden würde."

„Er ist also in irgendeine kriminelle Machenschaft geraten", stelle ich fest.

„Das vermute ich auch. Ich habe Jules von dem Geld erzählt und ihn gebeten, das Geld irgendwo in seinem Haus zu verstecken."

Ich nehme meinen Arm von ihrer Schulter und rücke ein wenig von Karola ab. „Hat das Geld in unserem Safe gelegen?"

„Ich glaube schon."

„Und Sebastien fand das in Ordnung?"

Karola fährt sich mir der Hand durchs Haar. „Jules, aber auch Sebastien wollten nicht, dass Lianne etwas von alldem mitbekommt. Sebastien wollte ihr großer Held bleiben, der starke Bär, der er in ihren Augen war, die Hand, die sie beschützte. Also hat er es akzeptiert. Aber er hat es Hannah erzählt."

Plötzlich klingt die sanfte Musik, die aus dem Wohnzimmer zu uns dringt, nicht mehr melodisch, sondern verzerrt und die bunten Lämpchen, die die Terrasse zieren, flimmern vor meinen Augen. „Er hat Hannah erzählt, dass das Geld in unserem Haus war?"

„Ich konnte es anfangs auch nicht glauben." Sie zieht mich ein wenig an sich heran, und ich spüre, wie sie zittert. „Ich bin so froh, dass ich endlich jemandem davon erzählen kann, Tessa."

Ich schlinge meinen Arm wieder um ihre Schultern. „Es ist gut, Karo. Was geschah danach?"

Sie atmet tief durch, bevor sie weiterspricht. „Wir trieben die Expansion der Firma voran, ich wollte nebenbei auch eine gute Mutter sein. Wir hielten das Ansehen einer glücklichen, intakten Familie aufrecht. Sebastien war auf einmal wieder öfter zu Hause. Er sagte, dass Hannah der Vergangenheit angehöre. Niemand sprach mehr von dem Geld in eurem Safe. Als ich mit Jules mal darüber gesprochen habe, meinte er nur, ich solle mir keine Sorgen um dieses Geld machen, weil er es auch nicht tat. Es wäre in seinem Safe gut aufgehoben."

Karola löst sich von mir und trinkt einen Schluck Wein. „Jules war mein bester Freund, aber in diesem Punkt hatten wir eine unversöhnliche Meinungsverschiedenheit."

Ich frage mich, ob ich das, was jetzt kommen würde, tatsächlich hören will.

Karola nimmt meine Hand. „Ich hätte dir diese Geschichte gerne erspart, aber du möchtest ja die Wahrheit erfahren. Als Jules starb, habe ich Sebastien sofort gebeten, sein Geld ohne dein Wissen aus dem Safe zu nehmen. Er sagte, dass er sich das nicht zutrauen würde, aber dass Hannah das erledige."

„Er hatte noch Kontakt zu ihr?" Ich halte den Atem an, entziehe ihr meine Hand. „Bruce *hat* sie also in meinem Haus gesehen." Meine Finger werden eiskalt.

„Er versprach ihr einen Teil des Geldes. Sie war zweimal bei dir im Haus. Das erste Mal in der Nacht nach Jules' Tod. Als sie ein Geräusch hörte, glaubte sie, du würdest herunterkommen. Das zweite Mal, während wir bei der Trauerfeier waren."

Mir kommt die Luft bleischwer vor, wie vor einem explodierenden Gewitter. „Weißt du auch etwas über den Unfall von Bruce? War das überhaupt ein Unfall?"

Karola sieht mich nicht an. „Bruce hat Hannah gesehen. Du kannst dir die Frage selbst beantworten."

# Kapitel 76

Der Schock lähmt mich. Angst, Widerstand und unbändige Wut suchen ein Ventil.

„Sag etwas", drängt Karola. „Vielleicht hätte ich dir alles früher erzählen sollen. Ich dachte, ich könnte dich da raushalten, aber ich bin froh, dass du jetzt alles weißt. Für mich war wichtig, dass dieses Geld aus deinem Haus verschwindet. Das Geld kommt aus der Firma. Sebastien hat es am Finanzamt vorbeigeschleust. Es ist Schwarzgeld. Du durftest nichts davon wissen."

Mir wird angst und bange. „Sebastien und Schwarzgeld? Niemals!"

„Doch, Tessa."

„Wie viel?"

„Dreihunderttausend!"

„Dreihunderttausend? Oh, mein Gott. Wie ist Hannah denn überhaupt in mein Haus gekommen?" Ich hebe meine Hand. „Sie hat den Schlüssel von Sebastien bekommen. Als ich ihm sagte, dass ich alle Schlösser austauschen würde, wurde er wütend. Damals dachte ich, er sei beleidigt, weil ich den Eindruck erweckte, dass ich ihm nicht traue." Ich starre vor mich hin. „Gibt es noch mehr Geld in diesem Haus, von dem ich nichts weiß?"

„Ich glaube nicht. Er hat das Geld an sich genommen und wird sich damit in Cannes ein paar schöne Stunden machen. Er kommt bestimmt wieder, wenn es ihm ausgeht." Sie lacht voller Bitterkeit.

„Nimmst du ihn auf?"

Sie grinst. „Inzwischen habe ich auch alle Schlösser austauschen lassen."

Ich müsste mich erleichtert fühlen, aber es gelingt mir nicht. „Mir geht Bruce nicht aus dem Kopf. War es Hannah oder Sebastien?"

„Hannah, da bin ich mir sicher. Sie konnte sehr unangenehm sein. Sie warf Sebastien vor, dass es ihn nicht kümmerte, dass Bruce sie gesehen hat."

Ich halte den Atem an, habe Bruce vor Augen, der fröhlich lächelnde Bruce, der so gerne sang. Der den Song *Lady in red* so mochte, Bruce, für den sie manchmal ein rotes Sommerkleid angezogen hatte. Bruce, ihr liebenswerter Freund.

Karola zupft an ihre Nagelhaut. „Du hättest mir sagen müssen, dass Bruce an dem Tag den Rasen mähen sollte!"

Wutentbrannt springe ich auf. „Ist das jetzt alles auch noch meine Schuld? Ich habe niemanden über den Haufen gefahren! Was für ein Monster muss diese Frau gewesen sein!"

„Das ist richtig. Trotzdem war es sehr dumm von Sebastien, sie auszuschalten", sagt Karola. „Er hätte ihr einfach das Geld geben und einen Schlussstrich unter die Vergangenheit ziehen sollen."

Ich habe das Gefühl, in eine üble Falle getappt zu sein. Ich hätte diese Fragen nicht stellen sollen. Jetzt habe ich erfahren, was ich niemals wissen *wollte*. Ich muss meine Neugierde bändigen, ich will nichts mehr von alldem hören. Es geht mich überhaupt nichts an!

„Ich wusste nicht, dass Sebastien eine Waffe hat, sonst hätte ich sie verschwinden lassen."

Ich will nichts mehr hören, möchte die Hände auf meine Ohren pressen.

„Sebastien war in Panik, doch das hätte nie passieren dürfen. Aber ich wollte auch nicht zur Polizei gehen und ihn anzeigen. Ich habe eine Generalvollmacht für die Firma und möchte, dass du ebenfalls Prokura bekommst. Wir können das Geschäft sehr gut zusammen führen, Tessa. Davon bin ich überzeugt. Was hältst du davon?"

Ich erschaudere bei dem Gedanken. „Du willst, dass er mit einem Mord davonkommt? Hast du keine Angst vor deiner eigenen Courage? Das kann dich Kopf und Kragen kosten."

„Er ist und bleibt der Vater meines Kindes", sagt Karola leise. „Ich möchte Lianne ersparen, dass sie erfährt, wer ihr Vater wirklich ist. Sie hat schon genug unter den Spannungen zwischen uns gelitten, unter unseren Streitigkeiten."

Ich senke meinen Kopf, schaue auf ihre Knie. *Streit*. Was hatte Lianne einmal gesagt? Es ging immer um Geld und auch um eine Hannah. Ein anderer Gedanke trifft mich wie ein Vorschlaghammer.

Karola berührt mich. „Was passiert jetzt?"

Ein Teil von mir will ihrem Vorhaben zustimmen. Aber ich entscheide mich dagegen. Meine Belastungsgrenze ist noch nicht erreicht. Ich zögere einen Moment. „Lianne hat einiges mitbekommen. Schließlich habt ihr euch immer lautstark gestritten."

„Wir haben uns nie in ihrem Beisein gestritten, wir haben immer darauf geachtet, dass wir in einem anderen Raum des Hauses waren. Sie kann nicht mitbekommen haben, worum es ging, oder was wir gesagt haben."

Ich schaue auf meine Hände, die immer kälter werden, hole tief Luft. Ich will, dass Karola geht, möchte mich hinlegen. Aber ich habe das Gefühl, dass ich zusammenbreche, wenn ich aufstehe.

„Ich werde dir etwas zeigen", sagt Karola. Sie geht ins Wohnzimmer, kommt mit ihrer Tasche zurück und zieht einen großen Umschlag daraus hervor, den sie mir reicht. „Ich habe das in der unteren Schublade seines Schreibtisches gefunden. Sorry, ich habe diese Briefe alle gelesen. Der Inhalt hat mich keineswegs überrascht. Aber ich möchte diesen Dreck nicht in meinem Haus haben. Mach damit, was du willst, verbrenne sie, zerreiße sie. Oder behalte sie, wenn du es für richtig hältst. Vielleicht können wir später einmal darüber sprechen."

Ich starre den Umschlag an, öffne ihn. Handgeschriebene Briefe. Ich ziehe ein Blatt Papier heraus, nur ein wenig.

### Erster Brief
*Liebste Tessa,*

*du bist eigentlich nur ein klitzekleines Bisschen zu hübsch, und das ist manchmal irritierend. Ich lasse keine Irritationen zu, die meiner Liebe im Wege stehen könnten. Du bist die pure Natur, ich liebe die Natur, also liebe ich dich. So einfach ist das.*

Ich schiebe den Brief in den Umschlag zurück und starre Karola fassungslos an. „Was ist das? Was soll ich damit?"

„Das sind die Briefe von deinem Verehrer", sagt Karola kühl – nein, kalt, eiskalt. „Wenn ich dir schon die Wahrheit sage, dann sollst du auch alles erfahren. Lies seine Briefe, dann reden wir!"

Ich habe Angst, entsetzliche Angst. Habe nur noch grauenvolle Visionen vor meinem inneren Auge: Jules, Bruce, Hannah. Ich ertrinke in ihrem Blut. Sehe es in all seinen Farben, nehme den

Eisengeruch wahr. Ich höre Bruce' Hilfeschreie, sehe, wie Jules von einem Zug überfahren wird, wie eine Kugel aus einem Pistolenlauf in einen Kopf einschlägt.

Es sind abscheuliche Bilder, so echt, ich will zurückkehren in meine eigene Realität, als ich mich dem siebten Brief widme.

Inzwischen ist es tiefe Nacht. Ich merke, wie hungrig und durstig ich bin und ignoriere es. Ich denke daran, wie mein Leben einmal war.

# Zwischen den Zeilen

*Zelle 13*

Ich muss auch einen Brief schreiben, meine Hinterlassenschaft muss geregelt werden. Wenn der Anstaltsarzt und die Anstaltsleitung meine Leiche freigeben, möchte ich eingeäschert werden. Niemand wird an meinem Grab stehen. Das wäre Heuchelei. Schließlich habe ich zu vielen Menschen Leid zugefügt, zu viele Kinder getötet.

Ich werde die Monsterpflegerin Anni bitten, meine Aufzeichnungen zur Post zu bringen. Anni wird den Umschlag mit dem Bündel Briefe dieses Mal nicht in den Papierkorb werfen, sie weiß, wie wichtig sie mir sind. Deshalb habe ich auf den großen Umschlag eine Zeichnung gemalt. Ich weiß, dass Anni glaubt, dass die Bilder von Geisteskranken entweder auf obsessive Weise höchst kompliziert oder von geistesbetäubender Kindlichkeit sind. Ich habe eine kleine Gestalt gemalt, eigentlich menschlich, mit einem gespenstisch glatten Gesicht. Sie trägt ein rotes Kleid. Ihre Augen sind schwarze Kugeln mit langen Wimpern, ihr Haar ist buschig. Das Kind wird es sofort richtig deuten können. Anni nicht.

Merkwürdigerweise ist Anni die Einzige auf dieser Station, die mich tatsächlich ein bisschen mag, obwohl ich ein Monster bin. Anni wird mir diesen letzten Wunsch erfüllen, denn ich werde bald sterben. Der Krebs düst durch meine Blutbahn. Mein Körper hat mir signalisiert, dass ich auf dem Abmarsch bin. Aber meine Aufzeichnungen müssen das Kind vorher erreichen.

„Das Kind fällt vom Glauben ab, Hannah."

Klapp. Klapp.

Rasch stehe ich auf, gehe ein paar Schritte auf und ab, wische mir die Hände ab und fixiere die Zeichnung, so, als möchte ich ihr das Böse einhauchen. Es gelingt mir nicht ganz.

Ärger und Wut steigen in mir auf. Ich sollte anfangen zu toben, dann kommt Anni …

# Kapitel 77

*Amelie*

Sie liegt ausgestreckt auf dem Sofa und sieht sich einen Film an, von dem sie bisher nichts begriffen hat. Es spielt auch keine Rolle, Hauptsache, der Fernseher läuft, die Bilder flimmern. Berieselung entspannt, dazu eine Flasche Bier und eine Tüte Chips. Sie kommt jeden Abend völlig erschöpft nach Hause. Die ständige Müdigkeit ist nicht normal. Auch während der Arbeit kann sie sich nicht konzentrieren.

Sie fühlt sich einsam und ist schon einige Male kurz davor gewesen, Tessa anzurufen und sie zu bitten, sie zu besuchen. Aber wenn sie schon jeden Abend um halb zehn todmüde umfällt, sollte sie wohl besser keine Verabredungen treffen.

Ihr fallen die Augen zu. Mit Abspann des Films wacht sie wieder auf, da gleichzeitig das durchdringende Geräusch der Klingel ertönt. Sie wirft einen Blick auf ihr Smartphone – zweiundzwanzig Uhr. *Wer mochte das sein?*

Sie seufzt, steht auf und schaltet an der Wohnungstür das Haustelefon ein.

„Ich bin's, Tessa. Bitte mach auf."

Sie ist sie hellwach.

Tessa möchte nur Wasser trinken. „Ganz sicher keinen Alkohol. Ich bin so gestresst, dass ich schon von einem Schluck Wein betrunken werde", behauptet sie.

Amelie reicht ihr wenig später ein Glas Wasser. „Und jetzt sag mir bitte, warum du hier mitten in der Nacht völlig aufgelöst auftauchst. Was ist passiert?"

Die Worte sprudeln aus Tessa heraus, Worte, die Amelie fassungslos machen.

Nach dem dritten Glas Wasser hält ihre Freundin endlich inne.

Amelie sagt kein Wort.

„Vielleicht wäre es besser, wenn ich es dir nicht gesagt hätte?", fügt Tessa schließlich hinzu. „So wenig Menschen wie möglich dürfen davon erfahren. Bitte sprich mit niemandem darüber."

Amelie nickt, noch immer fassungslos. „Ich verspreche es dir."

„Da ist noch etwas anderes", sagt Tessa.

„Meine Güte. Für mich reicht das schon. Okay, erzähl! Ich bin schon still."

Tessa öffnet ihre Tasche und nimmt den großen Umschlag heraus. „Karola hat mir diese Briefe gegeben. Sie hat sie in Sebastiens Büro gefunden. Willst du sie lesen?"

„Jetzt? In deinem Beisein?"

„Ja."

Amelie stellt ihr Wasserglas ab und nimmt die Briefe aus dem Umschlag.

„Sie sind nummeriert", sagt Tessa und weint.

Amelie spürt, wie ihr Herzschlag schneller, lauter wird. Je mehr sie liest, umso stärker werden ihre Emotionen. Sie bekommt eine Gänsehaut, ihre Hände zittern, sie schluckt einige Male.

„Möchtest du mir etwas davon vorlesen?", fragte Tessa leise und trocknet ihre Tränen.

Amelie schaut hoch. „Bist du dir sicher, Tessa?"

Ihre Freundin starrt auf die Briefe, nickt.

Amelie räuspert sich. *„Es wird eine Zeit kommen, in der du nackt neben mir liegst und mich in deinen Schoss einlädst. Eines Tages wird es dazu kommen, eines Tages, wenn du bereit bist für den großen Akt der Verschmelzung."*

„Halt!", sagt Tessa. „Ich will es nicht hören. Was soll ich denn damit anfangen?"

Amelie legt den Brief beiseite. „Was möchtest du denn damit anfangen?"

„Nichts! Ich will diese Briefe nicht lesen und sie nicht im Haus haben. Bitte heb sie für mich auf. Wenigstens eine Weile, bis ich vielleicht dafür bereit bin."

Amelie zögert.

„Ich muss erst darüber nachdenken. Ich werde sie zerreißen, aber ich möchte trotzdem zuerst wissen, was Sebastien da geschrieben hat. Nur jetzt nicht."

„Gut – ich hebe sie für dich auf."

# Zwischen den Zeilen

*Zelle 13*

Ich lese und verliere mich in eine Erinnerung ...

**1983**

*Ein Winzling ist tot aus meinem Bauch geschlüpft. Sehr winzig, vielleicht so groß wie ein Vögelchen. Als es da so lag und kalt war, habe ich mich in Bewegung gesetzt. Im Haus war alles bereit, denn ich habe schon einige Winzlinge verloren – kleine und große. Ich weiß, was als Nächstes zu tun ist. Ich bin schon im Keller und habe ein weiteres Loch in dem Raum unterhalb der Kellertreppe gegraben. Dort liegen meine Puppenkinder. Ich knurre immer, wenn ich eins dort hinlege, wo sie unter der Erde verfaulen werden. Das Loch ist kaum größer als eine Babypuppe. Ich lege immer eine winzige Spieluhr dazu, die einige Tage ein Totenliedchen für den Winzling spielt: Lady in red. Der Song ist gerade der Hit.*

*Alice gefällt das. Dem Kind neben mir weniger. Ihm gefällt gar nichts, und ich muss mich vor ihm in Acht nehmen.*

*Ich lege den Winzling in meine Handfläche. Das Licht ist gedämpft, und aus dem kleinen Kachelofen in der Mitte des Raums kommt ein mattes Glühen. Selbst jetzt, eingewickelt in ein Papiertaschentuch, wiegt der Winzling fast nichts. Er ist nicht schwerer als eine Feder.*

*Mir wird klar, dass das Kind mich komisch ansehen muss, als ich, seine Mutter mit den roten Haaren und all den Tüchern und klingelnden Armreifen, mit einem toten Winzling in der Hand wie eine Betrunkene in der Tür stehe. Ich muss lächeln.*

*Alice klappert mit den Puppenlidern.*

*Es ist sehr, sehr dunkel. Sehr kalt. Der Winter lässt meinen Atem in der Luft hängen. Ich gehe einige Schritte auf das Loch zu, ohne mich um den schlüpfrigen Boden zu kümmern. Es wäre besser, wenn ich mich gewaschen und umgezogen hätte. Ich würde mich bei etwas derart Wichtigem gern sauberer und hübscher fühlen, auch wenn ich nicht mehr allzu jung bin, dreißig, und mich niemand ansieht.*

*Ich hocke mich hin und lasse den Winzling in das Loch gleiten, lege die Spieluhr dazu. Darüber streue ich ein paar Blüten. Dann schiebe ich mit der Schaufel die Erde in das Loch. Das Kind sieht mir dabei zu, die Puppe in seiner Hand ebenfalls. Sie und Alice sind gute Freunde geworden.*

*Ich trete einen Schritt zurück, schließe die Augen, verschränke die Finger locker ineinander, senke den Kopf und versuche, respektvoll zu sein, an gute Wünsche zu denken, und öffne die Augen. Ich habe das Kreuz vergessen. Es liegt oben im Wohnzimmer auf dem Küchentisch. Ich eile die Treppe hinauf, hole es und stecke es in die Erde. Dann rufe ich nach dem Kind. Vermutlich hat es sich in eine Ecke verkrochen und flüstert mit Alice.*

*Ich sehe mich um. Nichts. Ich suche es im ganzen Haus. Nichts.*

*Finde es in einer finsteren Ecke des Kellers. Es weint.*

*Immer versucht es, zu entkommen.*


Erinnern ... Ich darf mich nicht zu oft an das Kind erinnern. Erinnern ... vielleicht bringt *das* einen ja um.

Hannah macht ein trauriges Gesicht.

Ich wiege ich ihrem Puppenkopf hin und her.

*„Nein, das glaube ich nicht"*, tröstet sie mich und klappert mit den Lidern. *„Was für ein makabrer Gedanke, Mama".*

# Kapitel 78

*Amelie*

Amelie ist froh, dass sich Tessa nicht erkundigt hat, ob sie den Fötus schon beerdigt hat. Sie wollte das allein machen. Eine Zeit lang war sie durch den Bois de Bologne geirrt, bis sie einen geeigneten Platz gefunden hatte. Dort bettete sie das winzige Kind, das sie äußerst vorsichtig in eine Papierserviette gewickelt hatte, in die Erde.

Sie hat die Stelle vergessen, will sie auch nicht wissen. Jetzt kann sie jederzeit an dem großen Park mit der Gewissheit vorbeifahren, dass irgendwo noch etwas von Jules und ihr übrig geblieben ist. Dieses Wissen macht ihren Kopf frei. Sie braucht Freiräume.

Sie will auch nicht mehr an die unglaubliche Geschichte denken, die Tessa ihr anvertraut hat, oder die Briefe lesen. Doch ihre Neugierde ist stärker als ihre Ablehnung.

Es sind insgesamt acht Briefe, sie nimmt den zweiten zur Hand ...

*Du bist schrecklich schön in deiner Verletzlichkeit. Wenn ich meine Augen schließe, sehe ich deinen zarten Körper, deine schmalen Hüften, deine schönen Füße. Ich habe noch nie eine Frau mit so schönen Füßen gesehen. Füße zum Küssen, Füße, die ich sanft massieren und mit meiner Zunge berühren möchte.*

„Tssss ...", entfährt es Amelie, „dieser Sebastien." Sie schüttelt den Kopf und liest die ersten Zeilen des dritten Briefes ...

*Einsamkeit kann mit Menschen seltsame Dinge machen. Einige haben wirre Gedanken oder benehmen sich in auffälliger Weise absonderlich, ungewöhnlich, überspannt, närrisch.*
*Einsamkeit kann Menschen verrückt machen. Ich weiß alles darüber. Nicht, dass ich verrückt wäre, aber meine Einsamkeit*

bringt mich dazu, dass ich ein bisschen besser darüber nachdenke, bevor ich etwas sage oder tue.

„Nicht, dass ich verrückt wäre?", wiederholt sie. „Du meinst wohl, richtig irre!" Sie nimmt den vierten Brief. Etwas irritiert Amelie an dem Schreibstil. Oder sind es die einzelnen Worte? Sie kann es spüren, aber nicht greifen. Sie liest die Zeilen ein paar Mal, die immer wieder ihre Aufmerksamkeit auf sich ziehen ...

*Komm zu mir und lass mich dich lieben, wie du nie zuvor geliebt wurdest. Und liebe mich, wie du noch nie jemanden geliebt hast.*

Hier stimmt etwas nicht.
Erst mit dem achten Brief erkennt sie es.

*Es gab eine andere Frau in meinem Leben, die ich sehr liebte. Sie kam in dem Moment, als ich sie sehr gebraucht habe, und hat in mir beispiellose Gefühle hervorgerufen. Sie hat meinen Horizont erweitert.*

Sie nimmt den vierten Brief wieder in die Hand und vergleicht die Zeilen, die ihr aufgefallen sind mit den beiden Zeilen im sechsten Brief.
Sie bleibt vollkommen ruhig, als sie das gelbe Post-it aus ihrem Portemonnaie hervorholt. Sie schaut auf den Namen, starrt auf einen einzigen Buchstaben: *K*. Der Buchstabe hat einen geschwungenen runden Auslauf an beiden Enden, keine geraden Linien. Das *K* auf dem Post-it stimmt exakt überein mit dem Buchstaben in den Briefen.
„Heilige Scheiße!"

# Zwischen den Zeilen

*Zelle 13*

Alice ist für immer fort.

Die Außenwelt hat meine Puppe vor einigen Tagen mitgenommen und wird sie zu ihrer einstigen Puppenmutter, dem Kind, zurückbringen und ihm von mir erzählen.

Alice kehrte nach vierunddreißig Jahren zu ihrer ersten Puppenmutter und in ihr altes Leben zurück.

Alice war traurig. Ganz sicher. Ich konnte es in ihren Puppenaugen sehen, ihre seelischen Schmerzen müssen unerträglich gewesen sein. Sie hat nur mit den Lidern geklappert.

Bis Anni kam.

Danach war Stille.

# Kapitel 79

*Tessa*

Ich bin völlig leer, fahre nach Hause und fürchte mich davor, in dem großen Haus allein zu sein. Doch ich möchte in meinem Bett schlafen und nicht wieder in einem fremden Gästebett übernachten.

Amelie ist der Ansicht, dass ich mit Karolas Geschichte zur Polizei gehen soll. „Womöglich wirst du sonst noch der Mittäterschaft bezichtigt. Du machst dich strafbar, wenn du über eine Tat Stillschweigen bewahrst. Man nennt es Strafvereitelung und wird mit einer Freiheitsstrafe bis zu fünf Jahren oder mit einer Geldstrafe geahndet. Das gilt übrigens auch für mich. Paragraf 258 StGB."

Ich habe Amelie angefleht, im Moment noch nichts in diese Richtung zu unternehmen. Auf dem Heimweg beschäftigt mich ein Wort, das Amelie erwähnte.

*Strafvereitelung.* Komplizenschaft. Mittäterin. Beihilfe zum Mord — Begriffe, die mich ängstigen. Ich fahre viel zu schnell, umklammert das Lenkrad. Meine Knöchel stechen weiß hervor.

*Beihilfe zum Mord.*

Das alles verdanke ich Karola. Ich habe ihr Fragen gestellt, die sie nicht hätte beantworten dürfen. Ob Absicht dahintersteckte? Wie konnte sie mir das nur antun. Sie muss von diesem Paragrafen gewusst haben. *Strafvereitelung.* Ich muss meine Schwägerin dringend auf Abstand halten und erst einmal in Ruhe nachdenken.

Ich verringere das Tempo, als ich mich meiner Straße nähere. Eine Katze taucht plötzlich vor mir auf. Ich muss bremsen. Ein Quantum Aberglaube obendrauf. *Nicht schlecht, Tessa.*

Im Haus verbarrikadiere ich mich. An der Haustür habe ich vor einigen Tagen einen Panzerriegel anbringen lassen. *Perfekte*

*Sicherheit für Ihr Leben*, lautete der Werbeslogan. Warum empfinde ich dann anders?

Ich gehe in die Küche und überprüfe, ob die Hintertür verschlossen ist. Die Stille um mich her kommt mir wie eine Bestrafung vor. Sie erdrückt mich.

Ich setze mich in meinen Lieblingssessel. Ist es klug, Sebastien jetzt anzurufen? Ihm zu sagen, dass Karola alles weiß? Dass er sich den Behörden stellen soll? Ich könnte auch nach Cannes fahren und ihn dort zur Rede stellen. Mir fällt ein, dass Karola nicht gesagt hat, in welchem Hotel Sebastien sich aufhält, als ich sie gefragt habe. Warum nicht?

Es ist zwei Uhr, und ich sitze immer noch in meinem grünen Loveseat. Ich bin müde, schrecklich müde und sollte ins Bett. Ich werfe einen Blick auf die Treppe. No Go! In der unteren Schublade des Bücherregals liegt ein Plaid, das meine Mutter für mich gemacht hat. Ich lächle. Es ist lange her, seit ich das Plaid benutzt habe.

Ich hole es heraus, lege mich auf die rote Ledercouch und decke mich damit zu. Ich sehe auf meine Füße. *Nicht mit den Schuhen auf der Couch!*, höre ich meine Mutter in Gedanken sagen.

Ich ziehe sie aus.

# Kapitel 80

*Geräusche.*

Ich öffne die Augen, sehe mich um. Noch immer liege ich auf der roten Couch im Wohnzimmer. Ich bin ein wenig benommen und knete sanft meinen Nacken. Das Liegen auf der Couch ist meiner Nackenmuskulatur nicht gut bekommen.

Da! Jemand hämmert mit den Fäusten gegen die Haustür.

Ich schlüpfe in meine Schuhe und gehe zur Tür. Jetzt klingelt es Sturm. Ich öffne.

„Hast du im Koma gelegen?", schreit mich Karola an und geht an mir vorbei.

„Wie spät ist es?", frage ich und ziehe mein T-Shirt glatt.

„Kurz vor neun. Du siehst aus wie ein Gespenst."

„Ich bin auf der Couch eingeschlafen. Wenn du Kaffee möchtest, musst du ihn dir selbst machen. Ich gehe nach oben, mich frisch machen."

Karola packt meinen Arm und schiebt mich ins Wohnzimmer. „Du setzt dich auf die Couch!"

„Warum?", frage ich völlig verdutzt.

„Weil ich es sage!"

„Spinnst du? Ich werde mich erst einmal frisch machen."

In dem Moment sehe ich die Waffe.

Ich sitze auf der Couch, spüre keine Beine, keine Arme, bin wie gelähmt, wie blockiert. Nur mein Herz gibt noch ein Lebenszeichen von sich. Langsam erhole ich mich von dem Schock und kann wieder atmen.

So etwas passiert nur in Krimis, die ich mir oft in der Nacht ansehe. Vielleicht halluziniere ich, vielleicht ist eine Ader in meinem Gehirn geplatzt, vielleicht habe ich durch meine ständige Angst den Bezug zur Realität verloren? Das nennt man Psychose!

Karola sitzt mir gegenüber in dem violetten Sessel, die Waffe, mit der Hand umschlossen, ruht auf ihrem Schoß. Ich bleibe stehen. Sie sieht mich mit wirrem Blick an. „Du warst immer meine Traumfrau", sagt sie.

*Sie ist tatsächlich durchgeknallt!* „Traumfrau? Das verstehe ich nicht." Ich versuche, das Zittern in meiner Stimme zu unterdrücken. *Reiß dich zusammen, Tessa!* „Was meinst du damit?"

„In diesem Fall ein unerreichbares Ideal." Karola starrt mich an. Ihre Stimme ist flach und monoton, wie ein Sprechautomat. „Ich habe mich von Hannah getrennt, weil ich dich, nur dich, begehrte. Aber du warst ja so mit deinen Träumen und mit deiner Heterosexualität beschäftigt und hast mich überhaupt nicht wahrgenommen."

„Erklär es mir."

Sie verzieht ihre Mundwinkel. „Ich muss gar nichts erklären, aber ich werde es dir zuliebe tun. Hannah hat mir das Ende unserer Beziehung ziemlich übel genommen. Sie hat gesehen, dass ich über beide Ohren in dich verliebt war. Hannah hat das leider nicht verkraftet und machte mir das Leben zur Hölle. Sie hat mir den Menschen genommen, der mir neben meiner Tochter und dir am meisten bedeutet hat." Sie steht auf und blickt zum Waldrand hinüber. „Da hinten liegen die Gleise. Sie hat Jules unter irgendeinem fadenscheinigen Grund zu den Gleisen gelockt. Ich weiß nicht, wie sie das geschafft hat, aber er ist zu ihr gefahren. Dort hat sie ihn mit der Pistole bedroht und mit Schüssen über die Gleise gejagt. Sie hat gesagt, dass sie seine ganze Familie töten würde, wenn er sich nicht vor den Zug, der gerade herankam, wirft. Jules hat sich schließlich gefügt, nicht nur, weil er uns vor dieser Irren schützen wollte, sondern weil er wusste, dass er bald sterben würde. Sie hat mir in bösartiger Absicht meinen besten Freund und dir deinen Mann genommen, du dumme Kuh!"

Mir wird übel. Ich rudere mit den Armen, doch da ist nichts, nach dem ich greifen könnte, kein Widerstand, nur Leere. Dann schlägt Karola mich ins Gesicht, und ich stürze. Die Welt schießt auf mich zu, ich komme hart auf der Couch auf, rapple mich stöhnend in eine sitzende Position auf.

„Reiß dich gefälligst zusammen, sonst verpasse ich dir sofort eine Kugel. Wo war ich stehen geblieben? Ach ja, bei Hannah. Sie sagte, dass Jules' Tod nur eine Warnung sei. Wenn ich ihr nicht gehorche, würde als Nächstes meine Tochter dran glauben müssen."

Ich sehe das Monster in Karolas Augen aufblitzen. Meine Brust wird plötzlich sehr eng, meine Wangen glühen, kurz bleibt mir die Luft weg. „Sebastien hatte also kein Verhältnis mit Hannah? Du warst das." Ich schlucke. „Du bist eine Lesbe?"

„Ach schön, dass du das auch schon kapierst? Ja! Ich stehe auf Frauen! Und wenn ich nicht auf dich reingefallen wäre, säßen wir jetzt nicht hier. Sieh mich nicht an, als wäre ich ein Außerirdischer. Ich hätte dir alles gegeben. Alles! Nur ich habe gesehen, wie einsam du warst, wie leer dein Leben ist, wie sehr du dich nach Aufmerksamkeit gesehnt hast. Ich habe mich zurückgehalten und versucht, dich ganz langsam zu erobern. Aber du hast dich entschieden, jemandem treu zu bleiben, dem du kaum etwas bedeutet hast. Und jetzt gibt es niemanden mehr für dich. Sogar ich bin mit dir fertig!"

Ich horche in mich hinein, suche vergebens nach weiteren Antworten und nach einem Ausweg aus diesem Albtraum. Plötzlich rührt sich in mir etwas ganz anderes, zögerlich, aber unaufhaltsam, wie ein kleines Tier mit spitzen Zähnen, das erstmals nach einem langen Winterschlaf den Bau verlässt. Das hier ist nicht das Ende meiner Geschichte. Da ist noch viel mehr. Ich versuche, meine Chancen einzuschätzen. Ich muss an Karola vorbei, an der Waffe vorbei. Vielleicht schaffe ich es, meine Schwägerin davon zu überzeugen, dass ich auf die Toilette muss. Dann bin ich näher an der Haustür.

„Du hättest das Tor zum Garten und die Hintertür abschließen sollen", sagt sie und grinst hämisch. Die Waffe hängt nun am Zeigefinger ihrer linken Hand.

„Sie sind verschlossen. Du kannst dich ja davon überzeugen!"

Karola lacht erneut spöttisch.

Mein Mund ist plötzlich sehr trocken. Ich will nicht in ihren Schlund sehen.

„Glaub nicht, dass du davonkommst. Sobald ich das Haus verlassen habe, werden sie *nicht* verschlossen sein. Jeder wird sagen, dass es sehr dumm von dir war, dem nicht mehr Aufmerksamkeit zu schenken, zumal du schon einmal in deinem Haus überfallen und selbst von dem Angreifen nachdrücklich gewarnt wurdest. Dumm, dumm, dumm gelaufen."

Ich schrecke zusammen, möchte schreien.

„Gestern wollte ich alles einfach so weiterlaufen lassen", fährt sie fort. „Ich dachte ernsthaft darüber nach, dir einen Job zu geben, und überlegte, womit ich dich erobern könnte. Was ich für dich empfand, war gut und aufrichtig. Zu gut, um unbemerkt zu bleiben. Aber ich habe vor geraumer Zeit entschieden, meinem Gefühl die Nahrung zu entziehen. Ich weiß, wann ich aufhören muss." Sie stößt einen tiefen Seufzer aus. „Wir hätten einfach Schwägerinnen bleiben können, aber du hast dich in Dinge eingemischt, die dich nichts angehen. Zunächst fand ich dieses Nachhaken unschuldig, aber als du immer wieder darauf zu sprechen kamst, was mit deinem Gärtner und der Hundesitterin passiert sein könnte, wurde es mir zu brenzlig. Als du auch noch nach Cannes reisen wolltest, hatte ich die Nase gestrichen voll von dir."

Sie starrt mich an, fuchtelt mit der Waffe. *Sie wird mich töten!*

„Ich wollte nur sicher sein, dass Bruce wirklich einen Unfall hatte", flüstere ich. „Würdest du bitte die Waffe irgendwo hinlegen?"

Karola schaut blitzschnell auf die Waffe, konzentriert sich aber sofort wieder auf mich. „Und das soll ich dir abnehmen? Du wolltest Detektiv spielen, hast ja nichts anderes zu tun. Ich konnte es nicht wagen, einfach so weiterzumachen."

Ich zeige auf die Waffe. „Hast du damit Hannah ...?"

Karola lächelt breit. „Richtig. Hannah wollte Geld, aber ich war nicht bereit, es ihr zu geben. Sebastien allerdings schon. Er wusste von Hannah und mir. Wir haben uns deswegen oft gestritten. Er wollte mich sozusagen freikaufen. Dieser Dummkopf. Ich habe dich an dem Abend beobachtet, als du zu Bruce' Unfallstelle gefahren bist. Der arme Kerl hatte wirklich so einen blöden, *blöden* Unfall. Hannah hat ihn über den Haufen gefahren. Aber das hast du ja schon vermutet. Nachdem ich dich an dem Abend mit den Rosen auf der Landstraße gesehen hatte, kam mir die Idee, Hannah anzurufen und mich mit ihr in der Nähe deines Hauses zu treffen. Dort wohnt ja sonst niemand weit und breit. Nur *du*. Es war nicht schwer, sie auszuschalten. Kurz darauf war ich wieder zu Hause. Du hast die Polizei belogen, meine Liebe. Du hast für diese Zeit kein Alibi! Das hast du nun davon, du und deine Sentimentalitäten. Möchtest du noch mehr Einzelheiten?"

„Du ... du b ... bist eine eiskalte Mörderin. Du hast einen Menschen auf dem Gewissen."

Karola lacht nicht mehr. *„Einen?* Sebastien hat sofort gewusst, dass ich Hannah getötet habe. Ich musste auch ihn ausschalten. Er wurde zu lästig und zu neugierig. Er stand mir im Weg, genau wie du jetzt." Sie kratzt sich am Ohr. „Willst du wissen, wo ich ihn verscharrt habe?"

Ich spüre einen warmen, nassen Strahl zwischen meinen Beinen.

# Kapitel 81

„Wir sollten das jetzt und hier beenden." Karola hält die Waffe in ihrer rechten Hand und zielt auf mich.

Ich schaue direkt in den Lauf der Pistole. „Denk doch an Lianne", flüstere ich.

Sie beugt sich ein wenig nach vorn. „*Mein* Kind stand immer an erster Stelle. Aber durch meine Tochter war ich an einen Mann gebunden, musste mich im Geheimen mit Frauen treffen. Für die Außenwelt war ich die erfolgreiche Geschäftsfrau und die perfekte Ehefrau - den Sex mit Sebastien nahm ich in Kauf. Also sag mir nicht, dass ich an mein Kind denken soll! Ich habe jahrelang nichts anderes getan!"

Ich muss Zeit gewinnen, aber wie? „Das, was du mir über Sebastien und Hannah erzählt hast, war das in Wirklichkeit die Geschichte von Hannah und dir? Alles, was du mir gesagt hast, war also gelogen?"

Karola lehnt sich ein wenig zurück. „Du musst doch zugeben, dass es eine gute Geschichte war. Sagen wir mal so: Ich habe die Protagonisten ein wenig vertauscht."

„Wusste Sebastien schon immer von deiner Zuneigung zu Frauen?"

„Natürlich wusste er von Hannah und mir, aber so lang ich meine Beine für ihn spreizte, war es in Ordnung. Es törnte ihn sogar an. Männer denken in erster Linie an Sex, Tessa." Sie lacht höhnisch auf. „Er hat geahnt, dass ich etwas mit Hannahs Tod zu tun hatte. Sebastien hätte weniger Fragen stellen sollen. Er hatte alles, was er wollte, ein Kind, eine Beziehung, eine starke Firma, genug Geld. Hätte er sich nicht in Dinge eingemischt, die für ihn ungesund waren, wäre nichts passiert."

„Du hast behauptet, er sei in mich verliebt, Karo. Du hast mir seine Briefe gegeben. Warst du manchmal eifersüchtig?"

Karola schnauft. „Eifersüchtig? Es gab keinen Grund. Hat dir meine Geschichte über die sogenannte Verliebtheit von Sebastien so gut gefallen? Hat es dein Ego gestreichelt? Sebastien war die

Anständigkeit in Person, was dich betraf. Er mochte dich als Schwägerin. Mehr war da nicht." Ihre Stimme klingt leise und kalt.

„Aber diese Briefe?"

„Sebastien hat niemandem Briefe geschrieben."

Es dringt nicht wirklich zu mir durch, was Karola mir sagen will, aber ich muss weitersprechen. „Du sagtest, du wolltest mir alles geben, ist das nicht immer noch möglich?"

Karola steht auf, und legt einen Finger auf den Abzug. „Nein. Wenn die Liebe nicht beantwortet wird, verwandelt sie sich schnell in Hass." Ihre Augen sind kalt und dunkel, und voller Wahn. Ihr Gesicht ist verzerrt. Eine mir völlig fremde Person steht vor mir. Auch äußerlich hat sie nichts mehr mit meiner scheinbar immer so besorgten Schwägerin gemein.

„Ich hätte das alles ganz anders machen sollen", sagt sie. „Aber es ist wie es ist. Hör auf, mir Fragen zu stellen. In deinem Haus gibt es noch etwas, das ich finden muss."

Das böse Grinsen auf ihrem Gesicht ist kaum zu ertragen.

Ich ringe nach Atem. „Noch eine Frage? Bitte."

Keine Antwort.

„Kann ich *Lady in red* noch einmal hören?" Ich zeige auf den CD-Player. „Die CD ist schon drin."

Karola macht einen Schritt in Richtung Sideboard.

Ich rühre mich nicht. „Bitte!"

Wenig später ist der Raum voller.

*I've never seen you looking so lovely as you did tonight.*

„Lauter", rufe ich. Ich lausche mit geschlossenen Augen und warte auf den Part, der mir am besten gefällt. Wer hätte gedacht, dass ich dieses Lied in den letzten Minuten meines Lebens noch einmal hören würde?

Ich erinnere mich an meinen Hochzeitstag, mein schönes Kleid, meinen stolzen Vater. Ich erinnere mich, dass ich Jules lieben *wollte.*

*The lady in red is dancing with me*
*Cheek to cheek*
*There's nobody here*
*It's just you and me*
*It's where I wanna be*

Die Lady in red tanzt mit mir, Wange an Wange. Es ist niemand hier. Es gibt nur dich und mich. Hier will ich sein.

„Lauter", rufe ich.

Karola dreht die Lautstärke voll auf.

Die Stimme durchdringt jede Pore meiner Haut. Die Musik umarmt mich. Der Refrain ist tief gehender denn je und die letzte Strophe kommt viel zu schnell.

*I'll never forget the way you look tonight.*

Ich werde nie vergessen, wie du heute Abend ausgesehen hast.

*Ich hätte Boris anrufen sollen.*

„Das war's", sagt Karola. „Bis auf *eine* Sache. Es gibt noch etwas, das du wissen musst, bevor du stirbst. Etwas über ..."

Ich schließe die Augen. Ein ohrenbetäubender Schlag kommt aus dem Nichts. Ich zucke heftig zusammen, öffne die Augen. Verstehe nicht, was ich wahrnehme. Jemand hat die Tür zum Wohnzimmer aufgetreten.

„Polizei! Lassen Sie die Waffe fallen!"

Karola dreht sich ruckartig um und richtet ihre Waffe auf den Polizisten.

Ein Schuss hallt durch den Raum und das Haus.

Ich tauche ab und presse die Hände auf meine Ohren.

Karola schaut mich hasserfüllt an, während sie zu Boden fällt, noch immer dieses böse Grinsen im Gesicht. Sie gibt mir wortlos zu verstehen, dass ich in ihrer Tasche nachsehen soll.

Ich rühre mich nicht vom Fleck, kann es nicht.

Eine Polizistin fühlt Karolas Puls, schüttelt den Kopf und richtet sich wieder auf. „Sie ist tot", sagt sie emotionslos.

Ich sitze da, wie betäubt.

Da sind Blutspuren auf mir. Meine Kehle ist wie zugeschnürt, mein Körper bebt.

„Ruhig, ganz ruhig. Schsch ...", sagt jemand und nimmt mich in die Arme.

Endlich kommt der erlösende Schrei.

# Kapitel 82

*Amelie*

Ihre Freundin ist in Sicherheit. Sie und Tessa sind vor Karola in Sicherheit, aber das beruhigende Gefühl, das damit einhergehen sollte, hat sich nicht eingestellt. Seit zwei Tagen versucht Amelie, ihren Adrenalinspiegel mit Atemübungen zu bekämpfen. Ihre Bewegungen sind unsicher und sie artikuliert nicht so klar wie sonst. Sie hat Heißhungerattacken, die sie mit jeder Menge Kohlehydrate stillt. Ganz zu schweigen von dem vielen Wein, den sie jeden Abend trinkt.

Tessa drängt sie wiederholt, sich zu doch zu beruhigen, aber der Geist der Vergangenheit hat seine Flasche verlassen. Sobald sie ein Beruhigungsmittel einwirft, wird ihr Hirn von grauenvollen Bildern überflutet.

Als sie herausgefunden hat, wer die Briefe an Tessa geschrieben hatte, war sie sofort in ihren Wagen gestiegen und zu Tessa gefahren. Sie parkte den Wagen einige Meter von der Einfahrt entfernt. Eine Erklärung dafür hatte sie nicht.

Langsam ging sie auf die Villa zu, verspürte Panik, als sie Karolas Wagen in der Auffahrt erkannte. Ihr war sofort klar, dass etwas nicht stimmte.

Die Haustür stand einen Spaltbreit offen. *Seltsam*, sie schob die Tür vorsichtig auf und hörte Stimmen hinter der Wohnzimmertür. Karola redete ununterbrochen. Dann hörte sie Tessa fragen, ob Karola die Waffe irgendwo hinlegen würde. Im nächsten Moment war sie schon an der Einfahrt, wählte den Notruf und sagte, was sie gehört hatte. „Bitte keine Polizeisirenen, sonst wird Karola meine Freundin sofort erschießen. Diese Frau ist unberechenbar."

In weniger als sechs Minuten fuhren sechs Polizeifahrzeuge vor. Sechs Minuten, in denen *Lady in red* aus dem Wohnzimmer dröhnte. Vier Polizisten entsicherten ihre Waffen und betraten das Haus.

Und dann hörte sie den Schuss.

„Nein!"

Ein Schrei. Dann gespenstische Stille.

Sie lehnte sich an einen Zaun, Tränen liefen über ihre Wangen.

Ein Polizist kam auf sie zu. „Frau Simonet geht es gut. Kommen Sie bitte, Ihre Freundin möchte Sie sehen."

Ein eigenartiges Surren war in ihrem Kopf, als sie das Wohnzimmer betrat. Sie schauderte. Ihr Atem beschleunigte sich, und ihre Panik löste ein unkontrolliertes Flattern in ihrer Kehle aus, als würden sich Hände um ihren Hals legen.

Eine bodenlose Leere erfasste sie. Sie sah das weiße Laken über dem Körper. Blut! Überall Blut! Der Teppichboden war rot durchtränkt. Sie rang nach Luft.

Sie starrte in Tessas Augen. Große dunkle Krater, tränenlos, die Augen einer traumatisierten Frau. In dieser Sekunde blieb die Welt stehen. Wurde gespenstisch still. Es war die längste Sekunde in ihrem Leben – und die kürzeste. Die Zeit blieb stehen, zugleich zerrann sie ihr zwischen den Fingern. Zeit hatte eine andere Bedeutung. Zeit bedeutet nichts mehr.

Eine Sekunde des Erkennens flackerte in den Augen ihrer Freundin auf. Dann kamen die Tränen, heiß begleiteten sie ihr Schluchzen.

# Kapitel 83

Amelie hält sich nun schon seit einer Woche mit Tessa in deren Elternhaus auf. Lianne ist ebenfalls hier. Tessas Mutter kümmert sich rührend um alles. Lianne und Tessa sind mit allem einverstanden und unendlich dankbar. Niemand kann so richtig fassen, was geschehen ist.

Amelie ist nun auch ein wenig ruhiger geworden. Immer wieder sagt sie sich, wie erleichtert sie ist, dass die Kugel nicht Tessa, sondern Karola getroffen hat.

Lianne ist immer noch völlig verstört. „Lügen kamen Mama wohl immer wie von selbst über die Lippen", sagt sie bitter mit Tränen in den Augen. „Ich habe immer gehofft, dass meine Eltern sich versöhnen würden, aber stattdessen war ihre Trennung brutal und hässlich."

*Trennung.* In diesem Wort liegt der blanke Hohn. Karola tötete Hannah und Sebastien, weil sie sich einer polizeilichen Ermittlung entziehen und frei sein wollte. *Wer tot ist, der nimmt sein Wissen mit ins Grab*, hatte sie einmal gesagt.

Lianne weicht Tessa kaum von der Seite und schläft tagsüber viele Stunden. „Nichts fühlt sich in meinem Leben mehr jung und bunt an", sagte sie.

Amelie hat etliche Gespräche mit ihr geführt, die meisten jedoch mit Tessa und manchmal auch im Beisein von Tessas Mutter. Dabei ging es immer um Karolas Briefe und ihr verworrenes Liebesleben. Das Geld wurde mit keiner Silbe erwähnt. Sie sprachen aber auch über den Mord an Hannah und Sebastien. Zwei Morde – eine beachtliche kriminelle Karriere.

Was Sebastien betrifft, kann erst von Mord die Rede sein, wenn sie seine Leiche gefunden haben. Karola hatte Tessa den Mord zwar gestanden, aber wo war seine Leiche? Die Polizeibeamten hatten das Haus auf den Kopf gestellt, den Garten und das dahinterliegende Weideland durchforstet. Nichts.

Sie nimmt an, dass Karola Sebastiens Leiche in unmittelbarer Nähe versteckt hat. Vielleicht sogar im Keller ihrer Freundin. Ein grauenvoller Gedanke.

Amelie wacht jede Nacht ein paar Mal auf. Sie glaubt, Geräusche zu hören, als würde jemand irgendwo eine Schaufel in die Erde rammen. Dann wird ihr bewusst, dass Karola in einer Kühlzelle liegt, mit einem rosa Zettel am Fuß – nicht einsatzfähig.

Sie beruhigt sich wieder. Sie wird Tessa niemals ihre Beziehung mit Jules erklären müssen und somit ihre Freundin auch nicht verletzen. Das Miststück Karola wartet auf seine Einäscherung.

Sie ist in Gedanken wieder oft bei ihrer Mutter, hört ihre Stimme, die sagt, dass die Wahrheit nie so schlimm ist wie eine Lüge. Mit einem *Blödsinn!* bringt sie die Stimme in ihrem Kopf zum Schweigen. *In diesem Fall kann keine Rede von einer Lüge sein, Mutter!*

Tessa hatte nie Fragen gestellt, nie den Hauch einer Andeutung gemacht, dass sie etwas wusste. Amelies Geheimnis hatte nur einem Zweck gedient – die Freundschaft zu schützen und ihre Freundin nicht zu verletzen. Dennoch fühlt sich das nicht gut an, besonders wenn sie sieht, wie Tessa mit der grauenvollen Erinnerung kämpft. Dann möchte sie ihre Freundin trösten und beschützen und für sie da sein, so wie Tessa stets für sie da gewesen ist – bis ihre Gefühle für Jules ihre Freundschaft auf eine harte Probe gestellt hatten.

Sie hat das Geld wieder in den Keller gebracht, nachdem die Spurensicherung ihre Arbeit abgeschlossen hatte. Dieses Geld war durch und durch schmutzig und würde niemandem Glück bringen.

Amelie weiß, dass sie ihre Freundschaft zu Tessa verraten hat, dass sie mit dieser Lüge leben muss. Aber irgendwann wird sie ihrer Freundin alles erklären. Nur nicht heute, heute ist jeder so verletzlich.

Später, vielleicht auch erst, wenn sie alt sind. Sehr alt. Vielleicht. *Vielleicht* ist ein beruhigendes Wort.

# Kapitel 84

*Tessa*

Alles in mir ist blockiert, wird festgehalten von einem überwältigenden Gefühl der Qual und der Angst. Ich spüre, wie das Gewicht von beidem mich niederdrückt, und spüre die Schwere meiner eigenen Schuld, die ich mit niemandem teilen kann.

Ich vergesse niemals den Ausdruck in ihren Augen, als ich mich nach Sebastien erkundigt habe. *Wo soll er schon sein?* Die Gehässigkeit in ihrer Frage, das höhnische Grinsen, das harte Glitzern in den Augen. Da wusste ich, dass sie mein Geheimnis kennt. Es von Anfang an gewusst haben muss. Sie hat einfach weitergemacht, die pflichtbewusste Schwägerin, die Ehefrau und Mutter. Aber ich war in ihr ausgelaufen, wie Alkali aus einer Batterie ausläuft. Dieses Gefühl kenne ich nur allzu gut. Jules hat sich wie eine langsame Korrosion durch mich hindurchgefressen und mich mit einer Blase heißer Luft vermischt, um Gift in mir zu produzieren. An dem Abend, als er mir gestand, dass es da eine andere Frau gab, spürte ich das Gift in mir schwappen. Gefährlich sollte es herauskommen. Tödlich.

Ich sitze bei einer Tasse Kaffee bei meiner Mutter. „Der Immobilienmakler hat angerufen. Er kommt mit einem Interessenten vorbei, der das Haus bereits besichtigt und sich begeistert zum Haus geäußert hat. Ein attraktives Kaufangebot liegt ebenfalls vor."

Der Verkauf kann nach meiner Mutter nicht schnell genug über die Bühne gehen und Mütter haben bekanntlich immer recht. Vermutlich hat sie deshalb beim Notar schon drei Termine blockiert.

Sie nickt sichtlich zufrieden.

Mit dem Verkauf des Hauses kann ich alles hinter mir lassen – Tod, Vergangenheit, eine verlorene Liebe. *Die Liebe und der Tod* ... in meinem bisherigen Leben waren sie immer eng miteinander verknüpft. „Ab sofort soll der Tod keine Rolle in meinem Leben spielen, Mama."

„Aber dieses verräterische Miststück, der Tod, hockt leider immer in irgendeiner Ecke", erwidert sie. Es ist wohl eine Anspielung auf ihr Alter.

Ich wohne jetzt bei Lianne und werde mich vorerst um sie kümmern. Meine Mutter hat im Vorfeld fast alles aus dem Haus entfernt, was an Karola erinnern könnte. Wenn ich mich jetzt hier umschaue, kommt es mir vor, als ob sie de facto nie hier gewohnt hätte. Es ist seltsam und ein Trugschluss, denn ich spüre sie im ganzen Haus, sehe, wie sie hinter mir herschleicht und manchmal glaube ich sogar, ihre Stimme zu hören.

„Diese Dinge sind Bestandteil des Loslassens, Tessa", sagte meine Mutter, als ich sie auf meine Gefühle ansprach. „Dafür muss man sich Zeit nehmen."

Noch immer ist alles in mir blockiert, alles wird festgehalten von einem überwältigenden Gefühl der Angst. Alles ist fremd. Doch auch das Fremde gehört zum Abschied, denn es steht für den Neuanfang.

„Du denkst bestimmt, es sollte mir leidtun", hat Karola gesagt, „aber es tut mir nicht leid." Noch immer mir dringen diese Worte direkt ins Mark.

„Ich bin froh, dass du tot bist", flüstere ich.

Ich kann nicht allein sein, denn dann breitet sich die Panik in mir aus. Dann höre ich wieder Karolas Stimme. *„Du hättest das Gartentor und die Haustür abschließen sollen."* Und ich sehe die Waffe in ihrer Hand.

Tilda Bruns hat mir einen sehr guten Psychotherapeuten empfohlen, der auf Opferbetreuung spezialisiert ist. Ich werde diese Hilfe irgendwann in Anspruch nehmen, aber erst, wenn ich mir das ganze Ausmaß der Verbrechen vor Augen geführt habe, wenn alles erledigt ist. Wenn Karolas Körper zu Asche geworden ist, mein Haus neue Bewohner hat und ich wieder allein sein kann.

Wenn ich den siebten Brief verbrannt habe. Und ich das Tagebuch *Zwischen den Zeilen* gelesen habe.

Der Postbote hatte zwei Tage nach Karolas Tod ein Päckchen gebracht. Da ich einige Tage bei Lianne verbringen würde, packte ich schnell einige Sachen zusammen und brachte den Koffer ins Gästezimmer. Unten im Haus hielten sich noch immer Polizisten auf, unter ihnen Tilda Bruns, die auf mich wartete. Sie hatte mir immer wieder Fragen gestellt, sie auch mehrfach wiederholt. Ich bat um eine Pause, nahm das Päckchen und flüchtete nach oben. Instinktiv ging ich in Jules' Büro und legte dort das Päckchen auf den Schreibtisch. Ohne explizit nach etwas Bestimmtem zu suchen, öffnete ich alle Schubladen seines Schreibtisches, berührte aber nichts. In der linken unteren Schublade lag der Brief. Ich faltete ihn auseinander. Mein Herz schlug wild, als ich die ersten Zeilen las.

# Neunter Brief

*Liebste Tessa,*
*ich spreche dich weiterhin auf diese Weise an, obwohl meine*
*Liebe dem Hass gewichen ist. Das ist mein letzter Brief an dich, und*
*eigentlich ist dieser Aufwand überflüssig. Aber ich schreibe*
*Nummer Neun trotzdem, weil es mir hilft, mein Vorhaben zu Ende*
*zu bringen.*
*Heute ist der letzte Tag deines Lebens.*

Rasch setze ich mich in den Bürosessel. Ich kann meine Augen
nicht von der letzten Zeile lösen, die ich gerade gelesen habe.
Etwas anderes steht da geschrieben, ich verstehe es falsch. Aber ...
nein, die Worte stehen sehr wohl dort. *Heute ist der letzte Tag
deines Lebens.*

Ich falte den Brief zusammen und stecke ihn in meine
Hosentasche.

Amelie hat die ersten acht Briefe auf meinem Wunsch hin der
Polizei übergeben. Sie werden sie zu den Akten legen und später
in die Asservatenkammer, sobald die Akte geschlossen wird. Das
wird nicht mit dem neunten Brief geschehen. Ich habe nicht die
Absicht, jemandem zu sagen, dass ich ihn gefunden habe, er geht
nur mich etwas an, ich *allein* entscheide, was mit ihm geschehen
soll. Ich muss mich allein mit dem Inhalt auseinandersetzen. Er
betrifft nur Karola und mich.

Ich habe den Brief in meiner Brieftasche, in der ich Fotos
aufbewahre und die ich immer bei mir habe, versteckt. Dazu
gehört auch ein Bild von Boris. Ich habe schon ein paar Mal kurz
davor gestanden, ihn anzurufen, es mir in letzter Sekunde aber
anders überlegt. Unsere zufällige Begegnung im Krankenhaus hat
sicher nichts zu bedeuten. Wir haben uns nur über das
Wiedersehen gefreut, mehr war da nicht. Er sagte mir, dass er sich
von seiner Frau getrennt hätte, aber er sagte nicht, dass er allein
lebte. Womöglich ist er wieder verheiratet, also mache ich mir
auch weiterhin nichts vor.

Dennoch könnte ich es herausfinden. Man muss nur die richtigen Fragen stellen.

Dann öffne ich das Päckchen. Ein alter, abgetrennter Puppenkopf, um den eine Kordel gewickelt ist, starrt mich an. Ich sehe ihn mir genauer an. Aus dem Hals lugt etwas Rotes hervor. Ich ziehe ein winziges rotes Puppenkleid heraus, erstarre. Ferne, tief vergrabene Fetzen übler Erinnerungen blitzen auf, nur einen kurzen Moment. Dann sind sie wieder fort.

Ich öffne den Umschlag, lese: *für mein kleines Mädchen, für Alice.*

### Zwischen den Zeilen

*Der Raum, in dem das Kind einst eingesperrt wurde, war klein, niedrig und ziemlich finster. Es gab nur eine einzige Lichtquelle, eine schmale Luke, dahinter eine schwach flackernde Birne. Die Bruchsteinwände waren mit Schaumstoff ausgekleidet und mit Jute überzogen. Sie erinnerten das Kind an einen mit Laub überwucherten Leinensack. Der Steinboden war nass und kalt, selbst das Bett und der Stuhl fühlten sich stets klamm an. Es roch nach verfaultem Laub, nach Tod, und es war dunkel. Trotzdem verspürte das Kind keine Angst, denn es hatte eine Puppe, die es beschützte.*

*Damals, als das Kind sie fand, war es sich sicher, dass die Schwärze eines Tages vorübergehen würde und dass irgendwo in diesem finsteren Raum eine Tür war, vielleicht zwischen den Fugen der gepolsterten Quadrate, ein Wurmloch, das zu einem Zufluchtsort führte, an dem es wieder atmen konnte.*

Der letzte Satz zeigt eine andere Handschrift.

*So könnte es gewesen sein.*

Jemand muss die Zeilen für diese Frau aufgeschrieben haben. Ich schließe die Augen. Ein Bild aus ferner Vergangenheit kommt näher. *Es ist das Gesicht einer Frau. Sie beugt sich über das Mädchen. Es blinzelt.*

Mein Körper fühlt sich jetzt vollkommen taub an. Meine Mundwinkel zucken. Vor meiner Iris lüftet sich ein Vorhang. Der Nebel lichtet sich. *Ein hässliches Grinsen stiehlt sich auf das Gesicht der Frau. In ihren Augen spottet der Wahn. Ihr Lächeln ist wie ein offenes Klappmesser. Erschrocken weicht das Kind einen Schritt zurück und schließt verängstigt die Augen.*

War das ein Traum? Nein, das war kein Traum. Das war einst die Realität.

Wieder schließe ich die Augen und stemme meine Hände auf meine Oberschenkel, beuge mich vornüber, zähle meine Atemzüge. Die Übelkeit bleibt. Ich höre das leise Surren von Stimmen, irgendwo aus der Ferne. Ich bin gefangen in dem Albtraum meiner frühen Kinderjahre. Alles ist so seltsam und grotesk. Meinem Gehirn will es einfach nicht gelingen, den Sinn der Bilder vor meinem inneren Auge zu begreifen. Mein Herzschlag beruhigt sich nicht, ich zwinge mich, langsam ein- und auszuatmen, öffne die Augen. Starre die Wand an und warte. Und dann projiziert mir mein Hirn vier Jahre meines Lebens auf die weiße Bürowand.

„Mami ...?"

Ich stürze in einen bodenlosen Abgrund.

# Kapitel 85

*Tessa*

Wir sitzen nebeneinander und lauschen den Klängen der Musik, die Lianne gewählt hat. Einen Song von Sting und einen von Lionel Richie, Karolas Favoriten.

Wir haben uns für eine Einäscherung entschieden und beschlossen, dass die Asche von Karola gemeinsam mit der Asche von Jules in einigen Monaten an einem Ort verstreut wird, den das Krematorium für diesen Zweck zur Verfügung stellt. Wir wissen noch nicht, ob wir dabei sein wollen.

Ich sitze zwischen Lianne und meiner Mutter, Amelie sitzt neben Lianne. Niemand sagt etwas, niemand weint.

Auf dem Sarg liegt ein einziger weißer Blumenstrauß. Karola liebte weiße Blumen. Die Trauerkarten bringe ich erst heute Abend zur Post. Aus ihnen geht lediglich hervor, dass die Einäscherung im engsten Familienkreis stattgefunden hat. Morgen werden Lianne und ich ein Gespräch mit dem zweiten Geschäftsführer führen, der derzeit das Unternehmen ihres Vaters leitet. Lianne hat mich zwar gebeten, vorerst die Leitung der Firma zu übernehmen, aber ich habe abgelehnt. Ich habe diese Entscheidung getroffen, nachdem ich Karolas letzten Brief gelesen habe. Ich möchte diese Zeit meines Lebens hinter mir lassen, und das wird nicht funktionieren, wenn ich einer solchen Führungsrolle zustimme. Das Unternehmen kann vorerst von anderen Führungskräften geleitet werden, die das Vertrauen von Sebastien hatten. Lianne weiß, wer sie sind.

Ich werde mich zunächst auf Dinge konzentrieren, die für mich wichtig sind. Ich werde viele Gespräche mit dem Traumapsychologen führen müssen, damit ich wieder ruhig schlafen kann. Ich brauche Zeit, um das Bild von Karola loszuwerden, die mit einer Waffe auf mich gezielt hat. Ich muss lernen, dass ein lautes Geräusch in meiner Umgebung nicht der

Schuss aus einer Waffe ist. Ich muss damit fertig werden, was ich getan habe und wofür mich kein Gericht der Welt verurteilen wird.

Ich muss meine Kindheit aufarbeiten, indem ich mich an sie erinnere, hat mein Psychologe gesagt. Und ich möchte meine Freundschaft mit Amelie wieder aufleben lassen. Jeder von uns verdient trotz allem die Zuneigung des anderen.

Gestern haben wir über das Geld gesprochen. „Hat die Polizei das Geld nicht gefunden?"

„Nein, aber ich bin mir fast sicher, dass Jules es irgendwo in unserem Haus versteckt hat. Ich werde vorerst mit niemandem darüber sprechen, Amelie."

„Aber es handelt sich um eine große Summe, die Lianne zusteht."

„Ach Amelie, Lianne ist die Erbin eines finanziell sehr gesunden Unternehmens. Sie ist steinreich. Ich möchte vorerst nicht, dass das Mädchen etwas über dieses Geld erfährt", antwortete ich. „Wir müssen sie jetzt schützen."

Amelie seufzte. „Einverstanden."

Amelie schien darüber erleichtert zu sein. Ich fand es seltsam, aber später dachte ich, dass sich meine Freundin psychisch von der Fehlgeburt erholen müsse.

Der Bestattungsunternehmer bittet uns, aufzustehen. Der Sarg wird hinuntergelassen.

„Mach's gut, Mama", flüstert Lianne und legt ihre Hände vor ihre Augen und weint. Sie weiß, dass mit dem Hinunterlassen des Sarges das erste Loslassen beginnt.

„Endlich", seufzt meine Mutter, „sind wir sie los!"

# Kapitel 86

Die anderen schlafen noch, aber ich sitze auf in meinem grünen Loveseat, halte den neunten Brief in den Händen und lese – bis zur vierten Zeile.

*Heute ist der letzte Tag in deinem Leben.*

Ich schlucke einige Male und lege den Brief beiseite. Ich fühle mich gleichermaßen besser und schlechter beim Lesen dieser Worte. Warum will ich mehr wissen? Mein vermeintlich letzter Tag ist vorüber, ich lebe noch. Obwohl sich alles in mir sträubt, nehme ich den Brief erneut.

*Heute ist der letzte Tag in deinem Leben. Woher ich das weiß? Ganz einfach, weil ich die Entscheidung getroffen habe, dass du heute sterben wirst.*

*Du stehst mir zu sehr im Weg und bist nicht mehr nur ein Hindernis, sondern du bedeutest vor allem Gefahr. Das Abenteuer, das ich begonnen habe, muss für mich Erfolg versprechend enden. Das kann nur gelingen, wenn ich dich eliminiere.*

*Heute spiele ich ein bisschen Gott, morgen werde ich wieder Karola sein.*

*Was ich für dich empfunden habe, war aufrichtig und tief. Vielleicht habe ich mich zu sehr von meinem Verlangen leiten lassen, vielleicht habe ich mich zu lange auf meiner Fantasieinsel aufgehalten. Keine Ahnung. Was ich fühlte, war gut. Ich habe dich oft angesehen und immer eine warmherzige Frau gesehen, die so viel bereit war, zu geben. Ich bin überzeugt, dass du Mutter werden solltest, ich hätte dich ermutigt, einen Spender zu suchen und ein Baby zu bekommen. Ich hätte gerne noch ein Kind mit dir großgezogen.*

*Aber du hast mich nicht so gesehen, wie ich von dir wahrgenommen werden wollte. Ich habe versucht, meinem Zorn nicht nachzugeben, meiner Enttäuschung zu trotzen, mein*

*Bedürfnis nach Rache zu unterdrücken. Ich will immer noch nicht zu deiner Mörderin werden, aber du lässt mir keine andere Wahl.*

*Ich habe eine Tochter, Tessa, die mich braucht. Sie muss schon mit dem Verlust ihres Loser-Vaters fertig werden, also darf ich nicht auch noch aus ihrem Leben verschwinden. Wenn ich dich gewähren lasse, laufe ich Gefahr, dass der Unfall deines Gärtners, der Tod von Hannah und das Verschwinden von Sebastien miteinander in Verbindung gebracht werden.*

*Es fühlt sich gut an, diesen Brief zu schreiben, bevor ich zu dir komme, um dich zu töten. Es befreit mich ungemein, all das aufzuschreiben, was ich getan habe. Glaub nur nicht, dass mir das Ganze nichts anhaben kann. Ich kann nur damit nichts anfangen, so bin ich nun mal. Jules hat das verstanden. Mir gefällt es sogar richtig gut, dass hier alles aufzuschreiben, obwohl ich weiß, dass ich später, wenn ich zurück bin, diesen Brief sofort vernichten muss.*

*Oder behalte ich ihn und verstecke ihn in Jules Schreibtisch? Direkt neben deiner Pistole! Oder in deinem Keller? Dort kann man jede Menge unterbringen, wusstest du das? Ich könnte dich in so einem Loch verstecken, wie es deine Mutter einst mit dir getan hat, dann würdest du spurlos verschwinden, so wie Sebastien. Niemandem würde das auffallen. Glaubst du nicht, dass das eine gute Idee wäre? Woher ich von deiner Mutter weiß? Hannah hat es mir erzählt, und erst danach ist mir aufgefallen, wie ähnlich ihr euch seid. Ihr seid beide wunderschön. Zu schön.*

*Deine Mutter ist übrigens sehr krank. Ich meine nicht ihre geistige Behinderung. Sie hat Krebs im Endstadium und wird bald sterben und in der forensischen Strafanstalt verbrannt. Geschieht der alten Hexe recht. Sperrt ihr wunderschönes Kind in den Keller ein. Pfui Teufel. Weißt du, wie das Wachpersonal deine Mutter dort nennt? Puppenmutter! Weil sie immer eine alte Puppe mit sich trägt. Auch du magst Puppen, hast du mir mal gesagt.*

*Und jetzt zu Jules, du verlogenes Miststück. Ich habe gesehen, was du auf den Gleisen mit ihm gemacht hast. Du hast ihn mit deiner Pistole in den Tod getrieben, und nachdem der Zug ihn überfahren hat, hast du ihm seinen Arm abgetrennt und mit seinem Kopf Fußball gespielt! DAS WAR NICHT HANNAH!!! Ich dachte immer, dass es Hannah war. Das rote Haar deiner*

*Halbschwester hat mich getäuscht. DU bist die Irre in dieser Familie! Und ich Idiotin habe aus Liebe zu dir geschwiegen, aus Liebe habe ich dich schützen wollen. Jules war mein einziger Freund. Er hat mich akzeptiert. Ihm musste ich nie etwas vormachen. DU hast ihn mir genommen. Dafür gehst du in den Tod!*

*Du hingegen hast ihn abgrundtief gehasst. Auch deshalb werde ich dich töten. Ursprünglich wollte ich dich mit dem Mord erpressen, mir deine Liebe auf diese Weise sichern, aber wahre Liebe basiert auf Freiwilligkeit. Du wolltest mich nicht. Ich werde dich töten, wie du Jules getötet hast.*

*Woher ich das weiß? Ich habe dich immerzu beobachtet. Monatelang. Ich bin DIR an dem Abend gefolgt, nicht Hannah. Ich habe es gesehen. Aber wenn ich zu dir komme, werde ich dich wieder in die Irre führen. Das mache ich nur allzu gern mit den Hauptfiguren meiner Geschichten. Ich liebe die Lüge. Nur so wirst du dich in Sicherheit wähnen. Du wirst niemals den wahren Grund erfahren, weshalb ich dich getötet habe.*

*Es sei denn, du überlebst und findest diesen Brief, du verlogenes Miststück.*

Meine Wut tost bis in die Zehen. Angst und Verwirrung sind in den Hintergrund getreten. Ein Gefühl kommt an die Oberfläche, das ich noch nie in dieser Intensität empfunden habe.

Hass!

Ein Schrei nach Rache.

Die Neigung, körperliche Gewalt anzuwenden.

Das Bedürfnis eines Gegenschlages.

„Fahr zum Teufel!", schnaube ich. „Ich bin fertig mit dir!"

Ich nehme das Feuerzeug aus der Küchenschublade und halte die Flamme gegen den unteren Teil des ersten Blattes, danach an die zweite Seite. Ich drehe den Wasserhahn auf und spüle die schwarze Asche in den Abfluss.

Ich habe Jules getötet oder vielmehr in den Tod getrieben. Aber ist das nicht dasselbe? Egal. Niemand wird es jemals erfahren!

Die Standuhr schlägt viermal, fünfmal, sechsmal.

Später sitze ich einfach nur da, in meinem grünen Loveseat.

Mit dem Kopf von Alice auf meinem Schoss.

„Es wird immer unser Geheimnis bleiben, Alice", flüstere ich.
Alice klappert mit den Lidern.

# Zwischen den Zeilen

*Paris, Forensische Abteilung der Strafanstalt La Santé , Zelle 13*

*Liebe Alice,*
*als du dich als Kind davongeschlichen hast, wurde ich hier eingesperrt. Aber ich war nicht besonders traurig, denn ich erfuhr, dass neues Leben in mir wuchs. Wäre das nicht der Fall gewesen, dann hätte ich mir das Leben genommen, so wie ich es dir in meinem Brief geschrieben habe. Sieben Monate später wurde meine Hannah geboren und ich durfte sie eine Zeit lang behalten.*
*Hannah war wunderschön. Wir mochten uns. Woher ich das weiß? Sie kam zwar drei Monaten nach ihrer Geburt in eine Pflegefamilie, aber viele Jahre später hat sie Kontakt zu mir aufgenommen. Jetzt ist Hannah tot und ich habe nur noch eine Tochter, die aber nichts von mir weiß.*
*Ich bin das, was sie hier eine gemeingefährliche Geisteskranke nennen. Seit 1984 bin ich in der forensischen Abteilung La Santé eingesperrt. Zimmer dreizehn. Es gibt feinere Adressen in Paris als die Nummer 42, Rue de La Santé. Zwar fiel im Innenhof des Trutzbaus aus dem 19. Jahrhundert die Guillotine 1972 zum letzten Mal. Dennoch verbreitet auch in jüngster Vergangenheit das Gefängnis Angst und Schrecken. Mir ist das egal. Meine Zelle ist kein „nationales Ärgernis".*
*Möchtest du mich nicht mal besuchen, Alice?*
*Deine Mutter*

Ich blicke auf. Mein Name ist also *Alice* und nicht Tessa. Jetzt verstehe ich, warum Tessa mir immer so fremd vorkam. Ich heiße Alice und meine Mutter hatte mich immer bei sich. Dann wurde ich doch geliebt, oder?

„Vielleicht Mutter. Vielleicht werde ich eines Tages dein Grab besuchen und dir von meiner Puppe erzählen." Ich werfe einen

Blick auf den Puppenkopf auf meinem Schreibtisch. „Alice ...
Erinnerst du dich an mich?"

Klapp. Klapp.

*Ich werde dir wieder eine gute Puppenmutter sein.*

# Kapitel 87

Lianne fragt mich, ob sie jemals wieder Freude empfinden würde. „Und sollte ich wegen Mom nicht tiefe Trauer empfinden?"

Ich lege meine Hand auf Liannes Arm. „Du trauerst, aber auf deine eigene Art und Weise. Das tun wir alle, jeder für sich. Das ist der beste Weg, die Geschehnisse zu verarbeiten und einander den Raum zu geben, den wir brauchen."

Lianne nimmt meine Hand. „Ich bin so froh, dass du bei mir bist. Ich hoffe, wir können erst einmal zusammenbleiben. Du gibst mir das Gefühl von Sicherheit. Ich weiß nicht, was ich überhaupt fühlen soll. Es kommt mir vor, als ob das alles nicht wirklich passiert sei, oder ich werde aufwachen und feststellen, dass ich sehr lange geschlafen habe. Es kann doch nicht wahr sein, dass ich keine Familie mehr habe? Diese Morde, das kann doch nicht sein?"

„Du hast mich, Lianne. Ich bin für dich da. Immer."

„Manchmal fühle ich mich Mama sehr nahe", fährt sie fort und legt ihre Wange gegen meine Hand. „Das macht mich traurig, denn ich weiß noch nicht, ob ich ihr jemals verzeihen kann. Ich weiß auch nicht, ob ich ihr vergeben will, obwohl mir jetzt klar ist, dass sie sehr krank war." Tränen tröpfeln auf ihre Wangen. Sie wischt sie rasch weg. „Ich träume fast jede Nacht, dass Papa noch lebt und eines Tages zu mir zurückkommt. Ich habe ständig das Gefühl, dass er in meiner Nähe ist, so, als könnte ich ihn berühren. Ist das nicht verrückt?"

„Ich denke nicht, dass das verrückt ist", antworte ich und ziehe Lianne fest an mich. „Konserviere dieses Gefühl. Es hilft dir, deinen Schmerz zu ertragen. Dein Vater wird immer bei dir sein, auch wenn du ihn nicht mehr siehst. Du bist ein Teil von ihm, er ist ein Teil von dir. Und was deine Mutter betrifft, mein Schatz: Vergebung braucht Zeit."

„Er ist wirklich tot, nicht wahr?"

Ihre Worte berühren mich tief, ich schlucke, zögere. „Ich glaube schon. Deine Mutter ... Lass uns das nicht mehr aufwühlen.

Hoffentlich werden sie erfahren, wo deine Mutter ihn ... wo dein Vater ist."

„Sie müssen besser nach ihm suchen", meint Lianne. „Können wir nicht darauf bestehen, dass sie im Fernsehen eine Suchmeldung bringen? Das macht die Polizei doch öfter, wenn jemand vermisst wird."

Wir sehen einander wortlos an. Ich weiß nicht, was ich sagen soll, ziehe meine Nichte noch fester an mich.

Lianne holt tief Luft. „Du erdrückst mich fast, Tessa." Sie löst sich aus meiner Umarmung und zeigt auf den Puppenkopf im grünen Loveseat. „Woher kommt der denn her?"

„Ich habe den Puppenkopf beim Aufräumen entdeckt." Mehr muss Lianne nicht wissen.

„Wo ist denn ihr Körper, Tessa?"

„Keine Ahnung." *Schon wieder eine Lüge.*

„Wollen wir ihm nicht einen Körper geben?", fragt Lianne.

„Nein, mir gefällt die Puppe so, wie sie ist. Sie erinnert mich an das, was ich einmal war."

Lianne schubst mich liebevoll und lächelt. "Eine gute Puppenmutter!"

*Ein Kellerkind!*

„Aber ein Kopf allein ... ist doch voll gruselig."

Ich lächle. „Stimmt. Aber die Puppe stammt aus meiner Kindheit. Sie hat mir mal viel bedeutet."

Wir schrecken beide gleichzeitig von dem ohrenbetäubenden Lärm hoch, der aus dem Keller kommt. Lianne steht als Erste vor der Tür des Weinkellers.

Ich zähle im Kopf bis fünf, bis Lianne den Schlüssel umdreht, vorsichtig, lautlos. Sie will die Tür öffnen, zögert und sieht mich fragend an. Furcht liegt in ihrem Blick.

Ich nicke. Lianne reißt die Tür auf und geht ein paar Stufen hinunter, wirft einen Blick in den Keller. „Ein paar Weinflaschen sind aus dem Regal gefallen, Tessa", sagt sie. „Und das Regal steht schief. Ich werde hier mal aufräumen."

Von unten dringt ein schwacher Lichtschein nach oben. Lianne hat den Lichtschalter betätigt.

Ich merke, dass ich unwillkürlich die Luft angehalten habe, lasse sie wieder heraus. Dann stehe ich auf. „Ich werde dir helfen,

Lianne", antworte ich und gehe ebenfalls die Kellertreppe hinunter.

Der Alkohol schlägt mir förmlich ins Gesicht. Ich atme durch den Mund. Bilder flammen auf, sobald ich die rote Weinlache auf dem Boden sehe. Ich versuche, nicht an einen Körper zu denken, der auf den Eisenbahngleisen auseinandergerissen wurde, nicht an blutige Verletzungen, verursacht durch einen Autounfall, nicht an das Loch in Hannahs Kopf. Und schon gar nicht an Sebastien. Es ist auch besser, mir nicht auszumalen, dass ich hier unten hätte liegen können.

Lianne hat ein paar Badetücher geholt und tupft damit den Boden ab. Ich kehre die Glasscherben zusammen.

Wir sehen es beide gleichzeitig.

„Ist das da ein ... ein Loch, Tessa?"

Ich nehme einige Flaschen aus dem Regal und ziehe das Weinregal ein wenig nach vorne. „Stimmt. Da ist tatsächlich eine Luke."

In der Stille hören wir nur unseren Atem.

Lianne schlottert vor Angst, ich kann es sehen.

Ich muss mir etwas einfallen lassen, um das Mädchen zu beruhigen. „Alles in Ordnung", sage ich. „Ich glaube, wir haben gerade jede Menge Geld gefunden."

Und wieder tue ich mein Bestes, um das zu sein, was auch immer das Mädchen braucht, eine gute Mutter, eine Freundin, eine Vertraute: Ich umarme Lianne.

# Gleis der Vergeltung

Der Tolino-Allianz-Bestseller - Nach einer wahren Begebenheit.

*„Sein Tod hat sich wie Stacheldraht um mich gewickelt. Ich kenne die Wahrheit und ich will Vergeltung ..."*
Lynn-Elisabeth von Raaben erlebt den dunkelsten Tag ihres Lebens, der ihr schönster hätte werden sollen. Benedikt, ihr Verlobter, verunglückt tödlich auf dem Weg zu seiner Braut.

Sieben Jahre später erhält Lynn den Anruf einer Frau, der sie völlig aus der Bahn wirft und der Benedikts Unfalltod in ein anderes Licht rückt.

Sie trifft eine folgenschwere Entscheidung.

Als wenig später ein Mord geschieht, stürzt Lynn in den Abgrund ihrer eigenen Vergangenheit ...

**Ein erschütternder Psychothriller um Opfer und Täter, um Recht und Unrecht, um Irreführung und Rache. Gleis der Vergeltung handelt von Gleichgültigkeit, Verstörung, Wut und brachialem Hass.**

**Erste Stimmen:**
*„Dieser Thriller verdient das Prädikat wertvoll, denn er ist so intensiv und fesselnd, dass man das Ende des Buches fürchtet und sich doch nicht daraus lösen kann."* **WAZ**
*„Ein erschütternder Psychothriller um Opfer und Täter, um Recht und Unrecht, um Irreführung und Rache, der in seiner Größe an Dürrenmatts Besuch der alten Dame erinnert."* **JayL**
*„Erschütternd und ganz groß."* **Susanne Paraquin**
*„Grandios – Astrid Korten übertrifft sich selbst. Ein Psychothriller der Meisterklasse. Für mich das beste Werk der Autorin."* **Melanie Hinterreiter**

# Über die Autorin

Die Autorin studierte Wirtschaftswissenschaften an der Universität Maastricht. Ihr Spezialgebiet: Suspense-Thriller, Psychothriller und Romane. Bei ihrer akribischen Recherche lässt sie sich von Forensikern, Psychologen, Gentechnologen, Pathologen und Medizinern beraten.

Sie schreibt außerdem Biografien, Kurzgeschichten, Dreh- und Kinderbücher. Ihre Thriller erreichten alle die Top-Ten-Bestsellerlisten vieler Ebook-Plattformen.

Die Autorin ist Mitglied im Syndikat und außerdem als Kulturredakteurin für FRAUENPANORAMA tätig. In ihrer Freizeit spielt sie Tenor-Saxophon und malt Öl auf Leinen.

*Auszeichnungen und Nominierung*:

**2016:** Stefko, From Sarah with love: Halbfinale der Int. Writemovies Contest, Los Angeles. **2015:** Sibirien – Die aus dem Eis erwachen Finale der Int. Writemovies Contest, Los Angeles.

Weitere Romane der Autorin:

*Thriller / Psychothriller:* Eiskalte Umarmung, Eiskalter Schlaf, Jasper - Das Böse in Dir, Tödliche Perfektion, Wintermorde, Die Behandlung des Bösen, Zeilengötter, der seinen Weg nach Hollywood fand, Wo ist Jay?, Lilith-Eiskalter Engel, Gleis der Vergeltung. 2019 erscheint im PIPER-Verlag der Thriller „Die Akte Rosenrot".

*Roman:* Die verlorenen Zeilen der Liebe, Die Perlen der Winde

*Anthologie:* Winterküsse, Nix zu verlieren

*Kurzgeschichte:* Sibirien – Die aus dem Eis erwachen

*Mehr über Astrid Korten:*

Website: www.astrid-korten.com

Facebook: www.facebook.com/Astrid Korten

FSC
www.fsc.org

MIX

Papier aus ver-
antwortungsvollen
Quellen
Paper from
responsible sources

FSC® C105338